Für [illegible]
immer

Die furchtlose Moskauer Journalistin Tatjana Petrowna stürzt aus dem sechsten Stock in den Tod, in der gleichen Woche, in der der Mafiosi-Milliardär Grischa Grigorenko erschossen und zu Grabe getragen wird. Die beiden Fälle scheinen nichts miteinander zu tun zu haben, doch Ermittler Arkadi Renko entdeckt Tonbänder, auf denen Tatjana schreckliche Verbrechen dokumentiert hat. Die Spur führt nach Kaliningrad, dem Heimathafen der Baltischen Flotte, Hunderte von Kilometern vom restlichen Russland entfernt.
Mit seinem neusten Thriller zeichnet Martin Cruz Smith ein überzeugend realistisches, überaus düsteres Porträt des heutigen Russlands.

MARTIN CRUZ SMITH, 1942 in Philadelphia geboren, gelang mit dem Thriller »Gorki Park« ein Welterfolg, der auch in der Verfilmung mit William Hurt und Lee Marvin ein Millionenpublikum begeisterte. Seither hat der russische Ermittler Arkadi Renko eine große Fan-Gemeinde. Martin Cruz Smiths Romane wurden bereits in 14 Sprachen übersetzt.

Martin Cruz Smith

TATJANA

Ein Arkadi-Renko-Roman

Deutsch von Susanne Aeckerle

btb

Die Originalausgabe erschien 2013 unter dem Titel
»Tatiana« im Verlag Simon and Schuster, New York.

MIX
Papier aus verantwortungsvollen Quellen
FSC® C083411
FSC
www.fsc.org

Verlagsgruppe Random House FSC® N001967
Das für dieses Buch verwendete FSC®-zertifizierte
Papier *Lux Cream* liefert Stora Enso, Finnland.

1. Auflage
Genehmigte Taschenbuchausgabe Juni 2015,
btb Verlag in der Verlagsgruppe Random House GmbH, München

Umschlaggestaltung: semper smile, München, nach einem
Umschlagentwurf von buxdesign, München, unter Verwendung
eines Motives von © Ruth Botzenhardt
Druck und Einband: CPI books GmbH
LW · Herstellung: sc
Printed in Germany
ISBN [redacted]

www.btb-verlag.de
www.facebook.com/btbverlag
Besuchen Sie auch unseren LiteraturBlog www.transatlantik.de!

PROLOG

Das Wetter wusste nicht, was es wollte. Der Hochsommer war vorbei, aus dem tief hängenden Himmel war alle Farbe gewichen, und erste welke Blätter säumten die Straße wie Kreppbänder. In diesen Stillstand sauste ein Radfahrer in roten Radlerhosen, trat kraftvoll in die Pedale, nutzte das flache Gelände.

Joseph beherrschte sechs Sprachen. In Restaurants sprach er Französisch, mit Geschäftsleuten bevorzugte er Chinesisch, und er träumte auf Thai. Er war alles in einer Person. Das bedeutete, er konnte reisen und überall Arbeit finden. Die Vereinten Nationen schickten ihn hierhin, die Europäische Union dorthin. Immer nahm er sein schwarzes, maßgefertigtes Fahrrad mit, sein Designertrikot und die gepolsterte Hose, den geformten Sattel und den tränenförmigen Helm. Er hatte zu spät mit dem Radfahren begonnen, um erfolgreich an Rennen teilnehmen zu können, doch bei den meisten konnte er die Einheimischen in Staunen versetzen. Wobei es ihm nicht aufs Gewinnen ankam. Die Spannung war es, das Gefühl eines gespannten Bogens, das ihn am meisten befriedigte. Inzwischen, schätzte er, war er zweimal um die Welt geradelt. Er hatte nie geheiratet. Sein Terminplan erlaubte es nicht. Die Einfaltspinsel, die auf ihren Tandemrädern klebten, taten ihm leid.

Joseph liebte Wortspiele. Er hatte ein fotografisches Gedächtnis – ein eidetisches Gedächtnis, um genau zu sein. Nach einem Blick auf ein Kreuzworträtsel konnte er es beim Radfahren im Kopf lösen, diese Wörter herauskitzeln, die nur in Kreuzworträtseln existierten: *ekru, falb, amo, amas, amat.* Fragen, die nicht auf Englisch waren, machten es ihm umso leichter. Ein *Tort* war eine Kränkung, ein Verdruss; eine *Torte* ein Stück Kuchen. Ein ausgewachsenes Anagramm konnte ihn von Toulon bis Aix-en-Provence beschäftigen. An diesem Nachmittag hatte er frei, und das war auch nötig, nachdem er zwischen Russen und Chinesen vermittelt hatte. Als beide Seiten früh Schluss machten, packte der Dolmetscher die Gelegenheit beim Schopf und schwang sich auf sein Rad.

Er war stolz darauf, außergewöhnliche Routen zu finden. Für ihn war es die Hölle, in der Toskana oder der Provence hinter Touristen festzuhängen, die sich auf Leihfahrrädern in Schlangenlinien ihr Mittagsmahl aus Käse und Wein abstrampelten. Elastische Taschen an der Rückseite seines Trikots enthielten Wasserflaschen, Energieriegel, Karte und Flickzeug. Er war bereit, hin und wieder einen Reifen zu flicken, wenn er dadurch neue Aussichten ganz für sich allein genießen konnte. Kaliningrad hatte den Ruf, hässlich und voller Kriminalität zu sein, eine Stadt, die eine Waise war, ein Hurenkind oder beides. Kaum war man jedoch der Stadt entflohen, hatte man, *voilà*, eine ländliche Idylle vor sich.

Joseph war zum Dolmetschen geboren; sein Vater war Russe, seine Mutter Französin, und beide unterrichteten an der Berlitz-Sprachschule. Als er das Gerücht verbreitete, seine Eltern seien tot, tragischerweise bei einem Autounfall in Monte Carlo ums Leben gekommen, wurde Joseph der Junge, der von wohlhabenden Klassenkameraden am häufigsten für die Ferien eingeladen wurde. Er machte sich beliebt und stellte sich manchmal vor, sein Leben als Gast in einer Villa nicht weit vom Meer zu verbringen. Seinen Eltern schickte er nach wie vor eine Karte zu Weihnachten, hatte sie aber seit Jahren nicht mehr gesehen.

Er dolmetschte für Filmstars und Staatsoberhäupter, doch am lukrativsten waren Verhandlungen zwischen Unternehmen. Für gewöhnlich wurden sie von kleinen Teams streng vertraulich durchgeführt, und ein Dolmetscher hatte omnipräsent, jedoch so gut wie unsichtbar zu sein. Vor allem musste er diskret sein, zuverlässig alles vergessen, was er gehört hatte, alles vollkommen aus dem Gedächtnis löschen, nachdem der Auftrag beendet war.

Als die breitere Straße in eine Landstraße überging, flog er an vereinzelten, von Fliederbüschen überwucherten Ziegelsteinruinen vorbei. Zum Glück gab es fast keinen Verkehr. Er kurvte um ein Schlagloch nach dem anderen und holperte an einer Stelle über Asphalt, der zu Wellen aufgeworfen war. Ein Metzgerwagen mit einem Plastikschwein auf dem Dach kam ihm entgegen und schien direkt auf ihn zuzuhalten, bis sie einander passierten wie Schiffe auf hoher See.

Allerdings hatte der Dolmetscher nicht alles ausgelöscht. Da waren noch seine Notizen. Selbst wenn sie gestohlen wurden, bestand keine Gefahr, denn außer ihm konnte niemand sie entziffern.

Die Straße endete an einem einsamen Parkplatz mit einem verrammelten Kiosk und einer Anzeigetafel für vergangene Veranstaltungen. Ein Eiswagen lag umgekippt da. Alles zeugte vom Ennui der Nachsaison. Dennoch stieg er vom Rad, als er Möwen kreischen hörte, trug es über einen Dünenkamm und sah vor sich einen Strand, der sich zu beiden Seiten ins Unendliche erstreckte. Sanfte Wellen schwappten ans Ufer, Nebel verwandelte das Meer und den Himmel in lichte, blaue Bänder. Sand wirbelte im Wind auf und schmiegte sich an den Strandhafer zwischen den Dünen. Grob gezimmerte Sonnenschirme ohne Bespannung standen Wache, doch kein Mensch war zu sehen, perfekt für Joseph.

Er legte das Rad in den Sand und nahm seinen Helm ab. Das hier war ein echter Fund. Die Art von Miniabenteuer, aus dem sich eine gute Geschichte für einen Abend am Kamin machen ließ, mit einem Glas Rotwein und faszinierten Zuhörern. Ein wenig Wagemut, um seine Karriere zu krönen. Ihr »Bedeutung« zu verleihen, das war das richtige Wort.

Trotz der kühlen Luft war es Joseph warm vom Radeln, und er zog seine Radfahrschuhe und Socken aus. Der Sand war fein, nicht wie die steinigen Strände vieler Urlaubsorte, und unverschmutzt, vielleicht weil Kaliningrad während des Kalten Krieges eine geschlossene Stadt gewesen war. Wasser rauschte heran, zischte um seine Füße und zog sich wieder zurück.

Seine Träumerei wurde durch das Näherkommen eines Fahrzeugs unterbrochen, das wie ein betrunkener Seemann über den Strand torkelte. Der Metzgerwagen. Das Plastikschwein, rosa und grinsend, wackelte hin und her, bis der Kastenwagen zum Stehen kam und ein Mann ausstieg, etwa dreißig Jahre alt, mit einem Homburg auf dem Kopf und strähnigem Haar. Eine dreckige Schürze umflatterte ihn.

»Suchen Sie Bernstein?«

»Warum sollte ich Bernstein suchen?«, fragte Joseph.

»Hier ist genau die richtige Stelle. Aber Sie müssen auf einen Sturm warten. Sie müssen auf einen Sturm warten, der den Bernstein aufwühlt.«

»Hochwühlt«, nicht »aufwühlt«, dachte Joseph, behielt es aber für sich. Er spürte nichts, was ihn mit diesem Mann verband, keinen Intellekt, für den sich die Anstrengung lohnen würde. Früher oder später würde der Kerl Geld für Wodka von ihm verlangen, und das wär's dann.

»Ich warte auf Freunde«, sagte Joseph.

Der schief sitzende Homburg verlieh dem Metzger etwas Groteskes. Er wirkte benommen oder betrunken, jedenfalls so belustigt über einen privaten Witz, dass er über das Fahrrad stolperte.

»Idiot! Passen Sie doch auf, wo Sie hintreten!«, knurrte Joseph.

»Tut mir leid, wirklich. Sagen Sie, ist das ein italienisches?« Der Metzger hob das Fahrrad am Vorderrad hoch. »Ist ja wunderschön. Von denen sieht man nicht viele in Kaliningrad.«

»Woher soll ich das wissen?«

»Sie können's mir glauben.«

Joseph bemerkte, dass die Hände des Metzgers vom Umgang mit Gefrierfleisch zerschrammt und aufgerissen waren und seine Schürze die entsprechenden dunklen Flecken aufwies, obwohl seine Sandalen kaum das geeignete Schuhwerk für rutschige Kühlräume waren.

»Können Sie mir bitte das Fahrrad geben? Sand in der Gangschaltung kann ich wirklich nicht gebrauchen.«

»Kein Problem.« Der Metzger ließ das Rad fallen und fragte strahlend: »Urlaub?«

»Wie bitte?«

»War nur eine Frage. Machen Sie hier Urlaub, oder sind Sie geschäftlich da?«

»Urlaub.«

Das Gesicht des Metzgers zeigte ein breites Grinsen. »Wirklich? Sie sind nach Kaliningrad gekommen, um Urlaub zu machen? Sie verdienen einen Orden.« Er tat so, als heftete er Joseph einen Orden an die Brust. »Was sind die Highlights von Kaliningrad? Na los, erzählen Sie mir, was Sie sich heute Morgen angeschaut haben.«

Joseph hatte den ganzen Morgen gearbeitet, wobei das zwar niemanden etwas anging, aber der Metzger hatte eine vernickelte Pistole gezogen, die er wie loses Kleingeld in der Hand wog. Was Joseph als kühlende Brise empfunden hatte, ließ ihn jetzt frösteln, und Sandkörner klebten am Schweiß auf seiner Haut. Vielleicht ging es hier nur um eine gewöhnliche Erpressung. Kein Problem. Er würde zahlen, was immer verlangt wurde, und es sich vom Kunden ersetzen lassen.

»Sind Sie von der Polizei?«

»Sehe ich aus wie die verdammte Polizei?«

»Nein.« Joseph sank der Mut. Er war dazu ausgebildet, bei Geiselnahmen ruhig und kooperativ zu sein. Die Statistiken waren insgesamt beruhigend. Menschen kamen nur um, wenn jemand versuchte, sich als Held aufzuspielen. »Was wollen Sie?«

»Ich hab Sie im Hotel mit diesen Leuten gesehen. Die sind umgeben von Leibwächtern und haben ein ganzes Stockwerk für sich.« Der Metzger wurde vertraulich. »Wer sind die?«

»Geschäftsleute.«

»Internationale Geschäfte, sonst würden die ja keinen Dolmetscher brauchen, stimmt's? Ohne Sie kommt alles zum Stillstand. Das Räderwerk bleibt stehen, nicht wahr? Das große Rad wird vom kleinen Rad gestoppt, ist es nicht so?«

Joseph wurde unbehaglich zumute. Schließlich war das hier Kaliningrad. Das Schwein leuchtete, frohen Mutes bereit für den Gang zur Schlachtbank. Joseph erwog, vor diesem Verrückten wegzulaufen. Selbst wenn nicht auf ihn geschossen wurde, würde er sein Fahrrad zurücklassen müssen. Der Sand war zu tief und zu weich für die Reifen. Die ganze Sache war erniedrigend.

»Ich dolmetsche nur«, sagte Joseph. »Für die Inhalte bin ich nicht verantwortlich.«

»Und machen sich Notizen bei geheimen Treffen.«

»Völlig legal. Die Notizen dienen mir bloß als Gedächtnisstütze.«

»Geheime Treffen, sonst wären Sie nicht in Kaliningrad. Sie würden sich in Paris amüsieren.«

»Die Sache ist heikel«, gab Joseph zu.

»Darauf wette ich. Sie haben eine echte Gabe. Die Leute reden wie ein Wasserfall, und Sie übersetzen es Wort für Wort. Wie können Sie sich das alles merken?«

»Dazu sind die Notizen da.«

»Die möchte ich gerne sehen.«

»Sie würden sie nicht verstehen.«

»Ich kann lesen.«

Rasch fügte Joseph an: »Das bezweifle ich auch nicht, nur ist der Inhalt höchst technisch. Und die Notizen sind vertraulich. Wir würden uns strafbar machen.«

»Zeigen Sie her.«

»Das kann ich wirklich nicht.« Joseph blickte sich um und sah nichts als Möwen, die am Strand patrouillierten, falls etwas zu fressen auftauchte. Niemand hatte den Möwen mitgeteilt, dass die Saison zu Ende war.

»Sie kapieren's nicht. Von den Einzelheiten muss ich nichts wissen. Ich bin ein Pirat, genau wie diese Afrikaner, die Tanker entführen. Die haben nicht den blassesten Schimmer von Öl. Sind einfach ein paar schwarze Drecksäcke mit Maschinenpistolen, aber wenn sie einen Tanker kapern, haben sie alle Karten in der Hand. Reedereien zahlen Millionen, um ihre Schiffe wiederzubekommen. Die Entführer ziehen nicht in den Krieg, sie werfen dem System nur Knüppel zwischen die Beine. Tanker sind ihre Gelegenheitsziele, und genau das sind Sie, mein Gelegenheitsziel. Ich verlange bloß zehntausend Dollar für ein Notizbuch. Habgierig bin ich nicht.«

»Wenn Sie nur der Laufbursche sind, ändert das alles.« Sofort merkte Joseph, dass er das Falsche gesagt hatte und auf die falsche Weise. Als hätte er eine Kobra gepiekst. »Lassen Sie mich … Ihnen zeigen …« Joseph griff hinter sich und kämpfte mit den Taschen seines Trikots, fummelte Wasserflasche und Energieriegel heraus, bis er ein Notizbuch und Bleistifte fand.

»Ist es das?«, fragte der Metzger.

»Ja, nur nicht, was Sie erwarten.«

Der Metzger öffnete das Notizbuch auf der ersten Seite, schlug die zweite auf, die dritte und vierte. Schließlich blätterte er es bis zum Schluss durch.

»Was, zum Teufel, ist das? Zeichnungen von Katzen? Kritzeleien?«

»So mache ich mir Notizen.« Joseph konnte seinen Stolz nicht ganz verbergen.

»Woher soll ich wissen, ob das die Notizen sind?«

»Ich lese Sie Ihnen vor.«

»Sie könnten mir ja den letzten Scheiß erzählen. Und was soll ich denen zeigen?«

»Wer ist *denen*?«

»Was glauben Sie wohl? Kommt man diesen Leuten quer, ist man im Arsch.«

Seine Arbeitgeber? Wenn er es doch nur erklären könnte.

»Meine Notizen …«

»Sind ein Witz? Ich zeige Ihnen, was ein Witz ist.« Der Metzger zerrte Joseph zum Kastenwagen und öffnete die

Laderaumtür. Aus seinen vielen Sprachen kam dem Dolmetscher nur ein Wort in den Sinn: »*Jesus.*« Im Kastenwagen hingen zwei enthäutete Lämmer, kopfüber, kalt und blau.

Mehr Worte fand Joseph nicht. Ihm hatte es den Atem verschlagen.

»Sollen die Vögel das doch lesen.« Der Metzger schleuderte das Notizbuch in den Wind, stieß Joseph in den Laderaum und kletterte hinter ihm hinein.

Von überall kamen Möwen. Ganze Schwärme von Dieben stießen herab und beraubten sich gegenseitig. Jeder kleinste Fetzen aus Josephs Taschen wurde aufgepickt und untersucht. Um einen halb gegessenen Energieriegel entstand ein Tauziehen. Ein Schuss schreckte die Vögel kurz auf, und der Gewinner flog davon, verfolgt von anderen Möwen und wütendem Gekreisch. Die restlichen ließen sich in mürrischer Eintracht nieder, die Köpfe in den Wind gedreht. Als sich der Nebel lichtete, tauchte der Horizont auf, Wellen schwappten mit dem Geräusch von Perlen heran, die über einen Marmorboden kullern.

I

Auf dem Wagankowoer Friedhof stand die Zeit nicht still, doch sie verlangsamte sich. Blätter, die von Pappeln und Eschen herabwehten, vermittelten ein Gefühl von Erleichterung, Ungezwungenheit und Verfall. Viele Grabstätten waren bescheiden, ein Stein und eine Bank, umzäunt von allmählich rostendem Schmiedeeisen. Ein Einmachglas mit Blumen oder ein Päckchen Zigaretten waren Beweise der Zuwendung für Geister, denen endlich erlaubt war zu genießen.

Von Grischa Grigorenko ließe sich behaupten, dass er stets dem Genuss zugeneigt war. Er hatte auf großem Fuß gelebt und verließ diese Welt auf die gleiche Weise. Tagelang hatten der Leitende Ermittler Arkadi Renko und Kriminalleutnant Viktor Orlow den Toten durch Moskau verfolgt. Begonnen hatten sie mit dem ausgeweideten Grischa im Leichenschauhaus, gefolgt von einer Kräuterwaschung und Schminksitzung in einer Wellnessoase. Schließlich, bekleidet und aromatisiert, war die Leiche in einem goldbeschlagenen Sarg, auf Rosen gebettet, in der Basilika der Christ-Erlöser-Kathedrale aufgebahrt worden. Alle waren sich einig, dass Grischa, abgesehen von dem Loch in seinem Hinterkopf, wirklich gut aussah.

Für einen Leitenden Ermittler wie Renko und einen Kriminalleutnant wie Orlow war eine Überwachung dieser Art ziemlich erniedrigend, eine Aufgabe, die ein Kartenabreißer im Kino hätte übernehmen können. Der Staatsanwalt hatte angeordnet, sie sollten »Notizen und Fotos machen. Halten Sie sich von der Trauergemeinde fern und beobachten Sie bloß. Verhalten Sie sich diskret und nehmen Sie keinen Kontakt auf«.

Die beiden waren schon ein sonderbares Paar. Arkadi war ein dünner Mann mit strähnigem, dunklem Haar und wirkte ohne Zigarette unvollkommen. Viktor war ein Wrack mit blutunterlaufenen Augen. Wegen seiner Trinkerei wagte außer Arkadi niemand, mit ihm zu arbeiten. Solange er einen Fall verfolgte, blieb er nüchtern und war ein guter Kriminalbeamter. Er war wie ein Reifen, der aufrecht blieb, solange er rollte, und umfiel, wenn er anhielt.

»Keinen Kontakt aufnehmen«, murrte Viktor. »Das hier ist ein Begräbnis. Was erwartet er denn, Armdrücken? He, da ist die Wetterfee.« Eine Blondine in Schwarz schälte sich aus einem Maserati.

»Wenn du winkst, erschieße ich dich.«

»Siehst du, auch bei dir ist es schon angekommen. ›Verhalten Sie sich diskret.‹ Wegen Grischa? Er mag zwar ein Milliardär gewesen sein, aber er war trotzdem nur ein besserer Knochenbrecher.«

Es gab zwei Grischas. Der eine war ein öffentlicher Wohltäter, Schirmherr von Wohltätigkeitsorganisationen und Mäzen der Künste, ein führendes Mitglied der Moskauer Handelskammer. Der andere war der Grischa, der seine Finger in Drogen, Waffenhandel und Prostitution hatte.

Die Trauergemeinde war ähnlich gemischt. Arkadi entdeckte Milliardäre, deren Arme das Nutzholz und die Erdgasvorkommen der Nation umschlangen, Abgeordnete, die sich ohne Hemmungen aus der Staatskasse bedienten, Boxer, die zu Gangstern geworden waren, Popen so rund wie Mistkäfer, Models auf wackeligen Stilettos und Schauspieler, die nur Attentäter spielten, Schulter an Schulter mit den echten. Ein grüner Teppich war vor der ersten Reihe ausgerollt, in der die Köpfe der Moskauer Unterwelt in ganzer Bandbreite auftauchten, von den alten Knaben wie Ape Beledon, genannt der Affe, ein Zwerg mit Affengesicht in einem Mantel und einer Persianermütze, und seinen beiden vierschrötigen Söhnen, über Boris und Valentina Schagelmann, Experten für insolvente Banken, bis hin zu Abdul, der sich von einem tschetschenischen Rebellen zu einem Autoschmuggler und, in einem weiteren Karrieresprung, zu einem Hip-Hop-Künstler entwickelt hatte. Als Viktor die Kamera hob, versperrte ihm einer von Beledons Söhnen die Sicht.

»Oh, Scheiße.« Das war Viktors Lieblingsausdruck. Egal, ob es um ein Fußballturnier ging, ein Kartenspiel oder einen Salat – alles war Scheiße. »Weißt du, was mich ankotzt?«

»Was kotzt dich an?«

»Wir kommen mit zweihundert Digitalbildern von diesem Scheißloch in der Erde zurück, und der Revierkommandant wird nur sagen, ›Vielen Dank‹, und sie dann vor meinen Augen löschen.«

»Überspiel sie vorher auf den Laptop.«

»Darum geht es nicht. Es geht darum, dass wir nicht gewinnen können. Wir laufen uns nur tot. Ich hätte einen netten Tag im Bett verbringen können, vollkommen hinüber und sturzbesoffen.«

»Und ich habe dich davon abgehalten?«

»Hast du. Ich weiß, dass du es gut meinst.«

Ein Pope dröhnte: »Wohl denen, die ohne Tadel leben, die im Gesetz des Herrn wandeln.« Ein goldenes Kruzifix baumelte auf Bauchhöhe, an seinem Handgelenk schimmerte eine goldene Rolex.

Arkadi brauchte eine Pause. Er drehte eine Runde über den Friedhof und betrachtete die Grabsteine. Seine Lieblingsstatuen, könnte man sagen. In schwarzem Marmor brütete ein Großmeister über einem Schachbrett. In weißem Marmor schwebte eine Ballerina durch die Luft. Auch Kurioses gab es. Vom Grab eines Schriftstellers erhob sich eine Waldelfe. Ein in Bronze gegossener Komödiant bot eine frische Nelke dar. Bescheidene Grasflecken luden die Lebenden ein, sich auf eine Bank zu setzen und mit einem längst Verstorbenen zu plaudern.

Alexi Grigorenko trat Arkadi in den Weg. »Kann mein Vater nicht in Frieden beerdigt werden? Müssen Sie ihn bis ins Grab verfolgen?«

»Mein Beileid«, sagte Arkadi.

»Sie stören eine Beerdigung.«

Die Aussegnung war unterbrochen, während Alexi zeigen musste, wie taff er war, Verteidiger der Familienehre und all das.

»Wir sind hier auf einem Friedhof, Alexi«, sagte Arkadi. »Jeder ist willkommen.«

»Das ist reine Schikane, und es ist eine *fucking* Entweihung.«

»Ist das der Umgangston in der amerikanischen Business School?«

»Sie waren nicht eingeladen«, fauchte Alexi.

Alexi war eine geschniegeltere Version seines Vaters, modisch unrasiert, das Haar am Kragen mit Gel gelockt. Er gehörte zu einer neuen Generation, die Wirtschaftsforen in Aspen besuchten und in Chamonix Ski liefen, und er ließ keinen Zweifel daran, dass er davon ausging, die Familie auf die nächste Stufe der Legitimität zu führen. Arkadi fragte sich, ob Alexi die nächste Woche überleben würde.

Am Friedhofstor gab es eine echte Störung. Totengräber verscheuchten eine Gruppe mit Transparenten. Arkadi konnte nicht erkennen, worum es ging, erhaschte jedoch einen Blick auf eine Fotojournalistin, die er kannte. Anja Walidowa wohnte auf der anderen Seite seines Flurs und teilte manchmal das Bett mit ihm. Sie war jung und voller Leben, und was sie in Arkadi sah, war ihm ein Rätsel. Er hatte keine Ahnung, was sie auf dem Friedhof wollte, und sie warf ihm einen warnenden Blick zu, nicht näher zu kommen. Kein Bezug zur Mafia. Anjas Freunde waren Schriftsteller und Intellektuelle, durchaus zu Torheiten fähig, aber nicht zu Verbrechen, und nach ein bisschen Hin und Her verschwanden sie die Straße hinunter. Anja blieb bei ihnen.

Der Pope räusperte sich und meinte zu Alexi: »Vielleicht sollten wir jetzt zur Grabrede kommen, bevor, na ja, noch irgendwas passiert.«

Eine Grabrede würde nicht reichen, dachte Arkadi. Hier ging es um Alexis Inthronisierung durch viele der Trauergäste, ein knallhartes Publikum. Sie würden ihn eher köpfen als krönen.

»Wenn er gescheit ist, nutzt er die Gelegenheit, ihnen zum Abschied zuzuwinken und um sein Leben zu laufen«, sagte Viktor.

Alexi fing bedächtig an. »Mein Vater Grischa Iwanowitsch Grigorenko war aufrichtig und gerecht, ein Visionär in Geschäftsdingen, ein Mäzen der Künste. Frauen wussten, was für ein Gentleman er war. Trotzdem war er ein Mann unter Männern. Nie ließ er einen Freund im Stich oder wich einem Kampf aus, trotz aller Angriffe auf seinen Charakter und der Verunglimpfung seines Rufes. Mein Vater begrüßte Veränderung. Er begriff, dass eine neue Zeit begonnen hatte. Er beriet eine neue Unternehmergeneration und war wie eine Vater für alle, die seiner Hilfe bedurften. Er war ein gläubiger Mensch mit einem tiefen Gemeinschaftsgefühl, entschlossen, die Lebensqualität sowohl in seiner zweiten Heimat Kaliningrad als auch in seiner Geburtsstadt Moskau zu verbessern. Ich habe meinem Vater versprochen, seinen Traum zu erfüllen. Ich weiß, dass seine echten Freunde mir folgen werden, um diesen Traum wahr werden zu lassen.«

»Und vielleicht schlitzen sie ihn von oben bis unten auf«, flüsterte Viktor.

Alexi fügte hinzu: »Um zu etwas Erfreulicherem zu kommen, möchte ich Sie alle einladen, die Gastfreundschaft der Familie Grigorenko auf Grischas Jacht zu genießen, die am Kreml-Pier vor Anker liegt.«

Trauergäste defilierten am offenen Grab vorbei und ließen rote Rosen auf den Sarg fallen. Niemand verharrte. Die Aussicht auf ein Bankett an Bord einer Weltklassejacht war unwiderstehlich, und nach wenigen Minuten standen nur noch Arkadi, Viktor und die Totengräber am Grab. Erde prasselte hinab. Grischa Grigorenko und seine Rosen verschwanden.

»Hast du das gesehen?« Viktor deutete auf den Grabstein.

Arkadi richtete seinen Blick auf den Stein. Offenbar war nur auf ein Datum gewartet worden, denn in den glänzenden Granit war bereits ein lebensgroßes, fotorealistisches Porträt von Grischa eingemeißelt. Er trug eine Kapitänsmütze, und unter dem offenen Hemdkragen waren ein Kruzifix und Ketten zu sehen. Der eine Fuß ruhte auf der Stoßstange eines Jeep Cherokee. In der Hand hielt er einen echten Autoschlüssel.

»Dieser Stein kostet mehr, als ich in einem Jahr verdiene«, sagte Viktor.

»Tja, ihm wurde der Kopf weggepustet, falls dich das tröstet.«

»Ein bisschen.«

»Aber warum wurde er erschossen?«, fragte Arkadi.

»Warum nicht? Gangster haben ein begrenztes Haltbarkeitsdatum. Jetzt, da Grischa aus dem Weg ist, steht Kaliningrad weit offen. Niemand glaubt, dass Alexi das Zeug hat, die Stadt zu halten. Das sind keine Schuljungen. Wenn Alexi klug ist, kehrt er auf die Business School zurück. Willst du auf die Jacht?«

»Nein, ich glaube nicht, dass ich meinen Neid noch länger unterdrücken kann. Ich würde gerne ein bisschen bleiben.«

Viktor schaute sich um. »Ruhig, friedlich, die ganze ländliche Idylle. Mach das nur. Ich werde nach der Jacht suchen und in den Fluss pissen.«

Sobald Viktor verschwunden war, wandte sich Arkadi an die Totengräber. Sie waren immer noch verärgert über die Reiberei mit Anjas Freunden.

»Das war eine Demonstration. Man darf nicht ohne Genehmigung demonstrieren.«

Arkadi wollte sich keinesfalls in Anjas Angelegenheiten einmischen, konnte sich die Frage aber nicht verkneifen: »Eine Demonstration wogegen?«

»Wir haben denen gesagt, dass es keine Rolle spielt, wie berühmt jemand ist. Eine Selbstmörderin bleibt eine Selbstmörderin und kann nicht in geweihter Erde begraben werden.«

»Selbstmord?«

»Fragen Sie die. Die ganze Gruppe läuft auf den Taganskaja zu. Sie können sie noch einholen.«

»Wessen Selbstmord?«

»Der von Tatjana.«

Der andere Totengräber nickte zustimmend. »Eine Unruhestifterin bis zuletzt.«

Vor dem Tor teilten sich Ape Beledons Söhne einen Joint.

»Der Alte lässt uns warten, als wäre er die verdammte Königin von England und wir der Prinz von Wales. Wann lässt er uns übernehmen? Ich sag dir, wann. Nie.«

»Echte Autorität.«

»Echte Autorität wird dir nicht übertragen.«

»Man nimmt sie sich. Man übt sie aus.«

»Man zeigt sie wie, du weißt schon, ›Noch eine tolle Nacht hier in Babylon‹.«

»*Scarface*. Tony Montana. Nennst du das einen kubanischen Akzent?«

»›Willst du mich verarschen? Willst du was auf die Fresse? Okay. Sag Hallo zu meinem kleinen Freund.‹ Und dann pustet er sie weg.«

»Ich muss die DVD schon hundertmal gesehen haben.«

Ein Husten.

»Lass dich nicht von Ape dabei erwischen, dass du den Scheiß rauchst.«

»Führt sich auf wie ein beschissener Schulmeister.«

»Scheiß auf Ape.«

»Und scheiß auf Alexi. Kriegt alles auf dem Silbertablett serviert.«

2

Als Arkadi die Demonstranten eingeholt hatte, waren sie auf über hundert angewachsen und hatten ihren Zielort erreicht, die Sackgasse, in der die Journalistin Tatjana Petrowna vor einer Woche in den Tod gestürzt war. Die Häuser waren alle gleich: sechs Stockwerke trister Beton, mit abgestorbenen Bäumchen, die eingepflanzt und vergessen worden waren. Eine Bank und eine Wippe waren mit Vogelkot bekleckert, doch die Eingangsstufen, auf denen sie gelandet war, hatte man geschrubbt und mit Bleiche behandelt.

Niemand war verhaftet worden, obwohl ein Fernsehreporter, der bei den Demonstranten geblieben war, atemlos spekulierte, Petrownas konfrontativer Reportagestil habe seine Risiken. Er könne die Möglichkeit nicht ausschließen, dass die Journalistin sich aus Publicitygründen das Leben genommen habe. Offiziell wurde es als Selbstmord dargestellt.

Arkadi war auf die Angelegenheit aufmerksam geworden, weil Tatjana Petrownas Nachbarn sie hatten schreien hören. Selbstmord erforderte normalerweise Konzentration. Menschen, die Selbstmord begingen, zählten Tabletten, starrten fasziniert auf das ausströmende Blut, sprangen schweigend aus großer Höhe. Sie schrien nur selten. Außerdem sah Arkadi keine Nachbarn. Aufläufe wie dieser hätten die Glotzer an ihre Fenster treiben sollen.

Die Demonstranten entzündeten Kerzen und trugen

Fotos, die Tatjana als nachlässig hübsche Frau an einem Schreibtisch zeigten, lesend in einer Hängematte, beim Spaziergang mit einem Hund, an vorderster Front in einem Kriegsgebiet. Sergei Obolenski, ihr ehemaliger Chefredakteur, war an der Spitze der Demonstranten. Dank seines geschorenen Schädels, des gepflegten Bartes und der Nickelbrille war er leicht zu erkennen. Arkadi und er waren sich einmal begegnet und hatten einander absolut nicht leiden können. Durch ein Megafon rief der Chefredakteur: »Wo ist Tatjana? Was versucht man uns zu verheimlichen?«

Anja und ihre Kamera schienen überall auf einmal zu sein. Arkadi musste sie am Ärmel packen.

»Du hast mir nichts davon erzählt.«

»Weil du doch nur gesagt hättest, ich solle nicht mitgehen«, gab sie zurück. »Auf diese Weise haben wir Streit vermieden. Die Polizei behauptet, sie sei vom Balkon gesprungen und habe sich das Leben genommen. Wir haben eine unabhängige Autopsie verlangt, und jetzt behaupten sie, die Leiche sei unauffindbar. Wie können sie eine Leiche verlieren?«

»Sie verlieren schon seit Jahren Leichen. Das ist eine ihrer Funktionen. Viel wichtiger ist, ob ihr eine Genehmigung für diese Demonstration habt. Ohne Genehmigung könnte sie als Provokation betrachtet werden.«

»Sie ist eine Provokation, Arkadi. Im Geiste von Tatjana Petrowna soll sie genau das sein. Warum machst du nicht mit?«

Während Arkadi noch zögerte, tauchte Obolenski auf. »Was tust du hier hinten, Anja? Ich brauche dich vorne, um Fotos zu machen.«

»Moment, Sergei. Erinnerst du dich an Ermittler Renko? Er marschiert mit uns.«

»Ach ja? Der eine gute Apfel unter all den verfaulten. Wir werden ja sehen, ob das stimmt.« Obolenski salutierte spöttisch vor Arkadi und wandte sich dann einer Gruppe Studenten zu, die sich der Demonstration anschließen wollten.

»Wir haben mindestens zweihundert Demonstranten«, berichtete Anja.

»Du hättest es mir sagen sollen.«

»Ich kannte deine Antwort, und du hast mich nicht enttäuscht.«

Für sie war alles einfach, dachte er, tiefschwarz oder schneeweiß. Sie war im Vorteil, da er nie diese Reinheit der Überzeugung besessen hatte. Wenn sie ein verwöhntes Kind war, dann war er ein Miesmacher, ein Spielverderber. Als Journalistin wollte Anja nahe beim Geschehen sein, während Arkadi ein Mann auf dem Rückzug war. Sie gab nicht vor, treu zu sein, und er erwartete es auch nicht. Ihre Liebesbeziehung war flüchtig. Durch reinen Zufall überlappten sich die Ränder ihres jeweiligen Lebens. Erwartungen gab es nicht.

»Geh nach Hause, Arkadi«, sagte Anja.

Obolenski kam zurück, legte ihr besitzergreifend die Hand auf den Arm und führte sie zu einer Bank, auf der ein Mann mit Megafon gegen den Wind anbrüllte. Arkadi dachte, Tatjana Petrowna hätte beim Anblick dieser Leute gelächelt, die ihr hier die letzte Ehre erweisen wollten. Alles Intellektuelle mittleren Alters. Chefredakteure, die ihre Autoren im Stich ließen, Autoren, die für die Schublade schrieben, Künstler, die wohlhabend geworden waren, weil sie Sozialrealismus in Kitsch verwandelten.

Er überlegte, welche Anschuldigungen man ihnen sonst noch entgegenschleudern könnte. Dass sie einst eine besondere Generation gewesen waren, die das tote Gewicht eines Imperiums abgeworfen hatte? Dass sie Romantiker waren, die über ein Stelldichein mit der Geschichte lamentierten, die nie stattgefunden hatte? Dass sie so matschig geworden waren wie ein verfaulter Kürbis? Dass sie alt waren? Dass sie sich um Tatjana scharten, nachdem sie tot war, sich aber von ihr ferngehalten hatten, als sie noch lebte?

Arkadi kam es so vor, als brauchte Obolenski keine Hunderte Demonstranten, er brauchte Tausende. Wo waren die jungen Menschen, die twitterten und texteten und mit ihren iPhones Tausende zu Demonstrationen zusammentrommelten? Wo waren die Liberalen, Kommunisten, Putin-Gegner, Lesben und Schwulen? Im Vergleich dazu war Obolenskis Demonstration eine Gartenparty. Ein Altersheimausflug.

Wenn es nach Arkadi gegangen wäre, hätte er jetzt alle nach Hause geschickt. Nichts, worauf er den Finger hätte legen können, nur ein atmosphärisches Ungleichgewicht, das auf Entladung wartete. Ein Protest war passend, weil Tatjana eine Unruhestifterin gewesen war. Sie hatte Korruption unter Politikern und bei der Polizei angegriffen. Ihr Lieblingsziel waren die ehemaligen KGBler, die wie Fledermäuse im Kreml hausten.

Arkadi trennte sich von der Menge und ging um das Gebäude herum. Auf der einen Seite befand sich eine Reihe heruntergekommener Mietshäuser, auf der anderen ein Maschendrahtzaun und eine Baustelle, die noch kaum in Gang gekommen war. Stapel von Moniereisen rosteten vor sich hin. Bauwagen standen verlassen da, die Fenster eingeschlagen, die Türen besprüht mit Hakenkreuzen. Männer hatten sich um einen Zementmischer versammelt. Alle hatten kahl geschorene Köpfe und trugen Rot, die Farbe der Fans des Fußballklubs Spartak. Bei Spartak-Spielen wurden sie oft in einen abgegrenzten Teil der Tribüne gepfercht. Arkadi sah, wie einer nach einer Eisenstange griff und sie probeweise schwang.

Als er zurückkehrte, war die Kundgebung in vollem Gange. Eine richtige Organisation gab es nicht. Die Leute wechselten sich am Megafon ab und redeten sich ihr schlechtes Gewissen von der Seele. Alle hatten irgendwann ihre Karriere durch das Kippen eines Artikels befördert, für den Tatjana Petrowna Kopf und Kragen riskiert hatte. Gleichzeitig erinnerten sie daran, dass Tatjana gewusst habe, wie sie enden würde. Sie besaß kein Auto, weil es, wie sie sagte, nur in die Luft gesprengt worden wäre, und das sei Verschwendung eines einwandfreien Wagens. Sie hätte in eine größere Wohnung ziehen, hätte sich den Weg zu materiellem Luxus erpressen können, war jedoch zufrieden mit ihrer Sackgassenbude gewesen, dem klapprigen Aufzug und den dürftigen Türen.

»Jede Schnecke zieht ihr eigenes Haus vor«, hatte Tatjana gesagt. Aber sie wusste es. So oder so, es war nur eine Frage der Zeit.

Der Nachmittag ging in die Dämmerung über, und das Fernsehteam war abgezogen, bevor der Dichter Maxim Dal vortrat. Maxim war sofort zu erkennen, größer als alle anderen, mit einem gelbweißen Pferdeschwanz, einem Schaffellmantel und von derart heroischer Hässlichkeit, dass er beinahe schön war. Kaum hielt er das Megafon in Händen, verurteilte er den mangelnden Fortschritt der Ermittlungen.

»Tolstoi schrieb, ›Gott kennt die Wahrheit, aber er wartet‹.« Maxim wiederholte: »Gott kennt die Wahrheit, aber er wartet, um das Böse zu korrigieren, das Menschen anrichten. Tatjana Petrowna hatte diese Geduld nicht. Sie hatte nicht die Geduld Gottes. Sie wollte, dass das Böse, das Menschen tun, sofort korrigiert wird. Heute. Sie war eine ungeduldige Frau, und daher war ihr klar, dass dieser Tag kommen könnte. Sie wusste, sie war eine Gezeichnete. Sie war klein, doch für gewisse Elemente im Staat so gefährlich, dass sie zum Schweigen gebracht werden musste, genau wie so viele andere russische Journalisten bedroht, angegriffen und ermordet wurden. Sie wusste, sie stand als Nächste auf der Liste der Märtyrer, und auch aus diesem Grund war sie eine ungeduldige Frau.«

Einer der Demonstranten fiel auf die Knie. Arkadi dachte, der Mann sei gestolpert, bis eine Straßenlaterne zersplitterte. Einem allgemeinen Luftanhalten folgten erschrockene Schreie.

Vom Rand der Menge hatte Arkadi freie Sicht auf die Skinheads, die über den Maschendrahtzaun setzten wie Wikinger über eine Bordwand. Nur eine Handvoll, nicht mehr als zwanzig. Sie schwangen ihre Eisenstäbe wie Breitschwerter.

Chefredakteure mit sitzender Lebensweise konnten es nicht mit jungen Rowdys aufnehmen, die ihre Tage damit verbrachten, Gewichte zu stemmen und Karateschläge in die Nieren oder die Kniekehlen zu trainieren. Professoren gaben Fersengeld und nahmen ihre Würde mit, während sie versuchten, die Schläge abzuwehren. Transparente sackten zusammen, als Appelle zur Vernunft mit Tritten beantwortet wurden. Ein Schlag in den Rücken nahm einem die Luft. Ein Stein auf den Schädel schrammte die Kopfhaut auf. Rettung schien nahe, als ein Polizeibus eintraf und Bereitschaftspolizei auslud. Arkadi erwartete, dass sie den Demonstranten zu Hilfe kommen würden, doch stattdessen stürmten sie mit Gummiknüppeln auf sie los.

Arkadi sah sich einem riesigen Polizisten gegenüber. Klar unterlegen, versetzte er dem Mann einen Hieb gegen die Luftröhre, eher eine billige Nummer als ein K.-o.-Schlag, doch der Polizist torkelte im Kreis, rang nach Luft. Anja war mitten im Schlachtgetümmel und machte Fotos, während Maxim sie schützte und das Megafon wie einen Knüppel einsetzte. Arkadi erhaschte einen Blick auf Obolenski, der ebenfalls wacker standhielt.

Doch Arkadi ging zu Boden. Bei einem Straßenkampf ist das der schlimmste Ort, an dem man landen kann, aber genau darauf stürzte er zu. Über wessen Fuß er stolperte, wusste er nicht, nur dass zwei Einsatzpolizisten auf seinen Rippen zu tanzen begannen. Tja, dachte er mit Viktors Worten, das ist wirklich Scheiße.

Er kam auf die Füße, ohne zu wissen, wie, und zeigte seinen Ermittlerausweis.

»Der gehört zu uns?« Der eine Polizist ließ seine Faust sinken. »Wäre ich nie drauf gekommen.«

In Minutenschnelle war die Schlacht vorbei. Die Skinheads sprangen über den Zaun und verschwanden. Die Polizisten machten ihre Runde unter den Verletzten und sammelten Ausweise ein. Arkadi sah aufgeplatzte Lippen und blutige Nasen, doch der wahre Schaden war den Lebensgeistern der Demonstranten zugefügt worden. Den ganzen Nachmittag hatten sie die Leidenschaft ihrer Jugend wiederaufleben lassen, standen wieder mit Jelzin auf einem Panzer, trotzten erneut dem Apparat des KGB. Diese berauschenden Tage waren vorbei, in sich zusammengefallen, und alles, was die Demonstranten davongetragen hatten, waren Blutergüsse und Schrammen.

Arkadis Auge war zugeschwollen, und nach Anjas Reaktion war er froh, sich nicht sehen zu können. Sie wiederum sah aus, als hätte sie höchstens eine Achterbahnfahrt hinter sich. Obolenski hatte sich verdrückt. Der Dichter Maxim war ebenfalls verschwunden. Zu dumm. Bei ihm hatte man das Gefühl gehabt, im Kampf einen Yeti zur Seite zu haben.

Ein Polizeihauptmann brüllte: »Versammlung ohne Genehmigung, Verbreitung böswilliger Gerüchte, Behinderung von Polizeikräften.«

»Die unschuldige Zivilisten angegriffen haben«, sagte Arkadi.

»Hatten die eine Genehmigung für die Versammlung? Ja oder nein? Sehen Sie, da fangen die Probleme an, mit Leuten, die glauben, sie wären etwas Besonderes und stünden über dem Gesetz.«

»Leute, die geschlagen wurden.« Irgendwie, kraft seines Ranges, war Arkadi zum Sprecher der Demonstranten geworden.

»Unruhestifter, die Polizisten brutal mit Ziegelsteinen und Eisenstangen angegriffen haben. Wer ist noch mal Ihr Chef?«

»Staatsanwalt Surin.«

»Guter Mann.«

»Einer unter Millionen. Entschuldigen Sie, Hauptmann. Ich habe mich nicht klar ausgedrückt. Diese Leute hier sind Opfer, und sie brauchen ärztliche Versorgung.«

»Sobald wir die Sache geklärt haben. Als Erstes werden alle Kameras eingesammelt. Alle Kameras und Handys.«

»In einem Müllsack?«

»Auf diese Weise werden wir in der Lage sein, alles anzuschauen und objektiv alle Verstöße zu beurteilen. Wie zum Beispiel …«

Arkadi zuckte zusammen, weil das Lachen so wehtat. »Sehen diese Leute aus, als könnten sie jemanden angreifen?«

»Das sind Schriftsteller, Künstler, intellektuelle Huren. Wer weiß, wozu die fähig sind.«

Der Müllsack kam zurück, und der Hauptmann hielt ihn für Anja auf. »Jetzt Ihre.«

Arkadi wusste, dass sie dem Hauptmann am liebsten ein Messer ins Herz gestoßen hätte. Gleichzeitig war sie gelähmt durch die Drohung, ihre Kamera zu verlieren.

»Sie gehört zu mir«, sagte er.

»Machen Sie sich nicht lächerlich. Sie ist weder Ermittlerin noch von der Miliz.«

»Auf besondere Anordnung von Staatsanwalt Surin.«

»Ach? Ich sag Ihnen was, Renko, lassen Sie uns im Büro des Staatsanwalts anrufen. Fragen wir ihn doch selbst.«

»Ich bezweifle, dass er jetzt im Büro ist.«

»Ich habe seine Handynummer.«

»Sie sind befreundet?«

»Ja.«

Arkadi war in eine selbst gemachte Falle getappt. Er fühlte sich benommen und hörte ein Pfeifen in seiner Brust. Beides war nicht gut.

Am anderen Ende klingelte immer wieder ein Telefon, bis schließlich eine Ansage ablief. Der Hauptmann beendete das Gespräch. »Der Staatsanwalt ist in seinem Golfklub und möchte nicht gestört werden.«

Die Sache war immer noch unentschieden, als eine wuchtige Limousine aus der Dunkelheit anrollte. Ein verblüffender Anblick, Maxim Dal in einem silbernen Zil zu sehen, einer Limousine aus der Sowjetzeit mit doppelten Scheinwerfern, Heckflossen und Weißwandreifen. Sie musste mindestens fünfzig Jahre alt sein. Dal befahl mit autoritärer Stimme, Anja und Arkadi sollten einsteigen.

Ihm war, als würden sie an Bord eines Raumschiffs aus der Vergangenheit gehen.

3

Anja war eine furchtbare Krankenschwester. Wenn sie zu kochen versuchte, roch Arkadi Angebranntes und hörte sie Töpfe und Pfannen verfluchen. Wenn sie in seiner Wohnung schrieb, roch er ihre Zigaretten und hörte, wie sie auf ihren Laptop fluchte. Doch ihre Geduld überraschte ihn. Er hätte erwartet, dass sie sich wie eine Katze verflüchtigte. Obwohl sie Aufträge hatte – eine Modenschau, einen Fotobericht über die Mafia –, kam sie mehrmals am Tag vorbei, um nachzuschauen, wie es ihm ging. »Du würdest mich vermissen, wenn ich es nicht täte. Du bist ein heimlicher Romantiker«, sagte sie.

»Ich bin ein Zyniker. Ich glaube an Autounfälle, Flugzeugabstürze, vermisste Kinder, Selbstverbrennung, Ersticken mit Kissen.«

»Und woran glaubst du nicht?«

»An Heilige. Durch sie sterben Menschen.«

»Das ist doch nichts Besonderes«, sagte Viktor, als er zu Besuch kam. »Kommt mir vor, als würdest du ein Riesentheater um ein paar gequetschte Rippen machen. Was, zum Teufel, ist überhaupt mit dir los?«

»Angestochene Lunge.« Ein paar Tage mit einem Drainageschlauch in der Brust, und die Lunge würde sich von allein wieder aufblähen.

»Das ist ja wie ein Besuch bei der Kameliendame. Macht's dir was aus?« Viktor hielt eine Zigarettenpackung hoch.

Ausnahmsweise gelüstete es Arkadi nicht danach.

»Also Selbstmord.«

»Oder Mord«, sagte Arkadi.

»Nein, ich hab's im Radio gehört. Der Staatsanwalt hat entschieden, dass sich Tatjana Petrowna aus dem Fenster gestürzt hat. Angeblich hatte sie Depressionen. Natürlich hatte sie Depressionen. Wer hat die nicht? Jeder, der Augen und Ohren hat, ist deprimiert. Der ganze Planet ist deprimiert. Deswegen haben wir die Erderwärmung.«

Solche Einsichten hätte Arkadi auch gerne gehabt. Er hängte sich an Einzelheiten auf. Was war mit den Nachbarn? Wer hatte Tatjana schreien gehört? Was hatte sie geschrien?

Die Schmerztabletten versetzten ihn in eine dumpfe Euphorie. Schenja musste da gewesen sein, weil eine große Schachfigur aus Schokolade, umhüllt mit einer Schleife, auf dem Nachttisch stand. Arkadi hatte einen leichten Schlaf, doch Schenja war so schwer zu fassen wie ein Schneeleopard.

Ein auf wenige Räume beschränkter Mann wird zum Meteorologen. Durch das Fenster kartografiert er Wolken, verfolgt das imposante Vorbeiziehen einer Gewitterfront, bemerkt die ersten Regentropfen. Die Schlafzimmerwand wird zur Leinwand, auf die er seine Fragen projiziert: »Was wäre wenn?« Wenn er diese Frau gerettet hätte? Oder gerettet worden wäre? Ein Mensch in dieser Situation heißt das Dröhnen und Krachen eines Gewitters willkommen. Alles, um einen Rückblick auf sein Leben zu unterbrechen: Arkadi Kirilowitsch Renko, Leitender Ermittler für schwere Straftaten, Mitglied der Jungen Pioniere und aus einer Generation der »Jeunesse dorée«. Dazu, wie das Glück es wollte, ein Experte in Selbstzerstörung. Sein Vater, ein hoher Militär, hatte sich das Hirn weggeblasen. Seine Mutter, sanfter veranlagt, hatte sich mit Steinen beschwert und ertränkt. Arkadi hatte auch damit herumgestümpert, war aber im kritischen Moment abgelenkt worden, und damit war sein Selbstmordfieber abgeklungen. Also betrachtete er sich dank all dieser Erfahrungen und Sachkenntnisse als jemanden, der Selbstmorde fair beurteilte. Er verteidigte die Ehre der Menschen, die sich das Leben genommen hatten, die Entschlossenheit, die ein Selbstmord verlangte, die Einsamkeit und den Schweiß, die Bereitschaft, es durchzuziehen und das zweite Röhrchen Schlaftabletten zu öffnen oder den Schnitt über das Handgelenk zu vertiefen. Sie hatten den Titel verdient, und er fühlte sich dadurch beleidigt, dass hier ein Mord als etwas dargestellt wurde, was es nicht war. Tatjana Petrowna hatte genauso wenig Selbstmord begangen, wie sie zum Mond geflogen wäre.

Als die Drainage aus Arkadis Brust entfernt wurde, hatte der Arzt gesagt: »Wir werden jeden Tag einen sauberen Verband anlegen und Sie bandagieren. Das Loch wird von selbst heilen. Ihre Rippen auch, wenn Sie es zulassen. Weder ruckhaftes Drehen noch Schweres heben, Zigaretten rauchen oder plötzliche Bewegungen. Betrachten Sie sich als zerbrochene Tasse.«

»Das tue ich sowieso.«

Arkadi hatte Viktor gebeten, die Akten der Miliz durchzusehen und eine Liste von Tatjana Petrownas Feinden aufzustellen.

»Du siehst übrigens beschissen aus«, sagte Viktor.

»Vielen Dank.«

Nach dem Austausch von Nettigkeiten setzte sich Viktor auf den Bettrand und fächerte einen Stapel Karteikarten auf.

»Zieh eine Karte, irgendeine.«

»Ist das ein Spiel?«, fragte Arkadi.

»Was denn sonst? Sieben Personen mit einem hervorragenden Grund, Tatjana umzubringen.« Er drehte eine Karte um, an die das Farbfoto eines Mannes mit langem, gebleichtem Haar, ausweichendem Blick und frischer Bräune geheftet war. »Igor Mulowitsch hat Tatjana offen vor Gericht bedroht. Er hatte junge Frauen als Models rekrutiert und sie wie Fleisch in die Emirate verkauft.«

»Ich erinnere mich an ihn.«

»Solltest du auch. Wir haben ihn verhaftet, aber es waren Tatjanas Artikel, die ihn festgenagelt haben. Er hat ein Jahr im Gefangenenlager abgesessen. Dann hat er sich einen Berufungsrichter gekauft, kam raus und wurde von einem Lastwagen überfahren, also ist er der Angeschmierte.«

Viktor drehte eine weitere Karte mit noch einem bekannten Gesicht um, Asa Baron, ehemals Baranowski, ein Börsenmakler, dessen Kunden phänomenale Erträge einheimsten, bis Tatjana Petrowna sein Schneeballsystem aufdeckte. »Baron ist in Israel und kämpft gegen die Auslieferung.«

Er drehte eine dritte Karte um.

»Tomski. Der große Fisch persönlich«, sagte Arkadi.

»Genau.«

Kasimir Tomski, stellvertretender Verteidigungsminister. Er hatte seine Finger kaum im Honigtopf, als ein russischer Frachter schwer angeschlagen in Malta landete. Die Ladung hatte sich im Sturm verschoben und musste neu verstaut werden. Dabei stürzte ein Hafenkran um und ließ Kisten mit der Aufschrift »Haushaltsgeräte« fallen. Doch was sich daraus ergoss, waren Panzerfäuste. Jeder wusste, dass Waffen illegal von Männern quer durch alle Ränge des Verteidigungsministeriums verkauft wurden. Tatjana nannte ihre Namen.

Tomski wanderte ins Gefängnis. Zehn Tage, bevor Tatjana ermordet wurde, war er entlassen worden.

»Definitiv ein Kandidat«, sagte Arkadi.

»Außer dass er sofort nach Brighton Beach zu seiner Mutter gezogen ist. Schade, er hätte einen wunderbaren Kandidaten abgegeben.«

»Wer ist noch übrig?«

»Die Schagelmanns.«

»Mann und Frau.«

»Wie ich höre, soll sie eine hervorragende Köchin sein, falls dir ein paar Finger im Eintopf nichts ausmachen«, sagte Viktor. »Eine entzückende alte Dame, die Tatjanas Nachbarschaft in ein Einkaufszentrum mit Wellnessoase umwandeln will. Aufgrund der vielen Prozesse hat Tatjana das Projekt ein Vermögen an Schmiergeldern, Darlehen und Anwälten gekostet. Sie kannte sich wirklich mit Gesetzen aus. Die Schagelmanns wollen da alles niederreißen, bevor der Winter kommt, koste es, was es wolle. Für sie ist es eine Geschäftsentscheidung, nichts Persönliches.«

Viktor ließ eine schwarze Karte hochschnippen. »Dann hätten wir noch den Joker.«

»Wer ist das?«

»Weiß ich nicht. Jemand, dem sie die Tür geöffnet hat. Ein Freund, dem sie vertraute.«

»Was ist mit Grischa? Über den hat sie vor einem Jahr einen Artikel veröffentlicht, der ihm fast die Haut abgezogen hat.«

»Grischa war schon tot.«

»Findest du es nicht interessant, dass sie mit nur einem Tag Abstand gestorben sind? Schon ein ziemlicher Zufall.«

»Zufall ist relativ. Wenn ich in eine Bar gehe, ist das

Schicksal. Wenn du auch da bist, ist das Zufall.« Viktor wandte sich wieder seinen Karten zu. »Es wird noch besser. Da sind Ape Beledon und Abdul, der tschetschenische Superstar. Ich werde mal ein bisschen herumschnüffeln.«

»Gib mir noch einen Tag, dann machen wir's zusammen.«

»Nach dem Motto, wenn ich wieder nüchtern bin? Hab doch ein bisschen Vertrauen.«

»Alles Vertrauen der Welt.«

Arkadi wusste nur zu gut, dass er im Staatsanwaltsbüro aufhören sollte. Das hätte er schon vor Jahren tun sollen, aber es gab immer einen Grund zu bleiben und einen Anschein von Kontrolle, als könnte man behaupten, ein Mann, der mit einem Amboss in der Hand abstürzt, habe alles unter Kontrolle.

4

Ein Knick in den Rippen kann die Perspektive eines Menschen verändern. Ein Gang die Straße hinunter war mit möglichen Katastrophen belastet. Ein Junge auf einem Skateboard wurde zu einem wilden Stier. Den Niwa mit der manuellen Gangschaltung zu fahren, erforderte einen Schwall Flüche. Das Handy klingelte. Dr. Korsakowa, eine Gehirnchirurgin aus Arkadis Bekanntschaft. Eine weitere Meinung, die er nicht brauchte. Arkadi ging nicht dran.

Tatjanas Wohnhaus und das Gelände rundherum wirkten noch leerer als zuvor, niemand unterwegs bis auf alte Frauen, die mit ihren Einkaufswagen hin und her schwankten. Eine echte Sackgasse.

Arkadi drückte auf sämtliche Klingeln, bis ein Mädchen in einem Poncho zur Eingangstür kam. Sie konnte nicht älter als zwanzig sein, hübsch auf Straßenkinderart, mit dicken Maskarastrichen um die Augen und Haar so fein wie Kükenflaum.

»Noch ein Ermittler?«, fragte sie. »Wenn Sie wegen Tatjana kommen, sind Sie eine Woche zu spät dran. Wenn Sie wegen des Hauses kommen, stellen Sie den Strom wieder an.«

»Ich bin nicht wegen des Hauses hier.«

Das Mädchen erklärte, die Bauunternehmer hätten seit Monaten versucht, Tatjana Petrowna loszuwerden. »Sie haben den Fahrstuhl abgestellt und die Heizung. Sehen Sie sich den Hausflur an. Nichts als Müll und schmutzige

Wörter. Die Briefkästen aufgebrochen. Ekelhaft. Wenigstens werden die Ratten von den Katzen in Schach gehalten.«

»Soll das heißen, sonst ist niemand im Gebäude?«

»Nein, nachdem Tatjana jetzt fort ist.«

»Kein Hausmeister?«

»Nein.«

»In welchem Stockwerk wohnen Sie?«

»Im sechsten, ganz oben. Direkt ihr gegenüber.«

Was sonst?, dachte Arkadi.

»Ihr Name ist …?«

»Swetlana.«

»Arbeiten Sie heute nicht?«

»Ich weiß nicht. Wir werden sehen.«

Sprayer hatten auf den Treppenstufen Vorschläge hinterlassen, was Menschen mit sich machen könnten, und die Erkenntnisse, dass »Spartak regiert!« und »Dynamo stinkt!«. Während er Swetlana nach oben folgte, bemerkte Arkadi, dass sie stärker mit den Hüften wackelte als absolut notwendig. Du rührst in einem kalten Topf, dachte er. Danke für den Versuch.

»Also wart es ihr zwei gegen den Rest der Welt.« Als hätte Tatjana noch weitere Feinde gebraucht, dachte er. Der Schutt draußen konnte für ein Megaeinkaufszentrum oder einen exklusiven Fitnessklub aus dem Weg geräumt werden. Wenn man Swetlana glauben konnte, mussten Tatjana und sie ein unerträgliches Hindernis gewesen sein. »Waren Sie da, als sie starb?«

»In der Nacht, als sie aus dem Fenster fiel? Ich hörte sie um Mitternacht heimkommen. Das war nicht ungewöhnlich, sie hat oft bis spät gearbeitet. Sie war berühmt, wissen Sie. Tatjana musste hier nicht wohnen. Ich habe sie mal gefragt, und sie sagte, sie würde sich gern mit dem System anlegen.«

Arkadis Rippen wehrten sich gegen jeden Schritt, und er war schweißgebadet, als sie den dritten Stock erreichten.

»Geht's Ihnen gut?« Swetlana schaute sich um.

»Alles bestens. Haben Sie an dem Abend mit ihr gesprochen?«

»Nein, aber ich hörte sie kommen.«

»Allein?«

»Das kann ich nicht genau sagen, ich konnte sie nur im Flur hören.«

»Und niemand kam hinterher?«

»Nein.«

»Sie waren befreundet.«

»Keiner würde das glauben, nicht wahr, nach dem, wer sie war und so. Sie hat immer Milch für meine Katzen mitgebracht. Sie musste nur ihre Tür öffnen, und sie begannen zu miauen.«

»Waren Sie allein?«

»O ja.«

»Wie haben Sie sich kennengelernt?«, fragte Arkadi. »Auf dem Fischmarkt? Bei einer Mieterversammlung?«

»Nicht so ganz. An einer Kontaktstelle.«

An »Kontaktstellen« wurden Prostituierte von Männern aufgegabelt. Das konnte eine Straßenüberführung sein, eine Fußgängerunterführung, ein Kinderspielplatz.

»Ich hatte Streit mit einem Kerl, und ich war in schlechter Verfassung. Tatjana sah es und hat mich bei sich aufgenommen.«

»Einfach so?«

»Einfach so. Ihr gehörten zwei Wohnungen, und sie hat mich in der gegenüberliegenden untergebracht.«

»Warum besaß sie zwei Wohnungen?«

»Keine Ahnung.«

»Wann haben Sie zum letzten Mal mit ihr gesprochen?«

»Am Tag des Unfalls, vor einer Woche.«

»Wie kam sie Ihnen vor? Glücklich, normal, deprimiert?«

»Niedergeschlagen.« Die Katzen hätten gemerkt, dass etwas nicht stimmte. Sie hätten den ganzen Tag miaut. »Gut, wir sind da.«

Er lehnte sich gegen die Wand und überlegte, wie lange es wohl dauern würde, bis nach unten hinabzufallen. Ein Polizeisiegel klebte auf der Tür und dem Rahmen, und die Tür war verschlossen. Spuren von gewaltsamem Eindringen gab es nicht.

»Die Polizei hatte einen Schlüssel?«

»Nehme ich an. Tatjana hat ihre Tür immer abgeschlossen.«

»Woher sollten die den Schlüssel haben?«

»Warum stellen Sie all diese Fragen? Alle sagen, es sei Selbstmord gewesen.«

»Können wir in Ihrer Wohnung reden?«

Swetlana stockte. »Weiß nicht. Wird mich das in Schwierigkeiten bringen? Tatjana hat mir erklärt, welche Rechte ich habe. Ich brauche niemanden reinzulassen.«

Arkadi nieste.

»Wie viele Katzen?«, fragte er.

»Sechs. Mögen Sie Katzen? Ich habe immer das Gefühl, dass sie gute Menschenkenner sind. Man muss sie zu sich kommen lassen.«

»Oh, keine Bange, die kommen.«

Nach Arkadis Erfahrung wussten Katzen sofort, wer gegen sie allergisch war, und strebten auf denjenigen zu. »Wissen Sie, ich bin wie die meisten Menschen. Manchmal vergesse ich meinen Schlüssel oder kann ihn nicht finden, daher gebe ich meinen Zweitschlüssel einem Nachbarn. Nun sind Sie die Einzige hier oben. Sie haben Tatjana einen Gefallen getan.«

Keine Antwort.

»Im Polizeibericht steht, ein Nachbar hätte Schreie gehört. Das waren Sie, stimmt's?« Er ließ ihr Zeit mit der Antwort, bevor er hinzufügte: »Hat das Schreien drinnen oder draußen auf dem Balkon begonnen?«

Swetlana wischte sich die Nase.

»Hat sie geschrien oder gerufen? Da besteht ein Unterschied.«

Tränen traten ihr in die Augen, doch sie schwieg.

»Hat sie Ihren Namen gerufen? Sie waren der einzige andere Mensch im ganzen Haus. Wusste sie, dass Sie zu Hause waren?«

»Ich hole Ihnen den Schlüssel«, sagte Swetlana.

Na, siehst du, dachte er, nicht viel grausamer, als die Antwort mit einem Messer herauszukitzeln. Er brauchte den Schlüssel. Für einen Ermittler entschuldigte das alles, und als sie ihre Tür öffnete, trat er hinter ihr ein.

Ein bescheidener Versuch war unternommen worden, das Vorderzimmer in ein Serail zu verwandeln. Billige indische Tagesdecken hingen an der Wand und waren über ein schmales Bett drapiert. Eine Lavalampe stand auf einem Nachtkasten, das Wachs am Boden verklumpt. Ansonsten sah Arkadi nichts, das nicht für einen raschen Aufbruch Platz im Koffer fand. Und Katzen. Sie wuselten ihm um und über die Füße und miauten kläglich. Während er reglos dastand, ging Swetlana ins Nebenzimmer und kam mit einem glänzenden, frisch gefeilten Schlüssel zurück.

»Ein neues Duplikat?«, fragte Arkadi.

»Ich bin so schusselig. Dauernd verliere ich sie.«

Die meisten Katzen waren grau gestreift, eine getigert und eine weiß.

»Die verdienen sich ihren Unterhalt. Jede Nacht jage ich sie raus, um Ratten zu fangen. Bis auf Schneeflocke.« Sie hob die weiße Katze hoch. »Schneeflocke versteckt sich gern und bleibt hier.«

»Sie haben ihre Leiche gefunden?«

»Ja. Sonst hat sie ja niemand schreien gehört.«

»Was genau haben Sie gehört?«

Swetlana setzte die Katze ab. »Geräusche.«

»Geräusche wie …?«

»Ich weiß nicht. Möbel, die herumgerückt wurden.«

»Sie war Ihre Freundin. Sind Sie an ihre Tür gegangen, um zu fragen, warum sie um Mitternacht Möbel rückt?«

»Nein.«

»Hat sie jemals Männer mit in ihre Wohnung gebracht?«

»Natürlich. Sie war eine sehr beschäftigte Autorin. So ist das mit jemandem wie mir und einer Autorin wie ihr, man lernt alle möglichen Typen kennen.«

»Alle möglichen Typen?«

»Sie hat sich um eine Menge Sachen gekümmert.«

»Wie zum Beispiel …«

»Tschetschenen, Kriminelle, Veteranen.«

»Gewalttätige Typen?«

»Klar.«

»Waren sie ihr gegenüber gewalttätig?«

»Nein. Außerdem sagt die Polizei, es war Selbstmord.«

»Nachdem ihre Möbel herumgerückt wurden.«

»Die Polizei sagt, ihre Tür war abgeschlossen. Sie war allein.«

»Diese Beamten, haben Sie deren Namen mitbekommen?«

»Waren nur Polizisten. Sie haben meinen Namen notiert, falls es noch Fragen geben würde.«

»Gab es die?«

»Nein. Wenigstens haben sie Tatjana mit einem Tuch bedeckt.«

»Aber Sie haben sie vorher identifiziert?«

»Ja. Das war scheußlich.«

»Tut mir leid, dass Sie das sehen mussten.«

»Danke. Sie sind der Erste, der das sagt.«

Seine Fragen wiederholten sich, waren fast verwirrend. Als umkreiste er ein Pferd, bevor er es kaufte. Von dem Moment an, als Swetlana den Schrei hörte, bis sie die Leiche fand, wie viel Zeit war da vergangen? Fünf Minuten? Zehn?

»Eher fünf.«

»Sie haben fünf Minuten gebraucht, um zu reagieren?«

»Glaub schon.«

Eine gesunde junge Frau hatte so lange gebraucht, die sechs Stockwerke hinunterzurennen? Wenn Swetlana keine unzuverlässige Zeugin war, dann war ihre Geschichte voller Löcher und Auslassungen.

»Sind Sie sicher, dass Sie allein in Ihrer Wohnung waren?«

»Ja. Das habe ich Ihnen doch schon gesagt.«

»Stimmt. Wie lange werden Sie hier noch bleiben?«

»Weiß ich nicht. Kann sich von einem Tag auf den anderen ändern.«

Oder von einer Minute auf die andere, dachte Arkadi. Er ließ sich ihre Handynummer geben und reichte ihr seine Visitenkarte. »Rufen Sie mich an, wenn Ihnen noch etwas einfällt.«

»Diese fünf Minuten, glauben Sie, sie hat da noch gelebt?«, fragte Swetlana.

»Nach dem Sturz? Ich glaube, sie war sofort tot. Ich bezweifle, dass sie noch etwas gespürt hat.«

»Wer macht denn so etwas?«

»Ich weiß es nicht. Ich glaube, Tatjana Petrowna hatte so viele Feinde, dass sie sich gegenseitig über die Füße gestolpert sind.«

»Warum kümmert Sie das?«

»Tut es nicht. Ich bin nur neugierig.« Ihm kam noch ein Gedanke. »Wie sind die Katzen denn mit ihrem Hund klargekommen? Auf einem Foto von ihr habe ich einen Hund gesehen.«

»Ihr Mops? Der kleine Polo? So ein Feigling. Der hat sich hier nicht reingetraut.«

Arkadi zog Latexhandschuhe über, bevor er die Tür öffnete. Er hatte große Hoffnungen, ging davon aus, dass die Wohnung das Abbild eines wohlgeordneten Verstandes war, und saubere Oberflächen bedeuteten gute Fingerabdrücke.

Die Balkonvorhänge waren geschlossen und ließen nur Lichtspalten frei. Vergebens drückte er auf einen Schalter, bis ihm einfiel, dass der Strom im Haus abgeschaltet war. Der Strahl seiner Stiftlampe tanzte über die herabbaumelnden Drähte einer Deckenlampe. Arkadi richtete ihn nach unten und sah, dass er keinen Schritt tun konnte, ohne auf offene Bücher oder zerbrochenes Glas zu treten. Er ließ den Strahl durch den Raum zu einem Sofa wandern, das umgekippt und aufgeschlitzt war, mit hervorquellender Polsterung. Daneben stand ein Schreibtisch ohne Schubladen. Mappen waren aus Hängeregistern gekippt worden. Bücherregale waren ausgeleert, und überall lag loses Papier herum. Verstreute Schuhkartons enthielten Audiokassetten, die laut den Aufklebern zwanzig Jahre zurückreichten. Das Strandgut einer professionellen Reporterin.

Mit langen, vorsichtigen Schritten betrat er die Küche.

Alles, was in Schubladen oder Schränken gewesen war, lag auf dem Boden. Messer glitzerten in der Mischung aus Joghurt, geschmolzener Eiscreme und Frühstücksflocken. Sowohl der Kühlschrank als auch der Herd waren abgerückt worden. Zwei Hundeschüsseln, beide umgedreht. Im Badezimmer war das Medizinschränkchen ins Waschbecken geleert worden. Im Schlafzimmer war die Matratze filetiert, der Kleiderschrank umgeworfen.

Er ging zum Balkon und öffnete die Türen. Das war Tatjanas letzter Ausblick gewesen, trostloser, als Arkadi erwartet hatte, weit entfernt von den Glastürmen der Millionäre. Selbst mit den eingeklappten Türen war auf dem Balkon nur Platz für zwei. Auf einer Metallplakette am Geländer stand: »Bitte stellen Sie keine Gegenstände auf den Sims.« Gute Idee, fand Arkadi. In einer Ecke des Balkons standen ein Aschenbecher und eine verwelkte Topfgeranie.

Er kehrte ins Wohnzimmer zurück, trat dabei auf einen Schuhkarton mit Kassetten und hob einen Kassettenrekorder auf. Arkadi hatte mit leeren Batterien gerechnet. Stattdessen hörte er das Stottern von Maschinenpistolenfeuer und eine Frauenstimme: »Beide Seiten haben die gleichen Waffen. Was daran liegt, dass unsere sowjetischen Soldaten ihre gegen Wodka eingetauscht haben. Hier in Afghanistan ist Wodka der große Gleichmacher.« Arkadi probierte eine weitere Kassette. »Die Sirenen, die Sie hören, stammen von Krankenwagen, die Kinder in ein schon mit Verwundeten überfülltes Krankenhaus bringen, bisher über zweihundert. Inzwischen ist klar, dass es keinen Rettungsplan gab. Der Ministerpräsident ist immer noch nicht eingetroffen.« Und eine dritte. »Die Bombe explodierte während der Stoßzeit in der Metro. Überall liegen Leichen und Leichenteile. Wir versuchen näher heranzukommen, aber manche Tunnel sind derart mit schwarzem Rauch gefüllt, dass es unmöglich ist zu atmen oder etwas zu sehen.« Geschichte rauschte vorbei.

Arkadi legte eine neue Kassette ein. Zuerst dachte er, sie sei leer, dann vernahm er ihre leise, sanfte Stimme. »Die Menschen fragen mich, ob es das wert ist.«

Eine Pause, aber er wusste, dass Tatjana dort auf dem Band war. Er hörte sie atmen.

5

Am nächsten Morgen fühlte sich Arkadi seltsam wohl. Zum einen lag das am Dicodid, zum anderen an dem Gefühl, in direkten Kontakt mit Tatjana Petrowna getreten zu sein und eine Idee zu haben, wo er anfangen konnte. Sergei Obolenski war einer der wenigen Männer, die sich vor Tatjanas Wohnhaus zur Wehr gesetzt hatten. Er war Tatjanas bester Freund bei der Zeitschrift *Jetzt* gewesen.

»Wir sollten uns eher *Dann und Wann* nennen«, meinte Obolenski. »Unsere neueste Ausgabe haben wir gekippt, damit wir unser Konzept des investigativen Journalismus überdenken können. Vielleicht müssen wir ein Horoskop bringen statt Recherchen. Vielleicht sollten wir nur noch Horoskope drucken. Ich kann es nicht verantworten, dass die Redakteure ihr Leben aufs Spiel setzen. Für mich persönlich habe ich beschlossen, dass ich zu alt zum Sterben bin. Wenn man jung ist, weder Familie noch finanzielle Verpflichtungen hat, ist das leicht. In meinem Alter ist es ein Schlamassel. Kein Artikel ist das wert.« Obolenski rieb sich die blauen Flecken auf dem geschorenen Schädel. »Nichts im Vergleich zu einer angepieksten Lunge.« Er nahm eine Wodkaflasche und zwei Gläser aus einem Schreibtischfach. »Normalerweise trinke ich nicht mitten am Tag, aber da wir beide Überlebende der Schlacht am Megafon sind, möchte ich mit Ihnen anstoßen.«

»Eine Schlacht?« Arkadi fand das ein bisschen übertrieben.

Eine Wand von Obolenskis Büro war mit lobenden Erwähnungen von Nachrichtenagenturen und Journalistenschulen aus der ganzen Welt bedeckt. Zwei Fotos zeigten Obolenski und Tatjana Petrowna bei Preisverleihungen. Ein Ledersofa war durchgesessen und flach. Ein abgestorbener Benjamini stand verstaubt in der Ecke. Obolenskis Schreibtisch war halb unter einem Computer, Manuskripten und Büchern verborgen, die aus Regalen quollen. Alles in allem so ziemlich die Unordnung, die Arkadi in einem Chefredakteursbüro erwartete.

»Was ist passiert, nachdem Anja und ich fort waren?«, fragte er. »Haben Sie die Kameras und Handys zurückbekommen?«

»Erst als der Hauptmann alle Filme und Speicherkarten konfisziert hatte. Der Hauptmann hatte seinen Spaß. Er hat uns geraten, kein Theater wegen der Prügel zu machen, weil sie dann so richtig austeilen würden. ›Austeilen‹? Was soll das heißen? Was bleibt denn noch nach einem Mord? Inzwischen hat er uns wegen ungesetzlicher Versammlung und Verunglimpfung des Präsidentenamtes vorgeladen. Kein Wort über den Angriff auf uns. Ich bin für meine Leute verantwortlich. Ich möchte ihr Blut nicht an meinen Händen haben.«

»Haben Sie beim Staatsanwalt Beschwerde eingelegt?«

»Was sollte das schon nützen? Staatsanwälte, Ermittler, Miliz, das sind alles Diebe, Anwesende ausgeschlossen.« Nach nur zwei Gläsern Wodka wurde Obolenski emotional. »Renko, Sie und ich wissen, dass es bei unserer Demonstration um mehr ging als um Tatjana. Es ging um alle Journalisten, die angegriffen wurden. Da gibt es ein Muster. Ein Journalist wird ermordet, ein eher unwahrscheinlicher Verdächtiger wird verhaftet, vor Gericht gestellt und für unschuldig befunden. Und das war's dann, nur dass wir die Botschaft kapieren. Bald gibt es nur noch deren Nachrichten und keine anderen. Die behaupten, das sei besser als eine freie Presse, es sei eine freie, aber ›verantwortungsvolle‹ Presse.« Er schenkte nachlässig ein und hob das Glas hoch. »Und die Nation macht weiter, mit verbundenen Augen.«

»Was ist mit Tatjana?«

»Tatjana war furchtlos. Unabhängig. Mit anderen Worten, ich konnte sie nicht aufhalten. Sie machte, was sie wollte. Sie flog nach Amerika, um einen wichtigen Menschenrechtspreis entgegenzunehmen, und als sie zurückkam, konnte sie über nichts anderes als Autoaufkleber reden. Sie sagte, wenn sie ein Auto hätte, würde sie einen Aufkleber mit der Aufschrift ›So viel Korruption, so wenig Zeit‹ anbringen. Ich glaube, sie wusste, dass ihre Zeit abgelaufen war. Warum hätte sie sonst in einem Haus neben Skinheads gewohnt?«

»Haben die sie je angegriffen?«

»Nein.«

»Könnte es sein, dass die Skinheads sie respektiert haben?«

»Warum nicht? Das sind Monster, aber trotzdem menschlich. Sie hat sich immer für die Benachteiligten eingesetzt.« Obolenski rückte näher. »Offiziell heißt es, Tatjana sei gesprungen und es werde keine Ermittlungen geben. Was machen Sie dann hier? Der Krieg ist vorbei.«

»Die Leute wissen nichts von der Demonstration«, sagte Arkadi.

»Und werden es auch nicht erfahren. Im Fernsehen war an dem Abend Putin beim Streicheln eines Tigerjungen zu sehen und Medwedew beim Blumenstecken. Übrigens wird Tatjana schon wieder vermisst.«

»Wieder?«

»Zuerst war sie in der falschen Schublade.« Obolenski füllte die Gläser nach. Bis zum Rand. »Jetzt ist sie vollkommen verschwunden.«

»Was soll das heißen?«

»Sie können sie nicht finden. Angeblich haben sie überall gesucht. Die führen uns doch nur am Schwanz herum. Anscheinend ist die Obrigkeit besorgt, dass jegliche Begräbnisstätte unserer Tatjana zu einer Art Schrein werden könnte. Sie jonglieren mit ihr, bis ihnen die Antwort einfällt.«

»Warum wird sie nicht eingeäschert?«

»Vielleicht haben sie das bereits getan, wer weiß? Aber da muss erst die Familie gefragt werden.«

»Hatte sie Familie?«

»Eine Schwester in Kaliningrad, die niemand auftreiben kann. Ich hab's versucht. Ich bin selbst nach Kaliningrad geflogen und habe an ihre Tür geklopft, denn wenn die Schwester keinen Anspruch auf sie erhebt oder sie Tatjana lange genug verstecken, könnte sie in einem Grab für Namenlose landen. Ein doppeltes Verschwinden.«

»War sie von Natur aus verschlossen?«

»Sie hatte ein Privatleben. Hin und wieder verschwand sie für eine Woche und erzählte nie, wo sie gewesen war. Eine unberechenbare Frau. Ich glaube, es war ihre Unberechenbarkeit, die sie am Leben hielt. Und sie gab nie ihre Quellen preis, doch als wir in den Nachrichten sahen, dass in Kaliningrad eine Leiche an den Strand geschwemmt worden war, bestand sie darauf, sich den Tatort anzusehen.«

»Wie hieß der Tote?«

»Das wollte sie nicht sagen.«

»Woher kannte sie ihn?«

»Laut Tatjana hatten sie sich bei einer Buchpräsentation in Zürich kennengelernt. Er dolmetschte für einen der anderen Autoren. Sobald er jedoch erfuhr, wer sie war, versuchte er sie zu beeindrucken und ließ sie wissen, er habe Insiderinformationen über kriminelle Aktivitäten in Moskau und Kaliningrad. Die Polizei hat nicht mal vorgegeben, seinen Tod zu untersuchen. Sie haben ihn bloß abtransportiert. Ein paar einheimische Kinder fanden sein Notizbuch hoch oben im Dünengras. Die kleinen Miststücke haben es Tatjana verkauft. Fünfzig Dollar für ein Notizbuch voller Rätsel. Nur sind wir die Angeschmierten. Das Ding ist vollkommen nutzlos.« Obolenski schloss eine Schublade auf und holte ein Spiralnotizbuch heraus, wie es Reporter verwenden.

»Was steht drin?«

»Tatjana sagte, das seien Dolmetschernotizen.«

»Notizen worüber?«

»Sagen Sie's mir. Tatjana hielt es geheim. Das sollte der Höhepunkt ihrer Karriere werden. Ihr einen Heiligenschein verschaffen. Stattdessen setzte die Verleumdungskampagne des Kreml ein. Sie verderbe die Jugend, sei eine Agentin des Westens, eine schamlose Frau. Sie bewerfen dich mit Dreck, noch während sie dich umbringen. Das ist deren Vorgehensweise.«

»Wer sind ›sie‹?«

»›Sie‹ sind diejenigen im Kreml, die entscheiden, ob ein Journalist zu tief gräbt oder zu hoch hinaufgreift. Diejenigen, die behaupten, nur ein Sarg könne einen Buckligen gerade biegen.«

»Wo ist Tatjanas Hund?«

»Polo? Bei Maxim, soviel ich gehört habe. Renko, warum klingen Sie immer noch wie ein Ermittler?«

»Gewohnheitssache.« Arkadi sah sich müßig im Büro um. Ein Kaktus auf der Fensterbank wirkte zerlöchert und besiegt. »Was ist mit Tatjanas Manuskript passiert?«

»Ist verschwunden. An dem Tag, als sie starb, wollte sie mir eine Rohfassung geben. Ich habe nur dieses Notizbuch.«

»Darf ich mal sehen?«

Obolenski lachte. »Schauen Sie es sich an.«

Arkadi blätterte die erste Seite auf. Die zweite, dritte, und seine Verwirrung nahm noch zu. Zeichnungen. Pfeile, Kästchen, Tränen, Fische, eine Katze und mehr, als hätte jemand den Inhalt eines Setzkastens ausgeschüttet und gnostische Symbole, Dollarzeichen, Strichmännchen und, vollkommen abwegig, »Natalja Gontscharowa« eingefügt, den Namen der treulosen Frau, für die der Dichter Puschkin sein Leben gelassen hatte.

»Was bedeutet das?«, fragte Arkadi.

»Wer weiß?« Obolenski nahm ihm das Notizbuch ab und legte es zurück in die Schublade. »Tut mir leid, ich hebe es für die Autorin auf, die ich beauftragt habe, einen Folgeartikel über Tatjana zu schreiben.«

»Nach dem Angriff auf die Demonstration dachte ich, Sie hätten aufgehört, Wellen zu schlagen.«

»Haben wir, haben wir. Trotzdem gibt es da eine Reporterin, die es unbedingt versuchen will. Wie kann ich es ihr abschlagen?«

»Wem?«

»Anja. Das ist ihre große Chance, finden Sie nicht?«

Arkadis Wagen war gerade aus der Werkstatt gekommen, und nachdem er ihn endlich zurückhatte, war er nervös wie ein junger Vater. Jedes Fahrzeug fuhr auf wenige Millimeter auf. Die anderen Fahrer traten nicht in Augenkontakt und gaben kein Pardon.

Viktor grinste hämisch. »Das ist wie beim Stierlauf in Pamplona, aber in Zeitlupe. Schön, dein Auto wiederzusehen. Ein bisschen machohaft für meinen Geschmack, wenn du weißt, was ich meine.«

»Ich kann es mir denken.«

»Das Problem ist, da der Revierkommandant sagt, Tatjana Petrownas Tod sei eindeutig Selbstmord, gibt es keine Grundlage für weitere Ermittlungen. Das bedeutet, keine eidesstattlichen Aussagen, keine Zwangsvorladungen und keine Anwälte. Die Leiche ist verschwunden. Der Kommandant hat mich abgewiesen. Also haben wir unser Soll an nichts übererfüllt. Wohin fahren wir?«

»Zu unserer Zeugin.«

»Die Nachbarin? Swetlana?«

»Ich hab dir doch gesagt, sie hat Schreie gehört.«

»Na gut, sagen wir mal, du hättest die Zustimmung zu einer Ermittlung – die du nicht hast, aber egal –, hat sie wirklich was gesehen? Stand sie unter Drogeneinfluss? Könnte sie den Zeitpunkt beschwören? War sie mit einem Freier zusammen? Schöne Zeugin.«

»Wir brauchen mehr, da stimme ich dir zu.«

»Mehr?«

»Wir sollten mit allen Kollegen und Freunden von Tatjana sprechen, um herauszufinden, in welcher seelischen Verfassung sie war. Außerdem hat sie über einen Toten in Kaliningrad recherchiert. Sie kämpfte an vielen Fronten.«

»Arkadi ...«

»Und sie scheint ein kostspieliges Bauprojekt behindert zu haben.«

»Arkadi, ich sag das ja nicht gern, aber der Fall ist abgeschlossen. Die Ermittlung ist vorbei. Nicht nur das, es sieht wirklich wie Selbstmord aus. Sie kam allein nach Hause, hat die Tür abgeschlossen und ist vom Balkon gesprungen. Allein. Sie hat niemandem vertraut, was unter den Umständen absolut sinnvoll war. Sieht aus, als wäre die ganze

Stadt hinter ihr her gewesen. Sie haben sie dazu getrieben.«

»Sie hat ihrer Nachbarin den Wohnungsschlüssel anvertraut.«

»Leider eine Verrückte. Wird Zeit, dass du wieder auf die Beine kommst, aber mit einem echten Mord. Ohne Leiche gibt es keinen Fall. Wir fangen langsam mit gefährlicher Körperverletzung an und arbeiten uns hoch. Oder, auf persönlicher Ebene, warum findest du nicht heraus, wer auf dir rumgetrampelt ist? Ich habe ein paar Anrufe getätigt, während du auf der faulen Haut gelegen hast.«

»Und?«

»Jeder zweite Demonstrationsteilnehmer leugnet, überhaupt dort gewesen zu sein. Die einzigen beiden, die den Vorwurf wirklich unterstützen, sind Anja und Obolenski, aber damit verkauft man Zeitschriften, nicht wahr?«

»Was ist mit Maxim Dal? Er hat uns gerettet.«

»Ist abgetaucht. Wenn man andere außer Obolenski, Anja und dir hört, gab es keine Demonstration. Das ist wie das alte Sprichwort von dem Baum, der im Wald fällt. Wenn es niemand hört, war da überhaupt ein Geräusch?«

»Und wenn er auf dich fällt?«

Während sie sich die sechs Stockwerke zu Swetlanas Wohnung hinaufquälten, keuchte Viktor: »Weißt du, ich habe dich wirklich vermisst, als du flachgelegen bist. Jetzt bin ich mir nicht mehr so sicher.«

An Tatjanas Tür klebte eine Quittung von der Kurischen Renaissance-Gesellschaft für den Inhalt der Wohnung, der innerhalb eines Monats nach Bezahlung einer Lagergebühr abgeholt werden könne. Nach dreißig Tagen würde alles entsorgt werden.

Die Tür öffnete sich auf ein Antippen.

Tatjanas Wohnung war vollkommen leer. Möbel, Elektronik, selbst die Teppiche waren verschwunden. Bücher, Fotos, Musik – alles weg. Jeder Schritt hallte in den Räumen wider, Staubkörner tanzten im späten Nachmittagslicht.

»Eine Renaissance-Gesellschaft? Das klingt nett«, meinte Arkadi. »Erinnert mich an da Vinci, Michelangelo, Bernini.«

»Und mich an die Borgias«, sagte Viktor. »Also haben wir keine Zeugin, keine Leiche und jetzt auch keinen Tatort.«

»Stimmt.«

»Ich sag dir, was wir haben.« Viktor schnüffelte, als sie auf den Flur hinaustraten. »Katzen.«

In Swetlanas Wohnung waren fünf Katzen. Man hatte sie seit mindestens einem Tag nicht gefüttert, das Katzenklo nicht gesäubert, und sie wuselten um Viktor herum, während er Milch in eine Untertasse goss. Viktor war, seltsam genug, ein Katzenmensch. Kein Bewunderer flauschiger Perserkatzen oder exotischer Siamesen, sondern halbwilder Überlebender der Straße. Sie fraßen Singvögel? Sollten sie doch. Viktors Lieblingsvögel waren Krähen.

Swetlana war fort. Wie sich Arkadi erinnerte, hatte sie in der Wohnung mehr kampiert als gelebt. Sie hätte keine zehn Minuten gebraucht, ihre persönliche Habe in einen Koffer zu stopfen. Die Katzen miauten und schnurrten um die Schüssel, Milchtropfen an den Schnurrhaaren.

Bei seinem ersten Besuch waren es sechs Katzen gewesen. Schneeflocke, Swetlanas Liebling, war verschwunden. Arkadi ging auf, dass eine Frau, die ihr Schoßtier mitnahm, nicht aufgegriffen worden war. Sie war auf der Flucht.

»Vergiss nicht«, sagte Viktor, »selbst wenn die Wände mit Blut bespritzt wären, hättest du keine Berechtigung, irgendetwas zu unternehmen, solange dir der Staatsanwalt den Fall nicht übertragen hat. Du hast ihn seit Wochen nicht gesehen.«

»Tja, ich habe ihn vernachlässigt«, gab Arkadi zu.

Da Arkadi nicht Golf spielte, wusste er nicht, wie viele Abschläge einem Spieler erlaubt waren, um den Ball von einem Tee zu schlagen. Staatsanwalt Surins Abschläge wurden bei jedem Versuch fahriger.

»Sie müssen da nicht wie ein Aasgeier rumstehen, Renko. Alles lief bestens, bevor Sie aufgetaucht sind.«

»Ist das nicht immer so?«

Das war also der berühmte Golfklub des Staatsanwalts. Ein offener Käfig und Matten aus Kunstrasen zwischen einem Autohändler und einer Paintballpiste. Der Bereich war beleuchtet, und Schilder markierten den Abstand vom Tee: 100 Meter, 150, 200. Für Surin hätte genauso gut Mars, Saturn, Jupiter draufstehen können. Das Problem war, dass er wie ein echter Golfer aussah, hochgewachsen, gebräunt und silberhaarig. Nur sah er auch wie ein echter Staatsanwalt aus.

»Haben Sie es mal mit Paintball versucht?«, fragte Arkadi.

»Kommen Sie zur Sache. Was wollen Sie?«

»Ich wollte Ihnen mitteilen, dass ich wieder im Dienst bin.«

»Sie sind noch für eine weitere Woche krankgeschrieben.«

»Ich habe mich genug ausgeruht. Ich habe versucht, Sie telefonisch zu erreichen und Ihnen Nachrichten hinterlassen.«

Surin blickte zu Viktor und dem Niwa. »Sie könnten ins Büro kommen und Ihre Post abholen, aber ich habe keine

Fälle für Sie. Alle anderen arbeiten als Team. Ich kann keine Teams aufspalten. Für Sie gibt es im Moment wirklich nichts zu tun.«

»Ich werde etwas finden.«

»Zum Beispiel?«

»Eine Leiche im Leichenschauhaus. Sie scheinen sie verlegt zu haben.«

»Mord?«

»Selbstmord«, versicherte ihm Arkadi.

Er sah, wie Surin die Sache erwog, unsicher, ob es ein unverhoffter Glücksfall oder eine Falle war.

»Wissen Sie, wenn Sie in radikale Demonstrationen und Straßenschlachten verwickelt werden, fällt das auf das gesamte Büro zurück. Wir sind Ihre Geiseln. Ihre Kollegen haben die Nase voll vom Melodram Ihres Lebens. Die Leiche einer Selbstmörderin zu finden, ist doch sinnlos, nicht wahr? Tot ist tot.« Die Aufmerksamkeit des Staatsanwalts wurde vom Tee abgelenkt. Noch ein halber Eimer voller Bälle. »Wenn Sie einer Leiche nachjagen wollen, tun Sie's. Das passt zu Ihrem Stil, eine vollkommen sinnlose Geste. Aber tragen Sie sich wenigstens im Büro ein, als würden Sie dort arbeiten.«

Wenn man ins Büro geht, passiert bloß Schlimmes, dachte Arkadi. Er war Pluto gewesen, ein Eisbrocken im äußeren Weltraum, zufrieden in seiner Obskurität. Doch nur ein Schritt in sein Büro, und die geballte Schwerkraft prallte auf ihn. Memos, Notizen und Mahnungen häuften sich auf dem Schreibtisch, und auf dem Lehnstuhl wartete Dr. Korsakowa mit Röntgenbildern im Schoß.

»Was für ein Vergnügen«, sagte Arkadi.

»Und auch eine Überraschung, da bin ich sicher. Anscheinend sind Sie ein Phantom. Oder Sie sind mir ausgewichen?«

»Niemals.«

Er wollte ihr Tee anbieten, doch sein Elektrokocher war verschwunden. Korsakowa hatte Arkadi wegen einer Schusswunde behandelt, einer Kugel im Gehirn, die ihn hätte töten sollen und es auch getan hätte, wenn das Projektil nicht ein durch die Zeit erodiertes Relikt gewesen wäre. Statt eine Chaussee durch Arkadis Kopf zu pflügen, hatten sich Knochenfragmente zwischen dem Schädelknochen und der Hirnhaut eingenistet und so starke Blutungen ausgelöst, dass Drainagebohrungen und Abheben der Schädeldecke gerechtfertigt waren. Seitdem hatte die Ärztin ein besitzergreifendes Interesse an Arkadis Gesundheit entwickelt.

»Tja, da sind wir. Ich würde Ihnen Tee und etwas zu essen anbieten, aber die Schränke sind leer.«

»Nicht jeder mit einem Kopfschuss bekommt eine zweite Chance. Sie sollten das zu schätzen wissen. Erinnern Sie sich noch an Ihre Kopfschmerzen?«

Die medizinische Bezeichnung lautete »Donnerschlagkopfschmerzen«, ein plötzliches Heulen in der Schwärze der Nacht, das ein Anzeichen für Gehirnblutung war. Arkadi erinnerte sich.

Dr. Korsakowa mahnte: »Wenn man Vorsicht walten lässt, sollte es keinen Grund zur Besorgnis geben. Hören Sie zu?«

»Ich hänge an Ihren Lippen. Sie haben mir gesagt, ich müsse mir keine Sorgen machen, vermutlich würde nichts passieren.«

Sie stand auf, zog die Aufnahmen heraus und kippte Arkadis Schreibtischlampe so, dass sie nach oben leuchtete. »Macht es Ihnen was aus?«

»Nicht das Geringste.«

»Vor sechs Monaten.« Sie hielt das Röntgenbild über

die Lampe und dann die zweite Aufnahme darüber. »Vor einer Woche.«

Die Röntgenbilder vermischten sich zu einem einzigen durchsichtigen Schädel, völlig gleich bis auf einen weißen, jeweils eingekreisten Fleck.

»Etwas hat …«

»… sich bewegt«, bestätigte Dr. Korsakowa. »Wir wissen nie, ob so ein Fragment an Ort und Stelle bleibt oder ob und in welche Richtung es sich bewegt. Bei Kriegsveteranen tritt selbst nach fünfzig Jahren noch Schrapnell hervor. Wir wissen, dass Gewalt nicht hilfreich ist. Haben Sie das bedacht, als Sie sich der Demonstration für Tatjana Petrowna angeschlossen haben?«

»Das war eine öffentliche Versammlung.«

»Es war eine Demonstration, und für Sie hätte sie tödlich sein können. Wer weiß, in welche Richtung sich dieses Fragment bewegt. Im Moment zielen Teile auf das Stirnhirn. Das könnte zu Verwirrung, Übelkeit und Persönlichkeitsveränderung führen.«

»Damit könnte ich leben. Vielleicht kommt sogar etwas Besseres dabei heraus.« Hektisch öffnete er Schubladen, bis er einen Aschenbecher und ein Päckchen Zigaretten fand.

Sofort sprang Dr. Korsakowa auf. »Sie wollen auch noch rauchen?«

»Wie ein Schlot, solange ich kann.«

6

Als Arkadi und Anja sich zum Frühstück setzten, war das Brot frisch, der Kaffee heiß, und sie wollte wissen, warum er einen durchaus angenehmen Vormittag damit vergeuden wolle, sich mit Maxim Dal zu treffen, und das ausgerechnet in einer Kirche.

»Hoffst du auf ein Geständnis? Und danach setzt ihr euch mit einer Kanne Tee gemütlich aufs Sofa und ergeht euch in Erinnerungen daran, wie euch die Einsatzpolizei zusammengeknüppelt hat?«

»Nein, dazu braucht man Wodka. Die Kirche war Maxims Idee. Außerdem könnte er etwas über Tatjanas Tod wissen, das uns weiterbringen würde.«

»Worauf hast du es eigentlich abgesehen? Worum geht es?«

»Tatjanas Leiche ist verschwunden. Ich suche nach ihr.«

»Ein Leitender Ermittler, der die Schubladen im Leichenschauhaus durchwühlt? Weißt du, wie erbärmlich das klingt?«

Arkadis Handy klingelte.

»Wer ist dran?«

»Schenja.« Arkadi schaute aufs Display und schaltete das Handy aus. Für Gespräche mit dem widerspenstigsten Jungen der Welt musste er sich stets wappnen, daher zögerte er es wie üblich hinaus. Mit Anja auf der einen Seite und Schenja auf der anderen sah er sich außerstande, an zwei Fronten gleichzeitig zu kämpfen.

»Gibt es noch andere Zeugen außer dem Mädchen mit den Katzen?«, fragte Anja. »Soweit ich mich erinnere, standen die Gebäude rings um Tatjanas Wohnung leer.«

»So gut wie. Man weiß nie, wann jemand auftaucht, aber dafür muss man an Türen klopfen. Ich habe nicht genug Männer dafür, und selbst wenn ich die hätte ...«

»... wird niemand mit der Polizei reden.«

»Na ja, kann man ihnen das verübeln nach dem, was letzte Woche passiert ist?«

»Und dieser Chefredakteur, Obolenski? Hast du ihn gesehen? Ich fand ihn sehr tapfer, als die Einsatzpolizei angegriffen hat. Findest du nicht, dass er tapfer war?«

»Doch. Macht er mit der Zeitschrift weiter?«

»Natürlich.«

»Solange er Autoren hat.«

»Ja. Wieso dieses plötzliche Interesse an Sergei Obolenski?«

Arkadi sprach etwas hastig, wie ein Schlittschuhläufer, der sich auf dünnes Eis begibt. »Ich war bei ihm.«

»In der Redaktion?«

»Ich weiß, dass er dir Tatjanas letzte Notizen für einen grandiosen Artikel gegeben hat, mit dem sie in Glanz und Gloria untergehen wollte. Diese Notizen könnten auch der Grund dafür sein, dass sie umgebracht wurde.«

»Wann hattest du vor, mir von dem Besuch zu erzählen?«

»Wann hattest du vor, mir von dem Artikel zu erzählen?«

Arkadi fand, dass beide Fragen dasselbe Gewicht hatten, doch mit Logik war ihr nicht beizukommen. Sofort schmeckte das Brot altbacken, und der Kaffee war kalt. Er war nie gut darin gewesen, mit Frauen zu streiten, sie griffen dabei auf Kränkungen zurück, die seit Jahren vor sich hin geschwelt hatten.

»Hast du eine Ahnung, wie respektlos das ist?«, fragte sie. »Hast du eine Ahnung, wie lange ich gebraucht habe, um als Reporterin anerkannt zu werden? Oder wie demütigend es ist, von einem Helden aus dem Büro des Staatsanwalts ›gerettet‹ zu werden? Und jetzt willst du, dass ich den wichtigsten Artikel meines Lebens ablehne?«

»Ich meine doch nur, Tatjanas Notizen könnten Informationen enthalten, die zu ihrer Ermordung geführt haben, und dass es klug wäre, wenn Viktor und ich sie vorab einmal durchsehen.«

»Sergei hat mir die Notizen unter der Bedingung überlassen, dass ich niemandem Einblick gewähre.«

»Dann sag mir wenigstens, ob Grischa Grigorenko darin erwähnt wird.«

»Ich kann's dir nicht sagen.«

»Oder Kaliningrad.«

»Wieso Kaliningrad?«

»Weil es immer wieder auftaucht. Ich bezweifle nicht, dass Sergei Obolenski ein hervorragender Chefredakteur ist, doch es besteht die Möglichkeit, dass er auch, sagen wir mal, kreativ auf Kosten seiner Autoren ist.«

Anja schob sich vom Tisch weg. »Ich kann selbst auf mich aufpassen.«

»Wie bei der Demonstration?«

»Vielleicht, aber das ist meine Entscheidung. Das hat nichts mit dir zu tun. Weißt du, Arkadi, wenn dir daran gelegen war, stärker in mein Leben einbezogen zu werden, dann hast du deine Chance gehabt.«

Das, fand Arkadi, würde jeden Mann zum Schweigen bringen.

Die Christ-Erlöser-Kathedrale war der Nachbau einer Kirche, die Stalin hatte sprengen lassen, um Platz für eine Statue von Lenin zu schaffen, der in die Zukunft wies, nur wurde die Statue nie errichtet, und die sowjetische Zukunft fand auch nie statt. Die neue Kathedrale war ein weißes Zuckerwerk mit goldenen Zwiebeltürmen. Grischa Grigorenko hatte die Kosten für einen der Türme übernommen und sich diese Investition durch einen fürstlichen Trauergottesdienst zurückzahlen lassen.

Arkadi zog verrußte Rattenlochkirchen vor, mit alterskrummen Popen, deren Bärte bis zum Boden hingen. Babuschkas besuchten die Kapellen ihrer Lieblingsheiligen, standen auf Zehenspitzen, um geliebte Bücher und Ikonen zu küssen. Sie kauften dünne Kerzen für einen, fünf oder zehn Rubel, je nach Länge. Arkadi dachte, wenn er eine Kerze für jeden anzünden würde, dem Grischa Schaden zugefügt hatte, würde die Kathedrale in Flammen aufgehen.

Er verstand, warum Maxim die Kathedrale als Treffpunkt gewählt hatte, denn sie war einer der wenigen Orte, von denen aus man einen vollkommenen Rundblick auf die Stadt hatte. Mit anderen Worten, man konnte sofort sehen, wer kam. An der Tür gaben Zigeunerinnen Säuglingen die Brust. Bettler hielten die Hand auf. Touristen waren in ihre Reiseführer vertieft, während Babuschkas mit Poliertüchern um die Füße vorbeiglitten. Ikonen von Heiligen, Propheten und Aposteln bedeckten die Wände, selbst die Ärmsten noch in Goldrahmen. Die meisten Figuren spendeten einen matten Segen, und ihre Flachheit vermittelte den Eindruck, in einem Kartenhaus zu sein.

»Die heilige Pelagia. Eine meiner Lieblingsmärtyrerinnen.« Maxim deutete mit dem Kopf auf die Ikone eines Mädchens, das stoisch im Feuer stand. »Durch das Rösten in einem Bronzestier wurde sie zu Tode gemartert. Schutzpatronin der Köche, oder sollte es sein.«

»Sie scheinen sich ja mit Heiligen gut auszukennen«, meinte Arkadi.

»Und Sündern. Ich kannte Ihren Vater. Was für ein Dreckskerl.«

Dem konnte Arkadi kaum widersprechen. Sein Vater war Armeeoffizier gewesen und hatte sich nie an den Frieden gewöhnen können. Er war der Letzte, über den Arkadi reden wollte.

Maxim ging an der Wand entlang. »Hier ist noch einer meiner Lieblinge, der heilige Phanourios. Zuerst gesteinigt, dann gestreckt und ausgepeitscht, auf ein Foltergestell gespannt, zerquetscht und mit Kohlen versengt. Klingt wie Sie.«

»Ich hoffe nicht.«

»Sie sollten sich von Zeit zu Zeit mal richtig anschauen.«

Maxim selbst verdiente mehr als einen Blick. Als Junge hatte Arkadi Abenteuergeschichten aus dem Wilden Westen verschlungen. Ihn hatte es nicht im Geringsten gestört, dass die Autoren nie in Amerika gewesen waren, und Maxim, mit seinen schmalen Augen, der Wildlederjacke und dem Pferdeschwanz besaß einen draufgängerischen Charme. Zwei der Bodenpoliererinnen starrten ihn an und flüsterten hinter vorgehaltener Hand wie Teenager.

»Hier ist es ein bisschen zu öffentlich«, meinte Arkadi.

»Ach, niemand achtet auf uns. Die sind alle in ihrer eigenen Welt, geben sich tief religiösen Gedanken hin. Die Kirche ist ein totes Telefon. Obwohl die Leute es wissen, nehmen sie den Hörer ab und lauschen. Haben Sie gelauscht?«

Arkadi fragte sich, ob Maxim auf Tatjanas Kassetten anspielte, die er sich bis spät in die Nacht angehört hatte. Doch Maxim fügte hinzu: »Die Akustik einer Kirche wie dieser trägt Geflüster durch die Luft.«

»Klingt sehr poetisch. Worüber wollten Sie mit mir reden?«

»Schauen Sie sich die Wandbilder hier an. All das Gewirbel. Botticelli mit einem Strandtuch. Wie ich hörte, waren Sie bei Grischa Grigorenkos Trauergottesdienst.«

»Ja.«

»Das war vor der Demonstration für Tatjana Petrowna.«

»Ein hektischer Tag.«

»An dem ich Sie gerettet habe, wissen Sie noch?«

»Ich weiß, und ich danke Ihnen erneut.«

Chinesische Touristen strömten in die Kirche. Männer und Frauen, alle mit der gleichen Begeisterung, und alle trugen die gleichen Knautschhüte.

»Ist die Leiche wieder aufgetaucht?«, fragte Maxim.

»Nicht dass ich wüsste.«

»Obolenski hat angerufen und mich gefragt, ob ich ein Gedicht über die Polizei und die Demonstration schreiben könnte. Weil ich dort war, an Ort und Stelle. Ein glücklicher Zufall, könnte man sagen.«

»Für seine Zeitschrift?«

»Für eine Sonderausgabe von *Jetzt* über Tatjana Petrowna. Wie ich hörte, wird Ihre Freundin Anja einen Artikel beisteuern, der auf den von Tatjana zusammengestellten Notizen beruht.«

»Wem hat Obolenski noch davon erzählt?«

»Niemandem. Was steht in den Notizen?«

»Das weiß ich nicht.«

»Aber Sie haben sie gesehen.«

»Nur für einen Moment. Und selbst wenn ich es wüsste, warum sollte ich es Ihnen erzählen?«

»Sie sind mir was schuldig.«

»Welches Interesse könnten Sie denn an Tatjanas Notizen haben?«

»Ich bin an allem interessiert, was Tatjana betrifft.«

»Wieso?«

»Weil ich sie einmal geliebt habe.«

Der Zil war veraltet, aber er hatte Stil. Ein silbernes Chassis, überladen mit Chrom, viel Chrom. Doppelscheinwerfer, die auf Wachsamkeit deuteten, Lederpolsterung, die Bequemlichkeit bot, Heckflossen, die Geschwindigkeit versprachen. Das Drucktastengetriebe verlieh ihm einen futuristischen Touch.

»Insgesamt wurden 1958 nur zehn Zils gebaut. Natürlich säuft er Benzin wie ein Alkoholiker, doch ein Mann, der sich das Vergnügen durch Schuldgefühle verderben lässt, ist das Nadelkissen des Schicksals. Na los, Sie fahren.«

Welch seltenes Erlebnis! Als Arkadi sich in den Verkehr auf dem Boulevardring einfädelte, wichen andere Autos – Mercedes, Porsche und vor allem Ladas – zur Seite.

»Mit so einem Auto schindet man wirklich Eindruck«, sagte Arkadi.

»Das ist die Idee dahinter.«

Außerdem bot der Zil Ungestörtheit. Bei geschlossenen Fenstern hörte Arkadi nur das Flüstern der Klimaanlage.

»Sie und Tatjana? Nehmen Sie's mir nicht übel, aber das kommt mir angesichts der Persönlichkeiten doch ziemlich unpassend vor. Ganz abgesehen davon, dass Sie dreißig Jahre älter sind.«

»Ich weiß. Niemand weiß das besser als ich.«

»Wo?«

»Sotschi. Beim Schwarzmeer-Kulturfestival. Ich habe Lesungen gehalten. Tatjana war eine Studentin, die Urlaub mit Freunden machte. Als die früher abreisten, blieb sie. Ein paar bekiffte Kerle wollten über sie herfallen. Die habe ich verjagt. Dann habe ich ihr einen Drink spendiert, sie hat mir einen spendiert, und eins führte zum anderen. Als das Festival zu Ende ging, hatten wir uns vollkommen ineinander verliebt. Für immer.

In Moskau änderte sich alles. Jeder brauchte sie. Tatjana hat sich für alles Mögliche eingesetzt. Palästinenser, Afrikaner, Kubaner. Russen auch, wir dürfen die Reformen in Russland nicht vergessen. Ich ging unter, und sie war in ihrem Element. Wir wussten es beide. Am Ende hat sie wohl nicht mal gemerkt, dass ich fort war. Wie ein Philosoph einmal sagte: ›Alter schützt vor Torheit nicht‹.«

Sie fuhren an den Kunstgalerien und Blumenläden auf dem Boulevardring vorbei. Maxim drehte eine Zigarette. Arkadi lehnte ab. Der Dichter erinnerte Arkadi immer stärker an einen Trapper, der seine Fallen überprüft.

»Was wollen Sie mit den Notizen? Glauben Sie, dass Sie darin vorkommen? Klingt, als hätten Tatjana und Sie sich seit Jahren nicht mehr gesehen. Warum sollte sie jetzt über Sie schreiben?«

»Stimmt, es waren wirklich Jahre, aber dann bin ich ihr letzten Monat über den Weg gelaufen. Und danach noch ein paarmal. Könnte durchaus sein, dass ich erwähnt werde.«

»Und selbst wenn, was stört Sie daran?«

»Persönliche Gründe.«

»Das reicht mir nicht.«

»Na gut. Ich soll in Amerika einen Preis bekommen. Für mein Lebenswerk.«

»Was bedeutet das?«

»Grundsätzlich, dass man noch am Leben ist. Die Toten werden nicht nominiert. Die Maßstäbe in den Vereinigten Staaten sind niedrig.«

»Warum wollen Sie ihn dann?«

»Der Preis ist mit Geld dotiert.«

»Trotzdem.«

»Fünfzigtausend Dollar.«

»Ach so.«

»Wenn die Amerikaner hören, dass ich irgendwie in einen Mordfall verwickelt bin, kann ich mir den Preis abschminken.«

»Sie sollten mit Obolenski sprechen. Er ist derjenige mit den Notizen.«

»Obolenski? Da lachen ja die Hühner. Nein, ich rede von Ihrer Freundin Anja. Soviel ich weiß, hat sie die Notizen. Sie wird sie Ihnen zeigen.«

»Das bezweifle ich. Ich weiß nicht mal, ob sie noch mit mir spricht.«

»Ich habe Sie beide zusammen gesehen. Sie wurde dazu geboren, mit Ihnen zu sprechen, wie Wassertropfen, die einen Stein aushöhlen. Tropf, tropf, tropf. Bis genug Platz für das Dynamit ist.«

Sie fuhren im Kreis zurück zu Arkadis Niwa, der beim Näherkommen des Zil immer kleiner wurde.

»Ein fantastisches Auto«, sagte Arkadi.

»Und kugelsicher. Sie befinden sich in der illustren Gesellschaft von Präsidenten, Despoten und heldenhaften Kosmonauten, die Paraden angeführt haben.« Maxim reichte Arkadi eine Visitenkarte mit Adresse und ausgestrichener Telefonnummer, unter der mit Bleistift eine neue Telefonnummer stand. »Noch besser wäre eine Kopie der Notizen.«

»Nur mit Anjas Zustimmung.«

»Wie auch immer Sie es anfangen wollen«, sagte Maxim.

Bei Arkadis erster Begegnung mit Schenja hatte der Junge draußen in der Kälte vor einem Kinderheim gestanden. Er war acht Jahre alt, verkrümmt wie ein Junge, der Karren in einem Kohlebergwerk schob, und praktisch stumm. Mit siebzehn wirkte Schenja einfach wie eine größere Version seiner selbst. Er war das hässliche Entlein, das sich nicht in einen Schwan verwandelt hatte, und war scheu bis fast zur Selbstauflösung. Außer beim Schach. In den Grenzen des Schachbretts regierte er und demütigte Spieler, deren Ratings viel höher waren als seines, da ihm Bares wichtiger war als Turniertrophäen.

Arkadi fand Schenja in einer Reparaturwerkstatt für Computer, einen Block vom Arbat entfernt. Drei Techniker waren bei der Arbeit, jeder umgeben von Plastiktabletts mit bonbonfarbenen Dioden, Miniwerkzeugen und biegsamen Lampen. Alle trugen Kopfhörer, die sie mit ihren eigenen Welten verbanden. Schenjas Spezialität war Audioverstärkung. Nicht für Musik, nur für Klang. Rauchschwaden aus Wasserpfeifen hingen in der Luft.

Als einer der Techniker Arkadi bemerkte, schrak er zusammen.

Schenja nahm die Kopfhörer ab. »Ist schon okay. Er gehört zu mir.« Und an Arkadi gewandt: »Was willst du hier?«

»Hier? Du hast angerufen und eine Nachricht hinterlassen.« Bei Schenja fühlte sich Arkadi immer in der Defensive. »Außerdem wollte ich dir für die Schachfigur aus Schokolade danken, die du mir gebracht hast, als ich bettlägrig war. Ich hätte mich schon längst bei dir bedanken sollen.«

»Ich hatte keine Karte.«

»Macht nichts. Da es eine Schachfigur war, hab ich einfach geraten.«

»Ja, ja.« Schenja räusperte sich. »Wo wir gerade von Schach sprechen, ich habe eine Entscheidung getroffen. Ich glaube nicht, dass Schach das Richtige für mich ist. Als Schachzocker oder Turnierspieler lässt sich kein Geld machen, kein richtiges Geld.«

»Was ist mit Computern?«

»Als Hacker?«

»Versuch was Legales.«

»Kein Schreibtischjob. Ich habe mein ganzes Leben lang gesessen. Ich habe Schach gespielt, seit ich fünf Jahre alt war. Ich meine, ich muss was anderes finden. Nicht das hier.«

»Und?« Das war hoffnungsvoll, eine echte Unterhaltung.

»Ich brauche deine Hilfe.«

Arkadi war ihm weit voraus. Er überlegte bereits, bei welcher Universität oder welchem technischen Institut Schenja sich bewerben könnte. Wie Arkadi seinen Einfluss geltend machen konnte. »Sag mir einfach, was du brauchst.«

»Na prima.« Schenja wühlte in seinem Rucksack und hielt Arkadi einen gefalteten Brief hin.

»Was ist das?«

»Lies ihn.«

Arkadi überflog den Brief. Er wusste, was es war.

»Elterliche Zustimmung«, sagte Schenja. »Ich bin noch nicht volljährig, und du kommst einem Vater noch am nächsten. Ich will mich zum Militär verpflichten.«

»Nein, das tust du nicht.«

»Ich kann sieben Monate warten und es dann selbst tun, aber ich bin jetzt schon bereit.«

»Nein.«

»Glaubst du, ich würde keinen guten Soldaten abgeben?«

Arkadi fand, Schenja würde einen guten Sandsack für die Soldaten abgeben.

»Darum geht es nicht.«

»Du warst bei der Armee. Dein Vater war General. Ich habe über ihn gelesen. Er war ein Killer.«

»Die Armee ist jetzt anders.«

»Glaubst du, ich kann das Schikanieren nicht aushalten?«

Da geht es um mehr als schikanieren, dachte Arkadi. Um ein System der Brutalisierung durch Unteroffiziere und Offiziere. Tägliches Schlagen mit Fäusten und Stühlen, nackt bei Eiseskälte im Freien stehen, das Ausprügeln auch des letzten Anzeichens von Intelligenz. Ein System, das Soldaten hervorbrachte, die desertierten, sich an ihren Gürteln erhängten oder ihre Waffen gegen Wodka eintauschten.

»In sieben Monaten …«

»Ich wünschte, mein Vater wäre hier«, sagte Schenja. »Er würde es mir erlauben.«

»Tja, ist er aber nicht. Er schaufelt Kohlen in der Hölle. Ich werde nichts unterschreiben.«

Arkadi versuchte, ruhig und vernünftig zu bleiben, doch er klang nicht so, nicht mal in den eigenen Ohren. Er klang wütend und frustriert. Zu hören, dass sein Vater als nachahmenswertes Modell herhalten sollte, brachte das Fass zum Überlaufen.

»Ich habe dich nie um etwas gebeten.« Schenja klang genervt. »Du behauptest andauernd, du willst mir helfen, aber wenn ich dich einmal um etwas bitte, sagst du Nein.«

Arkadi schaute sich nach etwas um, gegen das er treten konnte, obwohl ihn jede Dramatik lächerlich aussehen lassen würde. Er war nicht Schenjas Vater, und das war genau der Punkt, nicht wahr, um ihn zum Narren zu machen für seine Zuneigung. Wofür?, dachte Arkadi. Wenn man eine

Schlange in ein Glas steckt, ist sie neun Jahre später immer noch eine Schlange. Schenja verdiente es, in der Armee zu sein. Trotzdem knüllte Arkadi den Brief zusammen und warf ihn in den Papierkorb.

»Du kannst etwas Besseres erreichen.«

»Als wärst du ein Vorbild«, sagte Schenja. »Der General war wenigstens jemand.«

Erinnerung war eine Filmrolle, die immer wieder ablief, jedes Mal ein bisschen anders, bis sich die Einzelbilder überlappten. Wütend auf Schenja, fiel Arkadi eine Geschichte über seinen Vater ein, wie er witzelnd an einem Schachbrett saß und so tat, als wäre ein Glas Wodka eine der Schachfiguren. Der Gegner des Generals war ein in Gefangenschaft geratener SS-Offizier, kein schlechter Spieler, aber nicht mit der Wirkung von Wodka vertraut. Er lallte nur noch, als er die Partie verlor, und der General ließ ihn am Galgen baumeln, bis sich der Hals wie Karamell streckte.

7

Um Viktor zu Tatjanas Wohnung zu bringen, musste Arkadi an den prüfenden Blicken der Skinheads vorbei.

»Brauchst du Verstärkung?«

Viktor schnaubte. »Blödsinn. Ich suche nach meinem Kätzchen Schneeflocke, zuletzt gesehen in Begleitung einer etwa zwanzigjährigen Frau mit kurzem, blond gefärbtem Haar, möglicherweise mit einem roten Koffer in der Hand.«

»Das ist aber sehr sentimental.«

»Eher die menschliche Natur«, meinte Viktor. »Menschen, die Jack the Ripper nie an die Polizei verraten würden, haben trotzdem eine Schwäche für Haustiere. Vor allem Katzenmenschen.«

»Hast du nicht Katzen?«

»Drei, aber das sind alles Straßenkatzen.«

»Verwildert?«

»Freilaufend.«

Arkadi blickte sich um, als sie sich Tatjanas Mietshaus näherten. Er sah die Sackgasse zum ersten Mal bei Tageslicht und erkannte, dass es einst eine angenehme Wohngegend gewesen sein musste, mit Bänken für die Älteren, Klettergerüsten für die Kinder, Familien anstelle von Geistern.

»Jenseits des hinteren Zauns ist die Baustelle, auf der die Skinheads kampieren.«

»Gut zu wissen«, sagte Viktor.

»Swetlana kommt dem, was man als Zeugin bezeichnen könnte, noch am nächsten.«

»Ich weiß, ich weiß. Wir treffen uns in der Höhle.« Die Höhle war ein Restaurant hinter der Milizdirektion.

»Kommst du klar?«

»Bin auf alles vorbereitet.« Viktor schüttelte seinen Regenmantel, damit Arkadi die Mineralwasserdosen in den Taschen klappern hörte.

Die Wolken waren mit Blitzen gespickt, genau wie Arkadis Privatleben. Er hielt sich beschäftigt, statt an Anja oder Schenja zu denken. Er versuchte Tatjanas Schwester telefonisch zu erreichen. Die Vorwahl der Nummer war 4012. Kaliningrad. Niemand nahm ab, und es gab keinen Anrufbeantworter.

Er fuhr an den »Kontaktstellen« vorbei – den Unterführungen, Bushaltestellen und Fernfahrerkneipen, an denen sich Prostituierte sammelten. Nicht die exotischen Models, die in den vornehmen Foyers der Nobelhotels die Beine übereinanderschlugen und Verabredungen per Handy trafen. Die Mädchen hier waren minderjährig, unterernährt und gegen die Kälte in fadenscheinige Mäntel gehüllt. Bei jeder Kontaktstelle kamen sie an sein Auto und fragten nach seinen Wünschen, während ein Zuhälter sich wachsam in der Nähe hielt. Kein Wunder, dass der Kapitalismus so lange brauchte, um nach Russland zu kommen. Niemand erinnerte sich an ein dünnes Mädchen mit einer weißen Katze.

Für den Fall, dass Tatjanas Leiche verlegt worden war, suchte Arkadi verschiedene Leichenschauhäuser ab, rollte die Verstorbenen heraus, überprüfte das Schild an ihrem Zeh und das Aussehen, was allgemein nicht gut war. In

Moskau gab es vierzehn Leichenschauhäuser, manche so sauber wie eine Modellküche, andere die reinsten Schlachthöfe mit Karren voll blutiger Sägen und Meißel. Arkadi versank in eine Art Dämmerzustand, sah alles mit kaltem, professionellem Blick, war da und nicht da.

Schließlich fand er sich in einem Trauerraum wieder, mit ein paar Klappstühlen und künstlichen Lilien in einer Vase. Eine Leiche war aufgebahrt, ein Mann in der Uniform eines Armeegenerals. Seine Uniform hatte noch dieselbe Größe, doch der General war geschrumpft. Sein Gesicht, fahl und spitz, war fast verborgen zwischen der Mütze und einer Brust voller Ehrungen: Leninorden, Medaillen für die Feldzüge von Stalingrad und Bessarabien, ein Ordensband für den Fall von Berlin. Sein einziger Trauergast war ein junges Mädchen, das selbstvergessen seinem iPod lauschte, blind gegenüber dem Tod, wie es wahrscheinlich sein sollte, dachte Arkadi.

Als Arkadi den Fluss beim Kreml-Pier überquerte, entdeckte er Grischa Grigorenkos Superjacht, die *Natalja Gontscharowa,* vor Anker mitten im Fluss. Die *Natalja* war weiß wie ein Schwan, ein Schiff, das Neid und Ehrgeiz weckte, mit drei Decks, rundum laufenden Fenstern, einem Sonnendeck, Tanzfläche und Jetskis, die am Heck festgemacht waren. Gestalten bewegten sich, taten das, was die Crew auf einer Superjacht so tat, polierten Messing, stellten das Radar ein, beförderten Passagiere. Über allem hing eine gewisse Unentschiedenheit. Der König war tot, und der neue König musste erst noch gesalbt werden.

Manchmal war es schwer zu beurteilen, wo Verbrechen endete und Bestrafung begann. Die Milizdirektion befand sich in einem Stadthaus an der Petrowka-Straße, mit einer Büste von Dserschinski davor, dem verschlagenen Begründer des revolutionären Terrors, der über ein Beet von Petunien wachte. In den berauschenden Tagen der Demokratie war dieses Symbol des Terrors vom Sockel gestürzt worden. Nach Jahren im Exil war er auf sein Podest zurückgekehrt.

Hinter der Direktion erstreckte sich ein Komplex, in dem Hafträume, Labors und die Ballistik untergebracht waren. Blau-weiße Polizeiwagen, hauptsächlich Skodas und Fords, parkten kreuz und quer durcheinander. Vor dem Büro der Staatsanwaltschaft standen Zeugen und rauchten. Im Kellergeschoss auf der anderen Straßenseite befand sich die Höhle, ein von beiden Seiten des Gesetzes frequentiertes Restaurant, zu dem man vom Gerichtssaal rasch auf einen Drink, eine Zigarette, ein Wort mit einem Anwalt oder Komplizen hinüberschlüpfen konnte. Von Zeit zu Zeit bemerkten Gäste die sich auftürmenden Gewitterwolken und gingen ins Restaurant, in dem die Luft blau vor Rauch war. Signierte Fotos von Hockey- und Fußballstars, Schnappschüsse von Partys, für die das Restaurant Speisen und Getränke geliefert hatte, und Postkarten von Bauchtänzerinnen schmückten die Wände. Kebab wurde gegrillt, und im Hintergrund lief nahöstliche Musik. Viktor war noch nicht da, aber Arkadi entdeckte durch den Qualm Anja, die an einem Ecktisch mit Alexi Grigorenko Champagner trank. Arkadi hätte gewettet, dass Grischas Sohn nicht eine Woche in Moskau überleben würde, und hier saß er praktisch wie ein Promi, der mit der Presse auf Du und Du ist. Eigentlich hätte Arkadi draußen auf Viktor warten sollen, nur um dem Ganzen aus dem Weg zu gehen, doch er fühlte sich unwiderstehlich zu Alexis Tisch hingezogen, und als ein Leibwächter ihm den Weg versperren wollte, winkte Alexi ihn fort.

»Ist schon in Ordnung«, sagte er. »Ich kenne Ermittler Renko. Er war sogar bei der Beerdigung meines Vaters.«

»Was gibt es denn heute zu feiern?«, fragte Arkadi.

»Zwei von Alexis Freunden sind von einer Mordanklage freigesprochen worden«, antwortete Anja.

»Weil sie unschuldig waren, oder weil der Richter gekauft war?«

»Der Richter entschied, die Beweise reichten nicht aus, um sie noch länger festzuhalten«, sagte Alexi.

»Richter können teuer sein«, meinte Arkadi zu Anja gewandt. »Man sollte im Gerichtssaal einen Geldautomaten aufstellen und den Vermittler ausschalten.«

Alexi schenkte Arkadi ein Lächeln. »Das wäre dann natürlich der Anwalt.«

Alexi war kein typischer Gangster. Er hatte eine gesunde Bräune, gestyltes Haar und trug seinen Maßanzug eher nachlässig. Ein Mann, dachte Arkadi, der in einen Fitnessklub gehört und mehr als fünfzig Meter schwimmen kann, ohne abzusaufen. Alexi beugte sich vertraulich vor.

»Was verfolgen Sie, Renko? Wie ich höre, suchen Sie jetzt nach vermissten Leichen. Glauben Sie, dass hier eine auftauchen wird?«

»Man kann nie wissen. Letzten Monat wurde ein Mann direkt hier an diesem Tisch erschossen. War er ein Freund von Ihnen?«

»Ich kannte ihn.«

»War er auch aus Kaliningrad?«

»Glaube schon.«

»All diese Leute aus Kaliningrad. Vielleicht ist es eine Sache der Perspektive. Ich habe mal eine Geschichte über einen Mann gelesen, der sich in eine einbeinige Rothaarige verliebt hat und von da an überall einbeinige Rothaarige sah.«

Anja mischte sich ein. »Wir würden dich ja bitten, bei uns Platz zu nehmen, aber wir wissen, wie sehr du damit beschäftigt bist, Geister zu jagen.«

Arkadi zog sich einen Stuhl heran. »Nein, nein, ich habe alle Zeit der Welt. So ist das mit Geistern. Die sind immer da.«

Auf ein Nicken von Alexi brachte ein Kellner ein weiteres Glas. Was für ein Service! Arkadi dachte, wie gut es war, ein Mafiaboss zu sein, bis man erschossen wird.

Er war interessiert daran, wie Anja mit dieser Begegnung umging. Ihm fiel eine honigfarbene Bernsteinkette auf, die sie um den Hals trug.

»Sehr hübsch.«

»Ein Geschenk von Alexi.«

»Sehen Sie es sich genauer an«, sagte Alexi. »Im Mittelstück werden Sie eine Mücke entdecken, die vor sechzigtausend Jahren eingeschlossen wurde.«

»Sogar länger, als du Ermittler bist.« Anja blies Rauch in Arkadis Richtung.

Die ernsthafte Journalistin Anja war anscheinend durch Anja, die Gangsterbraut, ersetzt worden. Arkadi verstand nicht, warum Anja Zeit mit einem Möchtegernmafiaboss wie Alexi verschwendete, obwohl sie doch einen welterschütternden Artikel über Tatjana schreiben sollte.

»Anja und Sie sind wohl alte Freunde«, sagte Alexi.

»Unsere Wege haben sich gekreuzt.«

»Das hat Anja erwähnt.« Alexis Lächeln war wie ein Angelhaken im Mund. »Stimmt es, dass Sie keine Waffe tragen? Aus welchem Grund?«

»Ich bin faul.«

»Nein, mal ehrlich.«

»Na ja, als ich eine trug, habe ich sie nur selten benutzt. Und sie macht einen dumm. Man hört auf, über

Alternativen nachzudenken. Die Waffe will keine Alternativen.«

»Aber Sie wurden angeschossen.«

»Das ist der Nachteil.«

»Prost!«, sagte Anja.

Sie tranken, lauschten auf den Donner und schenkten einander nach, als wären sie alte Freunde, die vor einem Gewitter Schutz gesucht hatten. Ein Kellner kam mit Speisekarten vorbei.

»Wissen Sie, ich habe hier noch nie gegessen. Empfehlungen?«, fragte Alexi an Arkadi gewandt.

»Warten Sie auf meinen Partner, Leutnant Orlow. Er ist Feinschmecker. Also, Alexi wer hat Ihrer Meinung nach Ihren Vater ermordet?«

»Sie sind sehr unhöflich für einen Mann ohne Waffe.«

»Ich frage mich einfach nur, wie Sie die weit gefächerten Geschäftsinteressen Ihres Vaters übernehmen wollen.«

»Ich werde allem eine echte Geschäftsgrundlage verschaffen. Dieses Land wird wie ein arabischer Basar geführt. Es muss Regeln und Normen geben. Wie kann es Investitionen geben, wenn es keine Zukunft gibt, und wie kann es eine Zukunft geben, wenn es keine Ehrlichkeit gibt?«

»Alexi hat Pläne«, sagte Anja.

»Mein Vater war ein großartiger Mann, daran gibt es keinen Zweifel, doch ihm fehlte eine Geschäftsstrategie, ein Generalplan. Das werde ich ändern.«

»Aber zuerst ein wenig Rache?«

Alexi trommelte leise mit den Fingern auf dem Tisch.

»Dein Freund macht Witze«, meinte er zu Anja.

»Ich mache Witze«, bestätigte Arkadi.

»Weil Sie eifersüchtig sind«, sagte Alexi. »Sie sehen Ihre

schöne Frau mit mir, und Sie sind eifersüchtig. *Cherchez la femme*, richtig?«

»Er ist hinter einer anderen *femme* her. Jemand, den er verloren hat«, sagte Anja.

»Jemand, den ich kenne?«

»Tatjana Petrowna.«

»Die Journalistin? Wie ich hörte, ist sie aus dem Fenster gesprungen.«

»Arkadi hat einen düsteren Verdacht«, erklärte Anja.

»Sind Sie ihr je begegnet?«

»Ich weiß nur, dass sie eine Menge Lügen über meinen Vater geschrieben hat. Vermutlich hat sie bekommen, was sie verdiente.«

»Dann glauben Sie auch nicht, dass es Selbstmord war«, stellte Arkadi fest.

»Das habe ich nicht gesagt.«

»Natürlich nicht.«

»Legen Sie mir keine Worte in den Mund.«

»Würde mir im Traum nicht einfallen.« Arkadi stand auf. Er hatte beschlossen, kein Spielverderber mehr zu sein. Anja hatte ihr eigenes Spiel durchzuziehen. Vielleicht hatte es etwas damit zu tun, einen Millionär zu heiraten.

Außerdem war Viktor mit einer Empfehlung gekommen.

»Probieren Sie die Suppe. Ich glaube, die rühren sie mit einem Mopp um.«

Viktors Auto war halb auf dem Randstein vor der Tür zum Gerichtssaal abgestellt. Auf dem Rücksitz stand ein Pappkarton, der wackelte und fauchte.

»Mach ihn nicht auf.« Viktor zeigte Arkadi die blutigen Kratzer auf seinen Händen.

»Schneeflocke?«

»Schneeflocke.«

Der Karton war gerade so weit offen, dass ein wütendes grünes Auge herausblitzte.

»Ist sie weiß?«, fragte Arkadi.

»Verlass dich drauf.«

»Hast du sie bei einer netten alten Dame gefunden?«

Viktor lehnte sich ans Auto. »Nicht so ganz. Ich habe Schneeflocke in den Armen eines Skinhead namens Conan gefunden, auf der Baustelle hinter Swetlanas Haus. Anscheinend hatten sie eine Beziehung. Ein Skinhead und eine Nutte, da kann die Liebe nicht weit entfernt sein. Sie hat Schneeflocke bei ihm gelassen, weil sie nach Hause fahren wollte.«

Im Karton zog sich das grüne Auge zurück und wurde durch Kratzen ersetzt.

»Wo ist sie zu Hause?«

»In Kaliningrad. Nichts Genaueres.«

»Hast du seinen richtigen Namen erfahren?«

»Nein.«

»Wie sieht er aus?«

»Wie ein Conan. Viel Zeit mit Gewichtheben verbracht, Lederweste, Bauchmuskeln, auf denen du Muscheln aufbrechen könntest. Viele Tattoos, allerdings Nazi, keine Mafia. Ich habe ihm versprochen, ein gutes Heim für Schneeflocke zu finden, mit genügend Mäusen.«

»Warum hat er dir die Katze überlassen?«

»Er wollte auf eine Bikertour gehen. Ist sofort abgedüst, auf einer schwarzen Harley. Ich stand nicht nahe genug, um das Kennzeichen lesen zu können.«

»Hat er gesagt, wohin er will?«

»Er hat was von Zentralasien erwähnt.«

»Sehen wir's mal positiv, du hast Schneeflocke gefunden.«

»Jetzt brauche ich nur noch eine Rüstung, um den verdammten Karton zu öffnen.« Viktor schaute zum Restaurant. »Was will Anja mit Alexi Grigorenko?«

»Recherche.«

»Da sein Vater nicht mehr da ist, um ihn zu beschützen, hoffe ich, dass sie schnell arbeitet.«

Rund um die Uhr, dachte Arkadi.

Als Viktor ins Auto stieg, brachte Schneeflocke ein echten Knurren zustande. Viktor kurbelte das Fenster runter. »Noch was. Conan mochte Tatjana, weil sie Swetlana geholfen hat. Er hielt sie für eine Heilige.«

Arkadis Wohnung war eine Festung gegen das Gewitter. Manchmal klang es, als nähme die Natur die Stadt unter Belagerung, jagte schwarze Furien und irische Todesfeen die Straßen hinauf und hinunter. Um zwei Uhr morgens war er immer noch hellwach. Sein Abendessen hatte aus etwas Fettigem mit Brot und Wodka bestanden. Ihm ging auf, dass es durchaus sein letzter Fall sein könnte und er seine sogenannte Karriere mit der Jagd nach anonymen Toten beenden würde. Geschah ihm recht. Er hob den Schuhkarton mit den Audiokassetten hoch, den er aus Tatjana Petrownas Wohnung mitgebracht hatte, und legte eine in seinen eigenen Rekorder. Wie klang eine Heilige?

Er drückte auf »Start«.

»Die Dreckskerle lassen mich nicht durch. Vorher haben sie's getan. Diesmal nicht. In der Schule sind mehr als dreihundert Kinder, und heute ist der zweite Tag der Belagerung. Ich habe Lebensmittel, Medikamente und die Chance für Verhandlungen mitgebracht. Der FSB will nicht verhandeln. Den Soldaten, dem FSB, der GRU und den OMON-Scharfschützen wurde sogar befohlen, sich weiter von der Schule zurückzuziehen, weiter entfernt von jeder Kommunikation. Dabei ist es nicht so, als hätten sie irgendeinen Plan, abgesehen von ›keine Verhandlungen mit Terroristen‹. Wenn nicht verhandelt wird, was dann? Ohne Verhandlungen wird es ein Gemetzel von entsetzlichen Ausmaßen geben, aber ist irgendjemand aus dem Kreml hier? Die tschetschenischen Anführer sind auch nicht besser. Sie könnten bei ihren Brüdern im Gebäude vermitteln. Stattdessen schweigen sie. Sie alle schweigen, während das Abschlachten von dreihundert Kindern näher rückt.«

Als die Kassette endete, war Arkadis Kehle wie zugeschnürt, und er merkte, dass sein Gesicht tränennass war. Eine unangezündete, vergessene Zigarette klemmte immer noch zwischen seinen Fingern. Er schraubte die Wodkaflasche wieder zu und legte eine andere Kassette ein.

»Diene ich ihnen als Werkzeug? Sie haben mich gebeten, Teil des Verhandlungsteams zu sein. Wir gehen mit Nahrungsmitteln und Botschaften ins Theater, wir kommen mit freigelassenen Geiseln heraus, hauptsächlich Frauen, Kinder und Muslime. Bisher wurden zweihundert freigelassen, was schätzungsweise noch siebenhundert Geiseln in den Händen tschetschenischer Rebellen bedeutet. Während der Aufführung eines Musicals tauchten die Rebellen so plötzlich auf der Bühne auf, dass die Zuschauer dachten, es gehöre zum Stück. Die Leiche im Gang bringt uns in die Realität zurück. Ich nehme an, dass ich eine der wenigen Russen bin, denen die Tschetschenen einigermaßen vertrauen, aber ihre Forderungen sind unmöglich. Und für einen Vermittler bei einer Geiselnahme ist es schwierig, mit jemandem zu verhandeln, der sterben will.

Zehn Stunden Belagerung. Für die Geiseln muss es sein, als wären sie Passagiere eines Flugzeugs, das zu einem unbekannten Zielort fliegt. Der Orchestergraben wird als Toilette benutzt. Für Heldentum ist es nicht der richtige

Zeitpunkt. Ein Mann brach durch die Polizeiabsperrung, um seinen Sohn herauszuholen. Eine mutige Seele. Die Rebellen haben seine Leiche wie Müll hinausgeworfen.«

Draußen knallte der Gewittersturm eine Tür zu, wie das Echo eines vor langer Zeit abgegebenen Schusses.

»Achtundzwanzig Stunden. Die Schwarzen Witwen tragen schwarze Burkas mit Gesichtsschleier. Die Burkas sind weit geschnitten, um die Gürtel mit den Sprengsätzen an ihren Taillen zu verbergen. Ich mache mir Gedanken über diese jungen Frauen und ihre Selbstmordmission. Stimmt, sie haben ihre Ehemänner verloren, aber der größte Teil ihres Lebens liegt noch vor ihnen. Ich glaube, jede von ihnen muss in der lähmenden Enge des Sarges ihres Mannes gelebt haben, bis ihr eigener Tod sie erlösen wird. Ich kenne das Gefühl.«

Arkadi hörte Stimmen und Schritte im Flur, als Anja in ihre Wohnung schlüpfte. Es war drei Uhr morgens, eine von Schlaflosen geteilte Stunde.

»Es ist vorbei«, sagte Tatjana. »Nach siebenundfünfzig Stunden der Belagerung haben die Spezialtruppen ein Schlafgas in das Belüftungssystem eingeleitet, und als russische Soldaten dreißig Minuten später das Theater stürmten, gab es so gut wie keinen Widerstand. Fünfzig tschetschenische Rebellen – einschließlich der Schwarzen Witwen – wurden dort hingerichtet, wo sie gefunden wurden. Siebenhundert Geiseln wurden befreit, und nicht ein einziger unserer Soldaten kam bei dem Angriff zu Schaden, der eindeutig ein Triumph im Krieg gegen den Terrorismus hätte sein sollen. Doch das Gas tötete auch einhundertdreißig Geiseln. Familien, die keine Luft mehr bekamen, sitzen immer noch auf ihren Theaterplätzen. Hunderte mehr müssen ins Krankenhaus. Es gibt ein Gegenmittel, aber uns wurde mitgeteilt, die Zusammensetzung des Gases sei ein Staatsgeheimnis und könne nicht enthüllt werden. Der Mann von der Spezialeinheit sagt: ›Wo gehobelt wird, fallen Späne.‹«

Der Rest der Kassette war so undeutlich, dass sie praktisch leer war, ein Herzschlag im Dunkeln.

8

Arkadi kniff die Augen gegen das Morgenlicht zusammen. Es war so grell, dass die Krümel auf dem Küchentisch Schatten warfen. Anja trug eine dunkle Brille, die Fingernägel knallrot lackiert, das schwarze Haar auf Hochglanz gebürstet. Unsicherheit lag in der Luft. Sie hatte den Abend und die halbe Nacht mit Alexi verbracht, und Arkadi wusste nicht, ob er wütend sein oder Gleichgültigkeit vortäuschen sollte. Er hatte nicht damit gerechnet, dass sie am Morgen danach auf seiner Schwelle auftauchen würde, frisch wie der junge Tag, obwohl sie seinem Blick ein bisschen zu lange standhielt und sich ihre Zigarette mit etwas zu hastigen Bewegungen anzündete.

»Trink einen Kaffee dazu.« Er schenkte ihr eine Tasse ein. »Du warst lange aus.«

»Alexi hat mich in einen Klub mitgenommen.«

»Hat bestimmt Spaß gemacht.«

»Er sagt, du seist eifersüchtig.«

»Hat er mir auch gesagt.« Da es jetzt nichts mehr zu sagen gab, das nicht eifersüchtig geklungen hätte, stürzte er sich kopfüber hinein. »Wie läuft es mit dem Schreiben?«

»Ich bin immer noch bei der Recherche.«

»Mit Alexi?«

»Was hast du gegen ihn?«

»Nichts, außer dass er die geschniegelte Version eines echten Mafiabosses ist. Jemand wird ihm demnächst eine Kugel in seinen hohlen Kopf jagen.« Das klang nicht fair, dachte er. »Ich hoffe nur, dass du dabei nicht im Weg stehst.« Was nicht viel besser klang.

»Du warst also auch noch spät auf.«

»Hab Tatjana zugehört. Ich fand ein paar alte Kassetten in ihrer Wohnung.«

»Manchmal glaube ich, dass du lieber Geistern zuhörst als den Lebenden.«

»Kommt darauf an.«

»Und jetzt hast du zu den Geistern noch die heilige Tatjana. Vielleicht solltest du beten.«

»Was mir mehr helfen würde als Gebete, ist das Notizbuch, das Tatjana aus Kaliningrad mitgebracht hat.«

»Komisch. Alle wollen es haben, und niemand kann es lesen.«

»Ich würde es gern versuchen.«

Sie öffnete ihre Handtasche und holte das Spiralheft heraus, das Obolenski ihm gezeigt hatte. »Nur für dich, der Heilige Gral.«

»Du hast es gelesen?«

»Immer wieder.«

»Darf ich?«

»Nur zu.«

Die Seiten waren mit rätselhaften Symbolen gefüllt. Zwischen den schwarzen Deckeln befanden sich geometrische Formen, eine Liste mit Zahlen und Skizzen von einer Katze.

Anja nahm ihren Mantel. »Mir persönlich ist ein Hitzkopf lieber als ein Eisklotz.«

Er hörte das entschiedene Klacken ihrer Schuhe und vielleicht das Wort »Idiot«, als sie die Tür schloss.

Jedes Mal, wenn Arkadi in die Universität kam, konnte er nicht anders, als seinen Fortschritt im Leben an dem frühreifen Studenten zu messen, der er gewesen war. Wie vielversprechend! Als Teil der »Jeunesse dorée« und Sohn eines berüchtigten Generals hatte er es mühelos an die Spitze geschafft. Inzwischen sollte er stellvertretender Minister sein oder mindestens Staatsanwalt, Herrscher seines eigenen Reviers und mit dem Rüssel tief in den öffentlichen Futtertrögen. Irgendwie war er abgeschweift. Fast alle Fälle, die bei ihm landeten, wurden durch Wodka befeuert und endeten mit einem betrunkenen Geständnis. Bei Verbrechen, die Planung und Intelligenz aufwiesen, folgte allzu oft ein Anruf von oben mit der Anweisung, er solle »Nachsicht walten lassen« oder »keinen Wirbel machen«. Statt sich dem zu beugen, wehrte er sich und sorgte auf diese Weise für seinen Abstieg von früher Verheißung zum Paria.

Eine Ausnahme in der allgemeinen Enttäuschung war der emeritierte Professor Kunin, ein betagter Bilderstürmer, der in seinem Büro eine Sauerstoffflasche mit Atemschlauch hinter sich herzog. Als Linguistikexperte war er einst dafür verhaftet worden, Esperanto zu sprechen, was zu Sowjetzeiten als konspirative Sprache galt. Arkadi hatte den Richter davon überzeugt, dass der Professor Portugiesisch sprach.

»Verzeihen Sie, mein lieber Renko, dass mein Büro so unordentlich ist. Dahinter steckt ein System, das kann ich Ihnen versichern. Bei all diesen… Schaubildern und Tafeln… kann ich nicht mal das Fenster sehen. Ich weiß, dass hier irgendwo eine Flasche Kirschlikör ist.« Sein hilfloses Wedeln bezog Diagramme, Audiogeräte und Fotos von kleinen braunen Menschen mit übergroßen Bogen und Pfeilen mit ein. Zwei Blaukopfaras in getrennten Käfigen legten skeptisch den Kopf schräg und blinzelten Arkadi aus ihren Saphiraugen an.

»Haben sie Namen?«, fragte Arkadi.

»Fuck off«, sagte der eine Vogel.

»Piss off«, sagte der andere.

»Bringen Sie die bloß nicht in Schwung«, bat Kunin. »Schlimm genug, dass der Regenwald, aus dem sie kamen, geplündert wurde … von internationalen Unternehmen … Abholzung am Amazonas, verlorenes Paradies. Meine Schaubilder sind praktisch Grabsteine … Gott sei Dank gibt es DNA … Zum Beispiel, wer, zum Teufel, sind die Lappen? In Wirklichkeit?«

»Eine gute Frage. Haben Sie fünf Minuten, um sich das hier anzuschauen?« Arkadi zog das Notizbuch heraus.

»Ah, wie Sie am Telefon erwähnten. Ihr Beweisstück.« Der Professor schob Bücher von seinem Schreibtisch, um Platz zu schaffen. »Sie haben Glück. Ich habe eine Untersuchung zu ›Übersetzung‹ durchgeführt, um herauszufinden, ob uns das etwas über die Grundlage der Sprache sagt. Die grundlegenden Wörter. Mutter. Vater.«

»Mörder?«

»Sie merken, worauf ich hinauswill. Denn jeder Übersetzer, jeder Dolmetscher erschafft seine eigene Sprache.«

»Ah ja.«

»Sie werden schon sehen.« Kunin sog Sauerstoff ein und betrachtete die Seiten. »Ich kann Ihnen gleich sagen, dass eines seltsam ist. Für gewöhnlich schreibt ein professioneller Dolmetscher als Erstes den Namen der Veranstaltung, die beteiligten Personen sowie Datum und Ort, an dem die Notizen gemacht wurden, auf den Umschlag. Ebenso seinen Namen, Handynummer und E-Mail-Adresse, falls das Notizbuch verloren geht oder gestohlen wird. Vielleicht auch das Versprechen einer Belohnung für den Finder. Bei diesem Notizbuch fehlt das alles. Da steht zwar der Name Natalja Gontscharowa, Puschkins Frau, aber sie war natürlich eine historische Figur und obendrein ein Flittchen.« Der emeritierte Professor holte Luft und kehrte zur ersten Seite zurück. »Bei so wenigen tatsächlich beschrifteten Seiten lässt es sich schwer sagen, aber es scheint ein Notizbuch zu sein, wie es für gewöhnlich von Journalisten oder Konsekutivdolmetschern benutzt wird. Da einige allgemein verständliche Symbole verwendet wurden, würde ich sagen, dass es sich um das Notizbuch eines Konsekutivdolmetschers handelt. Teilnehmer A spricht in einer Sprache, die der Dolmetscher in einer zweiten Sprache an Teilnehmer B weitergibt. So geht es hin und her. Wenn er sich gute Notizen macht, kann er eine vollkommene und akkurate Übersetzung liefern, egal, ob die Teilnehmer eine Minute oder zehn sprechen. Das ist eine erstaunliche geistige Leistung.«

Arkadi war verwirrter denn je. Jede Seite war in vier Spalten unterteilt, mit einem schwindelerregenden Sonnensystem aus Hieroglyphen, Halbwörtern und Diagrammen. Er kam sich wie ein Angler vor, dem im tiefen Wasser etwas an den Haken gegangen ist, ohne dass er eine Ahnung hat, was es sein könnte.

»Von diesen Seiten kann ein Dolmetscher ein komplettes Gespräch rekonstruieren?«

»Ja. Und sind sie nicht wunderbar? Abgesehen von den Pfeilen, die für ›aufwärts‹ und ›abwärts‹ stehen. Eine unebene Linie für ›Schwierigkeiten‹. Eine Schleife und ein Pfeil bedeuten ›demzufolge‹. Genial. Ein Ball und eine Linie für ›vorher‹; eine Linie durch den Ball für ›jetzt‹. Ein Dolmetscher denkt sich ein neues Symbol aus, und andere Dolmetscher folgen. Da wird Sprache vor Ihren Augen geschaffen. Ein Ball in einem dreiseitigen Kasten? ›Ein Ziel‹, natürlich. Gekreuzte Schwerter? ›Krieg‹. Ein Kreuz? ›Tod‹.«

»Dann sollten auch wir es lesen können.«

»Nein.« Kunin war ebenso entschieden.

»Warum nicht?«

»Das sind nur die allgemein akzeptierten Symbole. Ich kann sie für Sie aufschreiben. Der Rest stammt von ihm. Wir kennen den Kontext nicht.«

»Wenn wir den wüssten, könnten wir dann die Notizen lesen?«

»Vermutlich nicht. Das ist keine Sprache und auch keine Stenografie. Dolmetschen ist ein System persönlicher Stichworte. Kein Dolmetscher gleicht dem anderen, und kein System gleicht dem anderen. Für den einen Dolmetscher könnte das Symbol für ›Tod‹ ein Grabstein sein, für einen anderen ein Schädel, und für wieder einen anderen ein Kreuz wie das hier. Symbole für ›Mutter‹ durchlaufen das ganze Spektrum. Katzen können unheilvoll oder behaglich bedeuten.«

»Für mich sehen die nicht warm und flauschig aus.«

»Schauen Sie, die Doppeldreiecke können eine Karte sein, eine Konstellation oder eine Route mit vier Haltepunkten.«

Arkadi hatte diesen Umriss schon einmal gesehen, bekam es aber nicht recht zu fassen. Er bemühte sich, nicht zu sehr darüber nachzudenken, denn Antworten kamen, wenn man die Gedanken wandern ließ. Stalin pflegte immer wieder Wölfe zu zeichnen.

»Oder ein Fahrradrahmen«, sagte Arkadi. Er erinnerte sich, mit Schenja in einem Fahrradladen gewesen zu sein. Von der Decke hingen Fahrradrahmen in verschiedenen Farben. »Jemand hat ein Fahrrad gebaut.« Er vertiefte die Vorstellung. »Ein teures Rad für einen ernsthaften Radfahrer.«

»Das können Sie nicht genau wissen.«

»Es wurde maßgefertigt. Nicht nur eine Klingel, die an den Lenker geschraubt wurde.«

»Renko, ich ziehe eine Sauerstoffflasche hinter mit her. Sehe ich so aus, als wüsste ich etwas über Fahrräder?«

Und das war's. Abrupt fiel Arkadi nichts mehr ein. Er war so weit gegangen, wie ihn dieser dünne Ast an Mutmaßungen tragen konnte.

»Spreche ich mit Leutnant Stasow?«

»Ich lege Sie auf die Warteschleife.«

»Sagen Sie dem Leutnant, dass der Leitende Ermittler Renko von seinem Handy aus Moskau anruft und mit ihm sprechen möchte.«

»Sie sind der Erste in der Schleife.«

Arkadi blieb für zwanzig Minuten der Erste in der Schleife, Zeit genug, um in seine Wohnung zurückzukehren und eine abgestandene Tasse Kaffee aufzuwärmen.

Schließlich ertönte eine Stimme so tief wie ein Fass.

»Leutnant Stasow.«

»Leutnant, ich brauche nur eine Minute Ihrer Zeit.«

»Wenn Sie aus Moskau anrufen, muss es wohl wichtig sein«, sagte Stasow. Arkadi konnte sich vorstellen, wie Stasow seinen Kumpeln im Mannschaftsraum zuzwinkerte und sich über dieses hohe Tier aus Moskau lustig machte. »Was kann ich für Sie tun?«

»Wenn ich recht informiert bin, leiten Sie die Ermittlung zum Fall einer Leiche, die vor zehn Tagen an einem Ihrer Strände gefunden wurde.«

»Ein männlicher Ermordeter, um die vierzig. Stimmt, auf der Nehrung.«

»Nehrung?«

»Wo das Land schmal wird. Wunderschöner Strand.«

»Ist das Opfer nach wie vor nicht identifiziert?«

»Kein Ausweis und keine Adresse, tut mir leid. Falls er eine Brieftasche hatte, ist sie weg. Ich bin bloß froh, dass es nicht im Hochsommer passiert ist, wenn der Strand von Familien wimmelt. Wie auch immer, wir haben eine Kugel aus seinem Kopf geholt. Kleines Kaliber, doch das wird auch manchmal von Profikillern benutzt.«

»Ein Auftragsmörder?«

»Meiner Meinung nach. Wir werden eine gründliche Ermittlung durchführen. Nur denken Sie daran, dass wir nicht die technischen Mittel haben wie Sie in Moskau. Oder das Geld, nachdem Moskau unser Geldsäckel leert. Moskau ist das Zentrum, und wir sind die Stiefkinder. Ich beschwere mich nicht, will Sie nur ins Bild setzen. Keine Sorge, wir gehen der Sache schon auf den Grund.«

»Wie sah er aus?«

»Wir hatten ein paar Fotos. Ich suche sie raus.«

»Außer den Fotos, wie war Ihr Gesamteindruck des Opfers?«

»Dünn. Klein und dünn.«

»Seine Kleidung?«

»Eng und glänzend.«

Der Leutnant wollte die Sache hinziehen, dachte Arkadi.

»Eng und glänzend wie Radfahrerkleidung?«

»Könnte sein.«

»Schuhe? In Ihrem Bericht werden keine erwähnt.«

»Ach ja? Die hat er wohl ausgezogen, um im Sand zu laufen. Oder einer der einheimischen Jungen hat sie geklaut.«

»Erscheint sinnvoll. Haben Sie sonst noch was gefunden?«

»Was denn zum Beispiel?«

»Na ja, wenn er Maler gewesen wäre, hätte er vielleicht Pinsel und eine Staffelei dabeigehabt. Oder wenn er Schmetterlinge sammelte, hätte er ein Netz gehabt. Wenn er Radfahrer war, hatte er ein Fahrrad. Er wurde am Strand gefunden. War da kein Fahrrad?«

»Wer radelt schon im Sand?«, fragte Stasow.

»Genau das frage ich Sie.«

»Tut mir wirklich leid, aber ich kann Ihnen nicht helfen. Der Kerl war eine Schwuchtel.«

Arkadi fragte sich, wie der Leutnant so etwas über einen Toten sagen konnte, den er nie kennengelernt hatte.

»Hat er sich die Beine rasiert?«

»Verrückt, was?«

»Welche öffentlichen Verkehrsmittel gibt es von Kaliningrad zu dem Ort, den Sie die Nehrung nennen?«

»Außerhalb der Saison keine.«

»Man muss also dorthin fahren oder laufen?«

»Nehme ich an.« Der Leutnant wurde jetzt vorsichtig.

»Wurden Autos als gestohlen gemeldet oder in der Nähe des Strandes abgestellt?«

»Nein.«

»Fahrräder?«

»Nein.«

»Helme?«

»Verdammt, Renko, machen Sie mal halblang. Ich gebe Ihnen Bescheid, wenn wir etwas finden.«

»Sagen Sie mir noch mal, wo die Leiche genau entdeckt wurde.«

Leutnant Stasow legte auf, und Arkadi starrte aus dem Küchenfenster. Der Kaffee war widerlich. Er war am Abend zuvor aufgebrüht und mindestens zweimal aufgewärmt worden. Arkadi hatte gehört, dass japanische Restaurants danach eingestuft wurden, wie oft sie dasselbe Kochöl verwendeten. Natürlich war es beim ersten Mal am besten. Dann wurde das Öl von vielen Restaurants in Folge benutzt, bis es zu braunem Matsch wurde. Er sinnierte über seiner Tasse und überlegte, was der Rekord sein mochte. Immer ein Kick für das Herz. Er trank die Tasse in einem Schluck leer.

Professionelle Radsportler rasierten sich die Beine für einen winzigen Vorteil bei der Aerodynamik. Ein Amateur könnte das auch tun, wenn er die Sache ernst genug nahm. Ernst genug, um sich ein maßgefertigtes Rad anzuschaffen. Welche Art von Persönlichkeit müsste das sein? Athletisch. Leistungsorientiert. Älter als fünfundzwanzig, jünger als fünfundvierzig. Bereit, einen Großteil seines Lebens dem Radfahren zu widmen. Gut organisiert, kein Russe. Obsessiv. Schweizer? Deutscher? Zufrieden damit, allein zu reisen und zu beruflichen Zwecken; niemand fuhr zum Spaß nach Kaliningrad. Was das betraf, niemand hatte ihn als vermisst gemeldet. Ein unsichtbarer Mann.

Arkadi schrak zusammen, als er Schenja hinter sich stehen sah.

»In Trance?«, fragte Schenja.

»Hab nur nachgedacht.«

»Tja, sieht komisch aus.«

»Zweifellos«, sagte Arkadi.

»Ich wollte mir nur ein paar Klamotten holen. Mehr nicht.«

Inzwischen war klar, dass Schenja nie einen Siegtreffer im Dynamo-Stadion schießen oder Supermodels dazu bringen würde, ihn anzuschmachten. Eine Tarnjacke hing schwer auf seinen Schultern, sein Haar war zerzaust und sein Gesicht verkniffen, wettgemacht nur durch die Leuchtkraft in seinen grauen Augen.

Am unheimlichsten fand Arkadi jedoch, dass es Schenja gelang, die Wohnung zu betreten und in die Küche zu kommen, ohne gehört zu werden. Bei allen anderen knarrte der Parkettboden.

»Wie geht es dir?«

Schenja reagierte, als hätte Arkadi die dämlichste Frage gestellt, die je aus dem Mund eines Menschen gekommen war. »Was ist das?«

»Ein Notizbuch zum Dolmetschen.«

»Was auch immer das sein mag.« Schenja schnippte den Deckel hin und her.

»Code. Ein persönlicher Code, geschrieben von einem Toten.«

»Oh. Worum geht es da?«

»Ich weiß es nicht.«

»Ist er deswegen getötet worden?«

»Kann sein. Hast du Hunger?«

»Im Kühlschrank ist nichts. Hab schon nachgesehen. He, du hast mir nie erzählt, wie berühmt dein Vater war. Die Typen von der Armee wurden ganz aufgeregt.«

»Sie können aufgeregt bleiben, bis du achtzehn bist.«

»Das ist so eine Scheiße. Wer hat dir das Recht gegeben, mich herumzukommandieren?«

»Das Gericht, damit du in der Schule angemeldet werden konntest.«

»Ich hab die Schule geschmissen.«

»Hab ich bemerkt.«

»Nein, ich hab sie wirklich geschmissen. Ich bin zur Registratur gegangen und hab's denen gesagt, also kann ich nichts anderes machen, als mich frühzeitig zum Wehrdienst zu verpflichten.«

»Nicht ohne meine Unterschrift. Sieben Monate. Du musst einfach warten, bis du verrückt werden kannst.«

»Du schiebst es nur hinaus.«

»Das stimmt.«

»Weißt du, wie alt Alexander der Große war, als er die Welt erobert hat? Neunzehn.«

»Ein frühreifer Knabe.«

»Weißt du, wer sein Lehrer war?«

»Wer?«

»Aristoteles. Der hat ihm gesagt, er solle die Welt erobern.«

»Vielleicht hat er nur gemeint, er solle reisen.«

»Du bist unmöglich.« Das war der Punkt, an dem Schenja normalerweise kehrtmachte und hinausstürmte. Diesmal plumpste er auf einen Stuhl und ließ seinen Rucksack fallen. Er hatte immer ein klappbares Schachbrett, Figuren und eine Schachuhr dabei, wurde jedoch als Zocker zu bekannt. Er sah nicht mehr unschuldig aus. Vielleicht hatte er nie unschuldig ausgesehen, dachte Arkadi. Vielleicht war das bloß seine Fantasie.

»Was weißt du über Fahrräder?«

»Fahrräder?« Als hätte Arkadi ihn nach Shetlandponys gefragt. »Ich weiß, dass man ein Idiot sein muss, um hier in Moskau bei dem ganzen Verkehr Rad zu fahren. Warum, hast du dir überlegt, eins zu kaufen?«

»Eins zu finden.«

Schenja griff nach dem Notizbuch und blätterte träge darin herum. »Was hat es denn nun mit diesem Gekritzel auf sich?«

»Das ist ein Code, Hieroglyphen, Anagramme, Rätsel und Schlimmeres, weil es dazu gedacht ist, nie gelöst zu werden. Es gibt keinen Stein von Rosette, keinen Zusammenhang. Da drin könnte es um den Preis von Bananen gehen, aber wenn wir das Symbol für ›Bananen‹ nicht kennen, sind wir verloren. In diesem Fall könnten Fahrräder vielleicht der einzige Zusammenhang sein.«

»Klingt nicht, als wärst du sehr weit gekommen.«

»Man kann nie wissen.«

»Wie tiefsinnig. Ist noch Milch da?« Schenja hievte sich in Richtung Kühlschrank hoch.

»Schau selber nach.« Ein Psychologe hatte Arkadi mal gesagt, dass Schenja Trennung schwerfalle. Arkadi fiel es immer schwerer, ihm das abzukaufen. »Also, was weißt du über teure, maßgefertigte Fahrräder?«

»Genauso viel wie du.«

»Zu dumm, denn ich weiß überhaupt nichts.«

»Dann bist du gearscht, was? Na ja … ich wollte sowieso nur ein paar Klamotten holen.«

Das diente Schenja als Hallo und Auf Wiedersehen.

9

Wenn Arkadi den Laptop auf seinem Schreibtisch öffnete, kam er sich immer vor wie ein Pianist, der beim Platznehmen vor dem Flügel erkennt, dass er keine Ahnung hat, welche Tasten er anschlagen soll. Er spürt, wie das Publikum unruhig wird, fängt den panischen Blick des Dirigenten auf, hört Geflüster unter den Streichern. Betrüger!

Arkadi gab »Kaliningrad Dolmetscher« ein. Dabei stellte sich heraus, dass Dolmetscher in Kaliningrad auch als Begleitservice dienten, was ein bisschen zu allgemein war. Er versuchte es mit »Kaliningrad Konferenzdolmetscher« und erfuhr, dass demnächst Konferenzen zu »Immanuel Kant heute«, »Gefährdete Weichtiere in der Ostsee«, »Freundschaft mit Nordkorea«, »Gutes Einvernehmen mit Polen«, »Willkommen bei BMW« und so weiter stattfanden, bei denen zwar Dolmetscher gebraucht wurden, aber ohne Angaben zur Person. »Kaliningrad Hotels« ergab eine Liste, die ein Fitnesszentrum, Innenpools und Ausblicke auf die Altstadt und den Siegesplatz boten. Auf die genauere Anfrage nach »Kaliningrad Konferenzhotels« wurden WLAN, Geschäftszentren, Konferenzräume und echte russische Banjas angeboten. Arkadi stellte sich ausländische Geschäftsleute vor, rot wie Hummer, die sich gegenseitig mit Birkenreisern schlugen.

Arkadi war sich ziemlich sicher, dass ein internationaler Dolmetscher gut bezahlt wurde und komfortabel reiste. Die Möglichkeit, dass der tote Mann bei Freunden übernachtet hatte, schloss er aus. Warum auf einer Couch schlafen, wenn er die Vorzüge eines Luxushotels genießen konnte, für das seine Auftraggeber wahrscheinlich die Rechnung zahlten? Sie würden ihren Dolmetscher in Reichweite haben wollen, wenn er für ihre Geschäfte unverzichtbar war. Außerdem hatte der Dolmetscher etwas Einzelgängerisches an sich. Arkadi konnte sich keine zwei Menschen vorstellen, die weniger gemeinsam hatten als dieser Mann und Tatjana Petrowna.

Wie lange würden sie die Leiche des Dolmetschers aufbewahren, wenn niemand Anspruch darauf erhob? Das hing vom Platz im Leichenschauhaus und dem Leichenbedarf der medizinischen Fakultät ab, was in dem Fall bedeutete, dass er zerschnibbelt würde, Scheibchen für Scheibchen, wie ein spanischer Schinken.

Arkadi rief bei den wenigen Vier- und Fünfsternehotels in Kaliningrad an. Die Reaktionen waren demütigend.

»Sie wollen wissen, ob wir einen Gast verloren haben. Sie wissen weder seinen Namen noch seine Nationalität. Wann er eingecheckt oder ausgecheckt hat. Ob er bei einer Konferenz war oder alleine. Sie glauben, er fuhr mit einem Fahrrad. Das ist alles?«

»Ja.«

»Soll das ein Witz sein?«

»Eher nicht.«

Ein Hotel teilte Arkadi mit, dass »alle Nachforschungen zu kriminellen oder verdächtigen Aktivitäten sofort Leutnant Stasow gemeldet werden müssten«. Ein traumhafter Posten, dachte Arkadi, mit ständigem Zugang zu sämtlichen Pässen, Kreditkarten und Gepäck.

Arkadi ging zu »Fahrradverleih« über. Er bezweifelte, dass jemand sein eigenes, maßgefertigtes Fahrrad in eine

Stadt mitnehmen würde, die berühmt dafür war, dass alles, was Räder hatte, gestohlen wurde. Das Problem war, Diebe machten keine Werbung, und nur wenige Läden konnten sich Websites leisten.

Mittag. Nach vier Stunden am Computer hing ihm der bittere Kaffee zum Hals raus, und er ging in einen Irish Pub um die Ecke. Der Barmann war ein echter Ire, umgeben von einer auf irisch getrimmten Atmosphäre: gekreuzte Hurley-Schläger, eine Rangliste irischer Fußballklubs, Leprechauns aus Keramik, und aus den Lautsprechern jaulten The Cieftains. Auf einem Flachbildschirm lief ausgerechnet ein Radrennen. Arkadi sah zu, wie die Räder sich hypnotisierend drehten und drehten. Eine Tafel bot zehn verschiedene Biere vom Fass an. An Speisen wurden unter anderem Sodabrot, Barmbrack, Goody und Crubeens angeboten.

Arkadi war fasziniert. »Was ist Barmbrack?«

»Weiß ich nicht.«

»Was ist ein ›Goody‹?«

»Keine Ahnung.«

»Crubeens?«

»Schweinefüße. Von diesem ganzen Schnickschnack hier kann man glatt verhungern. Kommen Sie heute Abend wieder. Wir haben Kellnerinnen mit kurzen Röcken, die auf dem Tresen Stepptanz machen.«

Dem fühlte sich Arkadi nicht gewachsen. »Nur ein Bier und Sodabrot.«

»Mit Gluten oder ohne?«

»Nur ein Bier.«

Der Barmann warf einen raschen Blick zum Fernseher. »Das ist der irische Ultramarathon Worldcup. Wollen Sie mal sehen?« Er griff nach der Fernbedienung und fror das Bild ein. »Das bin ich, in dem smaragdgrünen Trikot, direkt hinter dem Arschloch im Union Jack, der gleich stürzen wird. Ich kann's nicht ertragen.« Er schaltete den Monitor aus. »Dabei läuft es mir jedes Mal kalt über den Rücken. Als wär eine Gans über mein Grab geflogen. Was hatten Sie noch mal bestellt?«

»Nur ein Bier.« Arkadi kniff die Augen zusammen, um das Namensschild des Barmanns entziffern zu können. Mick. Mick klang einigermaßen echt. »Sie kennen sich also mit Fahrrädern aus?«

»Das hoffe ich doch. Wo wollen Sie hin?«

»Bin gleich wieder da.«

Als Arkadi neun Jahre alt war, hatte sich General Renko größtenteils in seine Bibliothek zurückgezogen, in eine Aura aus roten Samtvorhängen. Für Arkadi war das Zimmer tabu. Gelegentlich rief der General nach ihm, damit Arkadi ihm Wodka oder Tee brachte, und der Junge erhaschte Blicke auf unwiderstehliche Fotos einer zerbombten Stadt, eine Sammlung deutscher Helme und zerfetzter Kampfstandarten. Das einzige Licht im Zimmer kam von einer Schreibtischlampe, und dort beschwor der General seine Feinde herauf.

Arkadi wartete auf eine Gelegenheit, und als die Tür einen Spalt breit offen stand, schlich er hinein. Er rannte durch das Zimmer, um alles in sich aufzunehmen, bis er zu Standarten mit Hakenkreuzen und Adlern kam. Eine SS-Standarte mit Schädel und gekreuzten Knochen faszinierte ihn am meisten. Der Stoff war Seide, steif von Blut. Er hörte den General erst zurückkommen, als er fast im Zimmer stand.

Arkadi huschte hinter die Vorhänge, bevor der alte Mann mit einer Wodkaflasche und einem Wasserglas hereinkam, das er erst einmal mit seinem Nachthemd sauber wischte. Jede Bewegung war ernst und feierlich, wie ein

Priester bei der Kommunion. Er setzte sich und trank ein halbes Glas Wodka mit einem Schluck. Auf dem Schreibtisch standen eine Schreibmaschine und drei Telefone, weiß, schwarz und rot, in aufsteigender Wichtigkeit. Arkadi verhielt sich ganz still. Der General regte sich nicht, und Arkadi dachte, sein Vater sei eingeschlafen. Der Junge wartete auf eine Gelegenheit hinauszuschleichen, doch dann zuckte der General, murmelte oder füllte sein Glas nach. Er lachte. Wedelte auf unbestimmte Art mit der Hand. Schüttelte die Faust, als spräche er zu einer Menschenmenge. Ihm war zwar der Feldmarschallstab nicht verliehen worden, der ihm zustand, aber diejenigen, die Bescheid wussten, wussten es!

Das rote Telefon, die direkte Verbindung zum Kreml, hatte seit einem Jahr nicht mehr geklingelt. Trotzdem war er bereit. Brauchte nur in seine Uniform zu schlüpfen und sich zu rasieren.

»Wer ist da?«

Arkadi war sich nicht bewusst, ein Geräusch gemacht zu haben. Er hörte, wie der Stuhl des Generals zurückrollte und Schreibtischschubladen in rascher Folge aufgerissen und zugeknallt wurden. Er hörte, wie die Trommel eines Revolvers aufklickte und Patronen über den Schreibtisch rollten. »Bist du das, Fritz?«

Arkadi drückte sich tiefer in die Vorhänge.

»Ich will dir einen Rat geben, Fritz«, flüsterte der General. »Wenn du einen Mann töten willst, wenn du ganz sicher sein willst, geh nahe heran.«

Dem General gelang es nur, eine Patrone zu laden. Fünf rasselten auf den Boden. Trotzdem drückte er auf den Abzug. Das Patronenlager war leer, aber die Trommel drehte sich, und er drückte noch dreimal fest auf den Abzug, mit demselben Ergebnis. Arkadis Hilferufe wurden durch die schweren Vorhänge gedämpft, während der General den Stoff vor sein Gesicht hielt und erneut auf ein leeres Patronenlager klickte.

Arkadi befreite sich aus dem Vorhang und schrie: »Ich bin's!«

Als sie sich direkt gegenüberstanden, richtete der General seine Waffe auf Arkadis Stirn.

Einen Moment lang blieben sie starr. Dann blinzelte der General wie jemand, der gerade wach geworden ist, und ein tiefes Stöhnen entrang sich seiner Brust. Er richtete den Revolver auf sich und drückte ab.

Die Welt blieb stehen. Die Augen des Generals waren fest zugekniffen, und sein Gesicht wurde kalkweiß, während er immer wieder auf den Abzug drückte, schweißnass, bis er die Waffe erschöpft sinken ließ.

Arkadi nahm ihm den Revolver aus der Hand und schob die Trommel auf.

»Sie hat sich verklemmt.«

Die Patrone steckte zwischen den Patronenlagern, was manchmal bei Revolvern passiert, wenn der Abzug zu schnell hintereinander gedrückt wird.

Mick, der Barmann, bediente andere Gäste, als Arkadi zum Pub zurückkam. Er sah in den Verkehr hinaus. Das war's, worum es im Leben hauptsächlich ging, nichts zu tun, als vorbeifahrende Autos zu zählen. BMW, BMW, Mercedes, Lada, Volvo, Lada, BMW. Russische Autos starben wie Eingeborene, unter denen eine Seuche ausgebrochen war.

»Sie haben was vergessen.« Der Barmann brachte Arkadi ein Bier und tippte sich an den Kopf für seinen Scharfsinn. »Soweit ich mich erinnere, ging es um Fahrräder.«

»Besonders um eines.«

»Welches denn?«

»Ich weiß es nicht, weil ich nicht weiß, was ich da sehe. Sagen Sie's mir.« Diesmal hatte Arkadi das Notizbuch mitgebracht. Er blätterte bis zur Rückseite mit der Liste von Zahlen, Umrissen von einer mehrfach gezeichneten Katze und einem doppelten Dreieck.

»Ist das ein Fahrradrahmen?«

»Klar.«

»Und Katzen.«

»Das sind keine Katzen. Das sind Panther.«

»Wie können Sie das erkennen?«

»Weil es das Logo von Ercolo Pantera ist, nur sollte es rot sein. Das ist der Ferrari unter den Fahrrädern.«

»Ist es teuer?«

Der Barmann belächelte eine derartige Unwissenheit. »Ein Pantera kostet dreißigtausend Dollar und mehr. Jedes Fahrrad wird in Mailand maßgefertigt, wie ein italienischer Anzug, und die Warteliste ist so lang wie Ihr Arm.«

Auf dem Rückweg zu seiner Wohnung kam Arkadi an einem Autounfall vorbei, der gerade erst passiert war: Polizeiwagen und Krankenwagen bahnten sich den Weg durch gestauten Verkehr, zerbrochenes Glas, und an einem Auto lehnte ein Fahrrad wie ein Zuschauer.

10

Die Homepage der Bicicletta Ercolo bestand aus einer einzelnen Seite in Frakturschrift, rot auf schwarz, mit Name, Telefonnummer, Faxnummer und E-Mail-Adresse. Ein eindeutiger Hinweis darauf, dass zufällige Besucher nicht willkommen waren.

»Entschuldigen Sie, sprechen Sie Russisch?«

Klick.

»Englisch?«

Klick.

»Deutsch?«

Klick.

»Ist Mr. Ercolo da? Ich rufe sonst immer wieder an.«

»Mr. Ercolo ist nicht da. Ercolo ist Herkules, manchmal Herakles. Er ist eine Sagengestalt. Goodbye.«

Das fing ja gut an. Der Mann sprach Englisch. Im Hintergrund hatte Arkadi die Geräusche einer Werkstatt gehört.

Er rief erneut an. »Wie dumm von mir. Die Sache mit Ercolo hätte ich wissen müssen.«

»Ja, das war dumm.«

»Aber ich habe Ihr Fahrrad.«

»Was soll das heißen, Sie haben mein Fahrrad? Wer sind Sie?«

»Ich bin der Leitende Ermittler Renko und rufe aus Moskau an. Ich glaube, eines Ihrer Fahrräder wurde gestohlen.«

»Aus Moskau? Sie sind verrückt.«

»Wir glauben, dass es in einen Mord verwickelt war.«

»*Sei pazzo.*«

»Ich habe Ihnen gerade eine Kopie meines Dienstausweises und eine Telefonnummer gefaxt.«

»Ich lege auf.«

Arkadi fand, dass Mikrowellenherde der größte Segen für einen alleinstehenden Mann waren. Männer waren dazu gedacht, etwas aufzuwärmen. Eisblöcke herauszunehmen und sie in Erbsen oder Enchiladas zu verwandeln und dabei Zeit zu haben, in der Küche zu stehen und über digitale Sekunden zu sinnieren, während sie vertickten. Die Fahrradbauer von Ercolo hatten weder zurückgerufen noch gefaxt. Wahrscheinlich saßen sie bei einem Teller Spaghetti.

Ein Ansatz, den er bisher nicht verfolgt hatte, war die Erschießung von Grischa Grigorenko. Für diese Tat gab es eine Rekordmenge an Verdächtigen und die Aussicht auf weitere Taten, solange Alexi Grigorenko in Moskau blieb. Warum Anja daran gelegen war, einer Zielscheibe so nahe zu sein, war Arkadi ein Rätsel. Vielleicht ging es ihr um den Artikel, um einen ordentlichen Höhepunkt. Ihm fiel ein, was sie über das Geheimnis besserer Fotos gesagt hatte: »Geh näher ran.«

Das Telefon klingelte. Arkadi nahm ab und hörte das Jaulen einer Säge. Mailand war dran.

»Leitender Ermittler Renko, in Italien ist ein Leitender Ermittler jemand mit einem Besen.«

»Hier genauso. Darf ich fragen, mit wem ich spreche?«

»Lorenzo, Chefdesigner.«

Arkadi hatte den Eindruck, mit Vulcanus zu sprechen, verschmiert mit Zeichenkohle und Schweiß.

»Was ist mit dem Fahrrad?«, fragte Lorenzo.

»Wir haben hier einen toten Mann ohne Identifikation, bis auf seine Verbindung zu einem Ercolo Pantera.«

»Und?«

»Ich hoffe, Sie können uns helfen.«

»Wieso? Wenn jemand in einem amerikanischen Auto erschossen wird, fragen Sie dann auch Mr. Ford? Ich muss Sie warnen, viele der Panteras da draußen sind Imitationen. Jedes echte Ercolo ist einmalig. Das ist der Grund, warum die Großen und Mächtigen nach Mailand kommen, um für die Anpassung Maß nehmen zu lassen. Wir verkaufen nicht an jeden. Fahrrad und Käufer müssen zusammenpassen.«

»Absolut.«

»Daher ist jedes Pantera auf der Unterseite der oberen Stange nummeriert. Können Sie mir die Nummer vorlesen?«

»Leider nicht.«

»Sie haben das Fahrrad nicht.«

»Nein.«

»Und Sie haben auch den Fahrer nicht.«

»Nein.«

»Sie haben überhaupt nichts.«

»Das ist mehr oder weniger korrekt.«

»Ihre Arbeit muss nicht einfach sein.«

»Man braucht Durchhaltevermögen. Sie sagen, jedes Pantera sei einmalig.«

»Ja.«

Arkadi las von der Rückseite des Notizbuches vor. »Wer war das? ›60 cm, 56,5 cm, 1990 g‹?«

Lorenzo übernahm. »60 cm Rahmen, 56,5 cm obere Stange, 1990 g Gewicht, für jemanden mit langen Beinen und kurzem Oberkörper. Das nennen wir hochhüftig. Komisch, ich kann mich besser an Fahrräder erinnern als an die Leute, die sie gekauft haben. Ich suche Ihnen den Auftrag anhand der Quittung heraus. Signor Bonnafos, meine ich mich zu erinnern. Ich habe ihm gesagt, er brauche keine zehn Gänge, acht würden reichen, aber er glaubt, er fährt bei der Tour de France mit.«

»Ein Stahlrahmen, kein Karbon?«

Lorenzo gab ein Geräusch von sich wie nach einem Witz. »Karbon ist prima, bis es bricht. Wir haben seit über hundert Jahren nur Stahl verbaut.«

»Ihre Hilfe ist überaus wichtig. Würden Sie mich anrufen, wenn Sie die Nummer für das Fahrrad finden? Erinnern Sie sich zufällig auch an den Vornamen?«

Joseph Bonnafos, achtunddreißig Jahre alt, Nationalität Schweizer, Dolmetscher und Übersetzer, alleinstehend, Jahreseinkommen zweihunderttausend Euro. Keine Vorstrafen. Erhielt ein russisches Touristenvisum, reiste über den Moskauer Domodedowo-Flughafen ein, flog am gleichen Tag nach Kaliningrad weiter, laut Informationen aus Datenprogrammen des Innenministeriums, das Menschen auf dieselbe Weise beobachtete und katalogisierte, wie Astronomen unablässig den Nachthimmel absuchten.

Da gab es noch eine Fußnote. Vor dem Flug nach Kaliningrad hatte das Bodenpersonal sich geweigert, sein Fahrrad mit Hartschalenverpackung einzuladen, da es zu groß und zu schwer sei. Bonnafos hatte jemanden angerufen, der *jemanden* angerufen haben musste, denn nach einer Minute wurde das Fahrrad mit besonderer Sorgfalt verladen.

Arkadi war nicht abergläubisch, doch er glaubte daran, dass Schwungkraft nur existierte, wenn man sie benutzte. Er rief dieselben Kaliningrader Hotels an wie zuvor und fragte diesmal nach einem Gast namens Bonnafos. In allen Hotels bis auf eines nahm man sich am Empfang zumindest die Zeit, in der Gästeliste nachzusehen, bevor mit »Nein« geantwortet wurde. Die Ausnahme war das Hydro Park, das sofort »Nein« sagte. Arkadi fragte sich, ob die Empfangsdame genauso schnell war, Leutnant Stasow zu alarmieren. Nur so ein Gedanke.

Arkadi versuchte, Tatjanas Schwester zu erreichen. Ludmilla Petrowna war nicht zu Hause, aber eine Nachbarin, die zufällig in der Wohnung war, sagte, Ludmilla käme in einer Stunde zurück.

Und er versuchte, Viktor im Auto zu erreichen.

»Hast du Glück mit Swetlana gehabt?«

»Sie sitzt im Nachtzug nach Kaliningrad, kommt morgen früh um neun Uhr fünfzig an.«

»Erstaunlich. Wer hat dir das erzählt?«

»Conan. Er mag zwar nach Zentralasien aufgebrochen sein, kam aber nur bis zur Säuferzelle. Dort kennen sie mich. Er hatte meine Karte dabei, und ich hab ihn rausgeholt.«

»Gut gemacht.«

»Also kannst du jetzt nach Kaliningrad fliegen und Swetlana zurückbringen. Auf diese Weise können wir die Ermittlung eingrenzen. Nur wir, nur Moskau, ja?«

»Leider wird es ein bisschen komplizierter. Die Ermittlungen sind umfangreicher geworden.«

»Mir gefällt ›erweitert‹ nicht, und ›kompliziert‹ kann ich nicht leiden«, sagte Viktor.

»Zwei Tage bevor sie ermordet wurde, ist Tatjana nach Kaliningrad geflogen und kam mit einem Notizbuch zurück. Das kann bisher niemand lesen, weil die Notizen von einem professionellen Dolmetscher in einer Art persönlichem Code geschrieben wurden. Er könnte uns helfen, aber er ist tot, erschossen am selben Strand, an dem das Notizbuch gefunden wurde. Wir haben seinen Namen.

Joseph Bonnafos, Schweizer, ein Dolmetscher. Wer weiß, sein Notizbuch könnte uns vielleicht alles erzählen, was wir wissen müssen.«

»Wo ist es jetzt?«

»Verschlossen in meinem Schreibtisch.«

»Du weißt nicht, wofür die Notizen waren?«

»Für so etwas wie eine internationale Veranstaltung, nehme ich an, da sie einen Dolmetscher brauchten.«

»Kann sich die örtliche Polizei nicht um die Sache kümmern?«

»Der Fall wird von einem Leutnant Stasow torpediert, der die Hotels von Kaliningrad als sein Stück des Kuchens zu betrachten scheint. Zum Tod von Bonnafos hat es keine richtige Ermittlung gegeben.«

»Warte mal, wir haben uns nur dazu verpflichtet, Tatjanas Leiche zu finden«, protestierte Viktor. »Sie zu finden, nicht wer sie umgebracht hat, falls sie umgebracht wurde. Und jetzt telefonierst du mit Leuten in Kaliningrad? Sie wurde nicht in Kaliningrad umgebracht, und ihre Leiche ist auch nicht in Kaliningrad. Als vollkommen nüchterner Mann sage ich, wir sollten bei dem bleiben, was wir wissen.«

»Da gibt es auch noch ein vermisstes italienisches maßgefertigtes Fahrrad«, sagte Arkadi.

Viktor hatte bereits aufgelegt.

Wie merkt ein Mann, wann er besessen ist? Wer außer einem Freund kann ihm das sagen? Noch genauer, wie können zwei Männer eine Stadt abdecken, ganz zu schweigen von zwei Städten, Hunderte Kilometer voneinander entfernt? Er würde ein Dutzend Kriminalbeamte und Polizeihunde brauchen, und nichts davon würde der Staatsanwalt genehmigen. Surin würde sich höchstens für so etwas wie die Reise nach Jerusalem im Leichenschauhaus einsetzen. Inzwischen würde Tatjana, wenn sie von Schublade zu Schublade verlegt worden war, hellblau sein und von einer Eiskristallschicht bedeckt. Vielleicht wartete die Person, die sie versteckte, auf die erste Schneedecke, um Tatjana angemessen zur Ruhe zu betten, wenn die Wut verraucht und sie nur noch eine Heilige unter vielen war. Seltsam war nur, dass Arkadi sich darauf freute, die anderen Kassetten anzuhören, nicht weil Tatjanas Stimme besonders melodiös, sondern weil sie klar war, und nicht weil die von ihr beschriebenen Ereignisse dramatisch waren, sondern weil sie ihre Rolle dabei herunterspielte. Und weil er beim Anhören der Kassetten das Gefühl bekam, sie zu kennen und ihr schon begegnet zu sein. War das besessen?

11

Der Mond zieht über den Himmel wie ein Nachen,
Lässt Ruder schwer durchs Wasser gleiten
Russland wird ewig so weitermachen
Tanzen und weinen zu allen Zeiten.

Also verändert sich nichts«, sagte Tatjana. »Der Dichter Jessenin wusste das schon vor hundert Jahren. Russland ist ein betrunkener Bär, mal unterhaltsam, mal eine Bedrohung, oft ein Genie, doch wenn die Nacht anbricht, rollt sich immer ein betrunkener Bär in einer Ecke zusammen. Manchmal liegt in der anderen Ecke ein Journalist, dessen Arme und Hände systematisch gebrochen wurden. Die Schläger, die diese Arbeiten verrichten, gehen sorgfältig vor. Wir brauchen nicht nach Tschetschenien zu fahren, um solche Männer zu finden. Wir rekrutieren sie, bilden sie aus und nennen sie Patrioten. Und wenn sie einen aufrechten Journalisten finden, lassen sie den Bär los.

Ist es das wert? Das Problem mit dem Märtyrertod ist das Warten. Früher oder später werde ich vergiftet, von einer Felswand gestoßen oder von einem Fremden erschossen, doch zuvor werde ich noch einen Torpedo unter der Wasserlinie abschießen, sozusagen.

Außerdem, warum ist es im Himmel so langweilig? Im Himmel gibt es Liebe, aber gibt es auch Leidenschaft? Müssen wir wirklich barfuß laufen und diese Gewänder tragen? Sind uns auch High Heels erlaubt? Ich habe

Frauen in High Heels immer beneidet. Meine ersten tausend Jahre im Himmel möchte ich gerne damit verbringen, Tango tanzen zu lernen. Bis dahin versuche ich, dem Bären einen Schritt voraus zu sein, solange ich kann.«

Arkadi lauschte ihr nicht nur, er hatte vielmehr das Gefühl, allein mit ihr zu sein, und wenn sie allein wären, würde er ihr kühn eine Zigarette anbieten.

Als er einen Schlüssel im Schloss hörte, wollte er instinktiv die Kassetten und den Rekorder nehmen und in einen Küchenschrank stopfen. Er tat es nicht. Dann bereute er es.

Anja kam herein, hinter ihr Alexi Grigorenko. Ihre Gesichter waren gerötet vom Vorglühen auf eine Party und der ersten Flasche Champagner. Wenn es geschmacklos war, so bald nach dem Tod seines Vaters zu feiern, lag darin auch die Botschaft an die Männer aus der Generation seines Vaters, dass alte Manieren, selbst unter Dieben, aus der Mode gekommen waren. Alexi hielt sich anscheinend für einen Prinzen. Dabei war er nur leichte Beute. Die beiden gaben ein hübsches Paar im Designerlook ab, musste Arkadi zugeben. Im Vergleich dazu wirkte er, als hätte er sich von der Wäscheleine eines Fremden bedient.

»Alexi wollte meine Wohnung sehen, und dann glaubte ich, Tatjana in deiner zu hören«, erklärte Anja.

»Sie ist eine interessante Frau«, meinte Arkadi.

»Anscheinend ist sie selbst als Tote verführerisch.« Anja lief auf und ab, schnüffelte, als prüfte sie die Luft.

»Ich hoffe, wir stören Sie nicht«, sagte Alexi.

»Arkadi ist immer auf, fast wie ein Mönch bei seinen Gebeten.«

»Lösen Sie so Ihre Fälle?«, fragte Alexi. »Im Gebet?«

»Einen Großteil.«

Alexis Gesichtszüge waren weniger grob als die seines

Vaters. Die Augen leicht verschleiert. Hände so flink und feingliedrig wie die eines Croupiers. Unter seinem Jackett zeichnete sich eine Waffe ab.

»Kann ich euch etwas zu trinken anbieten? Etwas zu essen?«, fragte Arkadi, als wäre irgendetwas in seinem Kühlschrank.

»Nein, danke«, erwiderte Anja. »Er will mir seine neue Wohnung zeigen. Ein Penthouse.«

»Penthouse?« Das war ein Wort, das Arkadi nie aus dem Mund einer Russin erwartet hätte. »Sie ziehen nach Moskau?«

»Warum nicht? Grischa hat eine Reihe von Immobilien und Investitionen hier und in Kaliningrad hinterlassen.«

»Er hat die Voraussetzungen für einen Krieg hinterlassen. Alles war ruhig, bis Ihr Vater ermordet wurde. Ruhig wie im Dschungel, aber ruhig. Warum machen Sie nicht alles zu Geld und leben friedlich auf irgendeiner tropischen Insel?«

»Vielleicht habe ich mehr Vertrauen und bin nicht so negativ eingestellt wie Sie.« Alexis Blick streifte Tatjanas Kassetten, die immer noch auf dem Tisch lagen. »Wie können Sie es nur aushalten, sich diesen Mist anzuhören?«

Er griff nach den Kassetten, und Arkadi packte ihn am Handgelenk.

»Finger weg.«

»Okay, okay.« Alexi richtete sich auf und strich sich über das Haar. »Ich hatte ja keine Ahnung, dass Ihnen die so viel bedeuten. Mein Fehler.«

Arkadi wusste, das war der Moment, der den Tag zusammenfasste. Alexis Ambitionen im Vergleich zu Arkadis Isolation. Er wagte nicht, Anja anzuschauen.

Ein Uhr morgens war sowohl eine Uhrzeit als auch eine Gegend, in der Viktor Orlow und Arkadi schon lange heimisch waren. Viktor ließ sich auf einen Stuhl fallen und betrachtete den Rekorder und die Kassetten auf dem Küchentisch.

»Hast du dir die angehört?«

»Tatjana.«

»Ha. Sie ist diejenige, die dir den Kopf verdreht.«

»Viktor, sie ist tot.«

»Spielt keine Rolle. Sie bringt dich dazu, kopfüber in einen Eimer Scheiße zu springen. Nur weil du die Genehmigung hast, nach Kaliningrad zu fliegen, bedeutet es nicht, dass du es tun musst. Das ist nicht gerade eine heiße Spur. Tatjana ist seit zehn Tagen tot, und ich hoffe nur, dass man sie auf Eis hält.«

»Da gibt es eine Verbindung…«

»Gibt es nicht. Tatjana Petrowna ist vom Balkon ihrer Wohnung in Moskau gesprungen, wurde in Moskau obduziert, und wenn die Arschlöcher im Leichenschauhaus sie verloren haben, dann haben sie das in Moskau getan.«

»Ich war zweimal in ihrer Wohnung«, sagte Arkadi. »Beim ersten Mal war sie von jemandem verwüstet worden, der etwas gesucht hat, vielleicht das Notizbuch. Beim zweiten Mal war sie vollkommen leer, um kein Risiko einzugehen.«

Viktor schnaubte. »Ich habe mich umgehört. Beim ersten Mal haben die Skinheads sie kurz und klein geschlagen, nur so aus Spaß. Beim zweiten Mal war die Wohnung leer, weil der Bauunternehmer ein Einkaufszentrum bauen will. Das sind die Tatsachen. Ich muss dich fragen, Arkadi, geht es dir gut?«

»Ich habe mit dem Staatsanwalt gesprochen. Er hat zugestimmt, dass ich in Kaliningrad suchen kann.«

»Natürlich hat er zugestimmt. Kaliningrad ist wie Sibirien. Ihm wäre es recht, wenn du bis an dein Lebensende Leichen in Kaliningrad suchen würdest.«

»Nur ein Tagestrip.«

»Nach Kaliningrad? Das gibt es nicht, du wirst schon sehen. Eine Leiche von Stadt zu Stadt jagen, einen Fahrradhersteller in Mailand anrufen? Das ist selbst für mich zu verrückt.«

Zu verrückt für Viktor? Das war besorgniserregend, fand Arkadi.

Laut sagte er: »Der Fahrradhersteller hat uns zu Bonnafos geführt, der, wie ich glaube, eine von Tatjanas Quellen war. Ihn können wir leider nicht mehr fragen, weil man ihn an demselben Strand erschossen hat, an dem das Notizbuch gefunden wurde. Für Tatjana war das wichtig genug, extra nach Kaliningrad zu fliegen. Ich weiß nicht, wohinter sie her war, aber das Notizbuch ist der Schlüssel.«

»Nur kann man es nicht lesen.«

»Das stimmt. Wir müssen einen Experten damit beauftragen.«

»Hast du es nicht bei Professor Kunin versucht?«

»Wir werden es erneut versuchen.«

»Ich versteh's einfach nicht«, sagte Viktor. »Warum hängst du dich so an einem Notizbuch auf, das niemand lesen kann? Ich bin auf deiner Seite, aber ich möchte, dass du verstehst, was ich empfinde.«

»Jetzt weiß ich es.«

»Zwei Männer, die zwei Städte abdecken. Das könnte interessant werden.«

»Willst du das Notizbuch sehen? Dir anschauen, wofür das ganze Theater ist? Es liegt im Schreibtisch.«

Viktor vergrub die Hände in den Manteltaschen. »Ich passe. Ist schon spät, und ich spüre bereits die Klinge der

Guillotine.« Er umarmte Arkadi kurz. »Wir sind so im Arsch.«

Arkadi war es peinlich, sich das einzugestehen, aber er konnte kaum erwarten, dass Viktor ging, damit er zu den Kassetten zurückkehren und der Stimme hinter den Wörtern lauschen konnte. Er hatte gelesen, dass auditive Halluzinationen subtiler und stärker waren als ihre visuellen Gegenstücke. Gelegentlich hörte er immer noch seine Frau Irina. Was verrückt war, denn sie war tot.

Auf den letzten Kassetten klang Tatjana müde und abgespannt, nicht mehr so wachsam.

»Man erwartet von mir, immer so ernst zu sein, aber ich habe die Ernsthaftigkeit satt. Habe es satt, die Mater Dolorosa zu sein. Tatjana Petrowna zu sein. Lieber würde ich mich mit den Zigeunern davonstehlen. Vielleicht bin ich verrückt. Ich sehne mich nach einem Mann, dem ich nie begegnet bin.«

Das sagte genug, dachte Arkadi. Doch da war noch die allerletzte Kassette mit dem metallischen Klopfen, so schwach, dass es sich kaum lohnte, es aufzunehmen. Arkadi wühlte in Schenjas Karton mit aussortierter Computerausrüstung, USB-Anschlüssen, Bändern, Kopfhörern, Disketten, elektronischen Schachbrettern. Was Schenja konnte, konnte er auch. Er hatte oft genug gesehen, wie Schenja die Klangverstärker an seinen Kopfhörer anschloss. Arkadi verband sie mit dem Rekorder und lauschte.

Stille. Vakuum. Ein verstärktes, dreimaliges Klopfen von Metall auf Metall. Dann drei Kratzer. Stille. Klopf, klopf, klopf.

Arkadis Vater hatte ihm eine Reihe nützlicher Dinge beigebracht. Wie man eine Waffe zerlegt, mit Flaggen signalisiert, Morsezeichen sendet.

Das Klopfen und Kratzen waren immer dieselben Morsezeichen, die bedeuteten: »Wir sind am Leben.«

Das Atom-U-Boot *Kursk* war mit einhundertachtzehn Offizieren und Matrosen auf dem Weg zu Manövern in arktischen Gewässern, als aus ungeklärten Gründen die Bugtorpedos explodierten und Feuer im ganzen Schiff ausbrach. Die Mannschaft war nach den höchsten Traditionen der russischen Marine vorgegangen und wurde posthum mit Tapferkeitsorden ausgezeichnet. Den Familien wurde versichert, die gesamte Mannschaft sei fast augenblicklich gestorben.

Klopf. Klopf. Kratz.

Der Leiter der Rettungsmannschaft berichtete, er habe Klopfen in Sektion 9 des U-Boots am hinteren Ende des Rumpfs gehört.

»Alles wurde unternommen. Die Menschen sollten ruhig bleiben und ihre Posten nicht verlassen«, verkündete der Ministerpräsident und gab eine Grillparty in einer Villa am Schwarzen Meer.

Klopf... Klopf...

Bei einer Pressekonferenz verlangte die Mutter eines Matrosen, die Wahrheit zu erfahren. Sie wurde gewaltsam sediert und aus dem Saal gezerrt. Der Leiter der Rettungsmannschaft gab an, er müsse die Lebenszeichen in Sektion 9 wohl falsch verstanden haben.

Das Klopfen hörte auf.

Schließlich, zehn Tage nach dem Unglück, gelang es norwegischen Tauchern, die Ausstiegsluke zu öffnen. Sie fanden eine in Plastik gehüllte Notiz an der Leiche eines aus Sektion 9 geborgenen Matrosen. Er hatte die Vorgänge aufgezeichnet und sie mit 15:15 datiert, vier Stunden nach der Explosion. Einige Experten glaubten, dass die dreiundzwanzig Männer vielleicht noch drei bis vier Tage gelebt hatten.

Auf dem Etikett der Kassette stand »Grischa«, obwohl Arkadi die Verbindung zur *Kursk* wie ein Fisch aus den Händen glitt.

12

Arkadis Frau Irina war schon vor Jahren gestorben. Trotzdem musste er jedes Mal, wenn er eine Stimme wie ihre im Trubel der Metro hörte oder eine schöne Frau vorübergehen sah, an sie denken. Als sie noch lebte, war es ein Rätsel, warum eine so intelligente Frau wie sie sich entschlossen hatte, ihr Schicksal mit einem Mann mit so geringen Aussichten wie Arkadi zu teilen. Später sprach er nie über sie, aus Furcht, ihren Tod zu einer »Geschichte« zu machen, die durch das Erzählen unwiderruflich verändert würde, so wie eine jahrelang benutzte Goldmünze glatt und gesichtslos wird.

Arkadi erinnerte sich noch an jede Einzelheit.

Sie wollten zum Essen ausgehen und dann ins Kino. Irina hatte eine leichte Infektion, und es war Arkadis Idee gewesen, für ein Antibiotikum bei der örtlichen Poliklinik haltzumachen. Das Wartezimmer war voller Skater, Betrunkener und Großmütter mit schniefenden Kindern an der Hand. Irina bat Arkadi hinauszugehen und einen Zeitungskiosk zu suchen. Sie war Journalistin, und keine Zeitung zu haben war für sie, als müsste sie ohne Sauerstoff leben.

Er wusste noch, wie mild der Abend gewesen war, flauschige Pappelsamen wehten durch die Luft, und an die Bäume waren Zettel geheftet, die Medikamente zum Verkauf anboten.

Mittlerweile hatte sich der Warteraum geleert, und Irina wurde ins Untersuchungszimmmer gerufen. Der Arzt verschrieb ihr Bactrim. Den Unterlagen nach verfügte die Poliklinik über genügend Vorräte. In Wirklichkeit waren die Schränke leer, die Medikamente waren durch die Hintertür verschwunden.

War Irina allergisch gegen Penizillin? So stark, dass sie die Wörter auf dem Aufnahmebogen unterstrichen hatte. Aber die Gedanken der Krankenschwester waren bei einem Brief, den sie an diesem Tag bekommen hatte und der ihr mitteilte, ihr Sohn habe ihre Wohnung verkauft und ihr bleibe eine Woche zum Packen. Das einzige Wort, das sie hörte, war »Penizillin«. Da der Poliklinik die oralen Dosen ausgegangen waren, gab sie Irina eine Spritze und verließ den Raum. Als Arkadi mit einer Zeitung und einer Zeitschrift wiederkam, war Irina tot.

Eingewickelt in ein feuchtes Tuch, sah sie aus, als wäre sie an ein Ufer gespült worden. Als sich ihre Luftröhre in einem anaphylaktischen Schock zu schließen begann, hatte Irina anscheinend den Irrtum der Krankenschwester erkannt und war mit der Ampulle in der Hand aus dem Untersuchungszimmer gekommen. Eine Gegeninjektion mit Adrenalin hätte sie gerettet. In seiner Panik brach der Arzt den Schlüssel vom Medikamentenschrank ab und besiegelte damit ihr Schicksal. Sie sah es. Sie wusste es.

Als Arkadi ihr die Augen schloss, schnauzte der Arzt ihn an, er solle den »Korpus« nicht berühren. Arkadis Gesicht wurde finster, seine Hände wurden zu Klauen, und er schleuderte den Arzt gegen die Wand. Der Rest der Belegschaft zog sich in den Flur zurück und rief die Miliz, um mit dem Verrückten fertig zu werden. Bis zu deren Eintreffen saß Arkadi bei Irina und hielt ihre Hand, als würden sie zusammen irgendwohin gehen.

Tatjana erinnerte ihn an Irina. Sie waren beide furchtlos und idealistisch. Und tot, räumte Arkadi ein.

Das Telefon ließ ihn zusammenschrecken. Maxim Dal war dran, der Dichter.

»Rufen Sie bei allen mitten in der Nacht an?«, fragte Arkadi.

»Nur Nachtmenschen. Dabei irre ich mich selten. Die Blässe, das Schweigen, die Unterernährung – Sie weisen alle Symptome auf. Haben Sie eine Mikrowelle?«

»Selbstverständlich.«

»Ich wette mit Ihnen um fünfzig Rubel, dass Sie irgendwas Essbares in der Mikrowelle vergessen haben.«

Arkadi öffnete die Mikrowelle. Drinnen stand eine verschrumpelte Enchilada. »Was wollen Sie?«

»Erinnern Sie sich an unser Gespräch über Tatjanas Notizbuch?«

»Ihnen ging es um irgendeinen amerikanischen Preis für Ihr Lebenswerk?«

»Dafür, am Leben zu sein, ja. Erinnern Sie sich, dass ich Sie nach Tatjanas Notizbuch gefragt habe und ob ich darin erwähnt bin?«

»Was spielt das für eine Rolle? Sie haben mir erzählt, Sie hätten vor zwanzig Jahren eine kurzfristige romantische Affäre mit ihr gehabt.«

»Das ist das Problem. Damals war ich Professor, und Tatjana war eine junge Studentin. Amerikanische Universitäten schätzen solche Liebesverhältnisse nicht. Das sind Puritaner. Wenn es auch nur den Hauch eines Skandals gibt, kann ich mir den Preis abschminken.«

»Haben Sie in Ihrer Laufbahn nicht genug Ehrungen bekommen?«

»Ich saß eine Weile auf dem Trockenen. Zum Teufel mit der Ehre. Hier geht es um fünfzigtausend Dollar als Gastdichter in Amerika oder eine Bettelschale in Kaliningrad. Waren Sie schon mal in Kaliningrad?«

»Noch nie.«

»Da gibt es keine Sicherheit mehr. Ist nicht mehr wie früher, als Mitglieder der Schriftstellergewerkschaft eine ›Ode an die Steckrübe‹ schreiben konnten und dafür bezahlt wurden. Es ist auch nicht wie Moskau. Kaliningrad ist eine eigene Welt. Wirklich, sollten Sie je dorthin kommen, müssen Sie sich von mir herumführen lassen.«

Arkadi gähnte. Seine Augen fühlten sich an, als würden sie ihm in den Kopf sinken. »Ich glaube nicht. Wie sollten die Amerikaner überhaupt von dem Notizbuch erfahren?«

»Durch andere Dichter. Ich bin nicht der einzige Kandidat.«

»Ich wusste gar nicht, dass Dichten eine so mörderische Tätigkeit ist. Sie haben bestimmt nichts zu befürchten. Sind ja nur ein paar Seiten, und ich haben Ihren Namen nicht gesehen.«

»Haben Sie das Notizbuch?«

»Ja, unter Verschluss.«

»Haben Sie es gelesen?«

»Nein. Niemand kann es. Beruhigen Sie sich. Gute Nacht.«

Arkadi wollte gerade zu Bett gehen, als Viktor anrief, um sich für einige seiner Bemerkungen zu entschuldigen.

»Dir steht eine eigene Meinung zu. Wir reden morgen.«

»Warte, ich hab mich einfach danebenbenommen. Lag an deiner Fixiertheit auf Kaliningrad. Du weißt doch, dass ich während meiner Marinezeit da stationiert war. War ein streng geheimes Scheißloch. Man konnte die Stadt nicht mal auf der Karte finden.«

»Danke.« Arkadi betrachtete es als Vertrauensvotum.

»Noch was, das ich zu erwähnen vergessen hab. Ich

habe Schenja heute in deiner Straße gesehen. Hast du mit ihm gesprochen?«

»Nein. Wo war er?«

»Vor deinem Haus.«

»Hat er dich gesehen?«

»Glaube schon, weil er sich weggeduckt hat wie ein Eichhörnchen.«

»Typisch.«

»Ich dachte, ich sage es dir.«

Kaum hatte sein Kopf das Kissen berührt, schlief Arkadi ein. Er hatte das Gefühl, in ein Spinnennetz gewickelt zu sein, aber angenehm. Gemütlich. Eingehüllt. Dann ein Sturz in die schwarze Tiefe, ein kalter Wind auf seinem Gesicht. Doch nach wie vor keine Beschwerden. Wenn das Schlaf war, dann sollte es so sein. Hoch oben ein verlöschender Lichtpunkt. Darunter eine unsichtbare Stadt.

Die Stadt breitete sich aus und wurde flüssig. Arkadi machte einen Platscher und wurde zum Torpedo, der auf die Umrisse eines Schiffes zuraste. Seltsam, dass Tatjana sich auf ein U-Boot-Unglück konzentriert hatte, das zwölf Jahre zurücklag. »Eichhörnchen« beschrieb Schenja perfekt.

Schenja.

Arkadi riss die Augen auf. Er schwang sich aus dem Bett, ging in sein Arbeitszimmer und knipste auf dem Weg alle Lampen an. Der Schreibtisch war aus Mahagoni mit Messingbeschlägen, und das rechte untere Fach hatte eine aufgesetzte Tür, hinter der sich ein Safe befand, dessen Kombination nur er kannte. Trotzdem hielt er den Atem an, als er am Griff zog und ihn geschlossen fand.

Vielleicht war Schenja nur in der Nachbarschaft gewesen oder vorbeigekommen, während Arkadi fort war. Erklärungen gab es jede Menge, nur glaubte Arkadi an keine einzige.

Als er das Schloss drehte, hörte er die Zuhaltungen fallen: zwei Drehungen nach rechts, zwei nach links, eine nach rechts. Mit einem leisen »Popp« glitt die Tür auf.

Seine Waffe, eine ihm verliehene Makarow, lag unten im Safe, aber das Notizbuch war weg. Stattdessen lag da das Formular für elterliche Zustimmung zum vorzeitigen Eintritt in die Armee und wartete auf eine Unterschrift.

13

Schenja lebte aus Bahnhofsschließfächern und zockte Leute beim Schachspielen ab. Keine mühsamen Vier-Stunden-Partien mit verhakten Geweihen, sondern Blitzschach: vierzig Züge in fünf Minuten. Er nahm einem Schiffskoch, der auf den Zug nach Archangelsk wartete, fünfzig Dollar ab und einem Ölarbeiter auf dem Weg zu den Bohrstellen in Samarkand genauso viel. Schenjas Finger bewegten sich im Pizzikato, klaubten die Figuren vom Brett. Abfahrt in zehn Minuten? Schenja konnte noch zwei Spiele unterbringen, vielleicht drei.

Am liebsten ging er in einen kleinen Park, genannt der Patriarchenteich, in einem Viertel mit Botschaften, Stadthäusern und Straßencafés. Er setzte sich auf eine Bank, stellte sein Brett und die Figuren auf, als grübelte er über eine schwierige Stellung. Früher oder später kam immer jemand vorbei, der stehen blieb, um ihm Ratschläge zu geben.

Dazwischen erfreute er sich an den Schwänen und Enten auf dem Teich – Stockenten, Schellenten, Krickenten – mit ihrem schillernden Gefieder. Er kannte alle Namen der Wasservögel und der Bäume. Als ein Junge Schraubverschlüsse nach den Schwänen schnippte und am Ohr weggezogen wurde, fand das Schenjas uneingeschränkte Zustimmung. Eine Brise trieb herabgefallene Blätter in eine Ecke des Teichs. Wind raschelte in den Bäumen.

In der Nähe befand sich der Fachbereich für Architektur der Universität, und in der Mittagspause sammelten sich Studenten um die Bänke. Obwohl sie nur zwei Jahre älter waren als Schenja, waren sie viel weltmännischer und mondäner als er. Sämtliche Studenten, ob männlich oder weiblich, hatten offene Bierflaschen in der Hand und posierten lässig wie Models aus Hochglanzmagazinen. Ihre Jeans waren an den Knien zerrissen, weil es modisch war. Seine Jeans waren einfach durchgescheuert. Sie behandelten ihn nicht von oben herab, sondern sahen ihn einfach nicht. Und worüber hätten sie sich auch mit ihm unterhalten sollen, wenn sie Notiz von ihm genommen hätten? Über Schnorcheln vor der Küste von Mexiko? Skifahren in Chamonix? Zu der Gruppe gehörte ein halbes Dutzend Mädchen, unter ihnen auch eine Rothaarige mit milchweißer Haut, die so schön war, dass Schenja sie nur anstarren konnte. Sie flüsterte hinter vorgehaltener Hand, und Schenja sah, wie das Flüstern durch die ganze Gruppe lief.

»Entschuldige.«

»Was ist?« Schenja fuhr zusammen, als ein Junge ihn ansprach. Er war der größte aus der Gruppe und trug ein Stanford-Sweatshirt.

»Tut mir leid, ich wollte dich nicht erschrecken, aber bist du nicht das Schachmonster?«

»Was bin ich?«

Andere Gespräche verstummten.

»Wir haben dich in verschiedenen Bahnhöfen gesehen, wie du Leute beim Schach abgezockt hast. Hier machst du genau dasselbe. Was soll das eigentlich?«

Schenja fühlte sich wie ein Insekt unter einem Mikroskop.

»Ich weiß nicht, wovon du sprichst.«

»Klar weißt du das. Du machst es jetzt schon wieder. Deswegen nennen wir dich das Schachmonster.«

Schenja erhob sich mit hochrotem Gesicht. Trotzdem ragte der Stanford-Junge über ihm auf und sagte: »Ganz ruhig, ich will dir nichts tun. Ich will bloß wissen, ob du das Schachmonster bist. Aus deinem Mund. Nein?« Mr. Stanford wandte sich an die Rothaarige. »Lotte, ist er das Monster oder nicht?«

Sie rief: »Das Wort, das ich verwendet habe …«

In diesem Moment kam der Schwan aus dem Wasser, zischend, die Schwingen ausgebreitet, den Hals gereckt wie eine Schlange, um den Bengel zu verjagen, der ihn zuvor gepiesackt hatte. Als die Architekturstudenten auseinanderstoben, fiel das Schachbrett von der Bank, und die Figuren purzelten nach allen Seiten.

Schenja blieb allein zurück, suchte den Pfad, das Gras und herabgefallene Blätter nach Königen und Königinnen ab. Er fand alle Figuren, bis auf einen schwarzen Bauern, der außer Reichweite im Teich dümpelte.

»Monster«, hallte es in Schenjas Kopf.

Er stopfte alles in den Rucksack und schob das Notizbuch zur Seite, das er aus Arkadis Schreibtisch geklaut hatte. Das Ding war ein Rätsel ohne Hinweise, eine Denksportaufgabe ohne Lösungsansatz, doch es diente seinem Zweck, wenn es Arkadi dazu zwang, die Formulare für die frühzeitige Verpflichtung zum Militär zu unterschreiben. Schenja hatte schon so lange die Schule geschwänzt, dass er nicht mehr registriert war und keine Zukunft sah. Wie lange konnte er davon leben, erschöpfte Reisende mit Schachpartien abzuzocken? Die meisten jungen Leute, die durch die Bahnhöfe kamen, hingen an ihren iPhones. Manche kannten nicht mal die einfachsten Eröffnungszüge im Schach, dem russischsten aller Intelligenztests. Ohne Diplom würde sich Schenja mit Tadschiken und Usbeken darum schlagen müssen, einen Besen zu schieben. Seine anderen Möglichkeiten waren die Armee oder die Polizei. Letzteres würde er ganz sicher nicht tun. Die Aufklärungsrate professioneller Mordfälle lag bei vier Prozent. Wie konnten sie sich da auch nur Polizei nennen?

14

Ein Pathologe hat keinen Respekt vor Menschen. Für ihn sind Helden, Tyrannen und Heilige nur Fleisch auf einem Obduktionstisch. Lebend konnten sie sich mit militärischen Orden geschmückt oder den Talar eines Professors getragen haben. Tot quollen ihre Geheimnisse als käsige Fettrollen hervor, als geschwärzte Leber, das zarte Gehirn freigelegt in seiner Schale. Mehr nicht.

Dass Willi Pasenko noch lebte, war eine Erleichterung für die anderen Pathologen, denn keiner wollte einen Kollegen aufschneiden. Er hatte seinen Teil dazu beigetragen, hatte über vierzig Kilo abgenommen, machte schnaufend und keuchend seine Übungen in den schwach erleuchteten Räumen des Leichenschauhauses wie ein halb entleerter Ballon in Zeitlupe. Tatjanas Leiche war gefunden worden, und nicht nur das, sondern auch kremiert, und ihre Asche ruhte in einer Pappschachtel mit der Aufschrift »Unbekannte weibliche Person #13312«.

Willi schlug Arkadi vor: »Du kannst die Schachtel zu einer Urne aus Keramik oder Holz aufrüsten. Die meisten wählen Holz.«

»Ich hab dir doch gesagt, sie sollte nicht eingeäschert werden.«

»Ich weiß, ich weiß. Das ist passiert, als ich nicht da war. Die Hälfte der Assistenten sind Tadschiken. Wenn du denen eine Anweisung gibst und sie nicken, heißt das, sie haben kein Wort von dem verstanden, was du gesagt hast.

Außerdem hat zwei Wochen lang niemand Anspruch auf die Leiche erhoben, und du weißt, wie das ist, die Frucht, die am tiefsten hängt, wird zuerst gepflückt.«

»Aber einäschern?«

Willi sah in einer Mappe nach. »Sie wurde von ihrer Schwester identifiziert, ihrer einzigen Verwandten. Die hat das verlangt.«

»Ihre Schwester war hier in Moskau?«

»Nein. Ihr ging es nicht gut genug, um von Kaliningrad hierher zu reisen, also hat sie die Identifizierung von zu Hause per Telefon vorgenommen.«

»Mit einem Handy? Wir sind hier in einem Tunnel, und es gibt keinen Empfang.«

»Wir haben ein Foto gemacht, sind auf die Straße gegangen und haben es gesendet.«

»Wer hat das Foto gemacht?«

»Irgendjemand.«

»Wurde es aufgehoben?«

»Leider nicht.«

»Zähne?«

»Du könntest welche pulverisiert am Boden der Schachtel finden.«

»Genug für DNA?«

»Nicht nach der Einäscherung. Was soll ich dir sagen, ich bin von Stümpern umgeben.«

»Haben sie wenigstens eine bestätigende Identifizierung durchgeführt?«

»Durch einen Kriminalleutnant Stasow von der Kaliningrader Polizei.« Willi klopfte auf die Mappe. »Steht alles da drin.«

»Eine letzte Frage: Wenn das hier Tatjana Petrowna ist, wieso steht auf der Schachtel ›Unbekannte weibliche Person‹?«

»Könnte bedeuten, dass wir knapp an Schachteln sind. Willst du sie haben? Ihre Schwester sagte, wir könnten sie entsorgen, wie wir wollten.«

»Das ist nicht dein Ernst.«

»Entweder nimmst du sie, oder sie fliegt in den Müll.«

»Hast du es bei ihrer Zeitschrift oder ihren Freunden versucht?«

»Ich kann nicht rumlaufen und Asche wie Salz und Pfeffer verstreuen. Du kennst diese Leute.«

»Und die Mappe?«

»Gehört dir.« Er reichte Arkadi alles und fügte noch eine kritische Anmerkung hinzu. »Ich finde, du solltest dich wirklich für Holz entscheiden.«

Vom Auto aus versuchte Arkadi erneut, Ludmilla Petrowna zu erreichen und bekam keine Antwort. Dasselbe bei Leutnant Stasow. In der Telefonzentrale von *Jetzt* hieß es, Obolenski sei heute nicht in die Redaktion gekommen. Die Toten waren tot. Die Lebenden marschierten weiter.

Arkadi fuhr zur Computerwerkstatt, in der Schenja manchmal arbeitete. Die Techniker sagten, er sei vor einiger Zeit da gewesen, um sich einen Laptop zu borgen.

Als Arkadi weiterfuhr, hielt er die Augen offen, in der Hoffnung, den Jungen herumschleichen zu sehen. Schenja hatte nicht auf Arkadis Anrufe reagiert, was an sich schon eine Form der Verhandlung war.

Viktor hatte angerufen und die Nachricht hinterlassen, Arkadi solle sich mit ihm auf dem Friedhof treffen, auf dem Grischa Grigorenko beerdigt sei. Zwei Männer waren im Exekutionsstil erschossen und wie Opfergaben an Grischas Grabstein abgelegt worden. Der Erbfolgekrieg hatte begonnen.

Die Kriminalbeamten Slowo und Blok waren schon so lange Partner, dass sich ihr Aussehen angeglichen hatte, beide mit den gleichen Stahlrandbrillen und dem Kinn voll weißer Stoppeln. Sie planten, gemeinsam in den Ruhestand zu gehen und in einer Datscha mit Garten in Sotschi zu leben, und sie dachten nicht daran, sich in einen offenen Krieg hineinziehen zu lassen. Sie hatten das Nötigste getan, um es nach einer Ermittlung aussehen zu lassen – der direkte Tatort war abgesperrt worden –, doch der Wagen der Spurensicherung war noch nicht eingetroffen.

Viktor führte Arkadi durch das Friedhofstor. »Blok und Slowo sind von der alten Schule. Wenn es nach denen geht, dann sollen zwei Gangs, die es miteinander austragen wollen, sich doch ruhig gegenseitig abknallen. Zwei Tote sind ein guter Anfang.«

»Willkommen, die Herren«, sagte Slowo. »Wisst ihr, wie sehr ich eure hässlichen Fressen vermissen werde? Null. Wir geben eine Abschiedsparty. Ihr seid nicht eingeladen. Und die zwei da auch nicht.«

Die Opfer hatten blutiges Haar und eine nordische Blässe. Arkadi erkannte sie aus der Höhle als Alexis Männer; sie hatten groß angegeben, weil der Richter sie mangels eindeutiger Beweise von einer Mordanklage freigesprochen hatte. Arkadi hätte gerne nachgesehen, ob sie bewaffnet waren, wagte aber nicht, die Leichen zu bewegen, bevor die Spurensicherung eingetroffen war. Slowo und Blok gaben sich damit zufrieden, nichts zu tun. Sie hatten ihre Aufmerksamkeit ihrem nächsten Lebensabschnitt zugewandt. Blok beugte sich über einen Artikel über die »Planung eines subtropischen Gartens« an seinem Klemmbrett. »Weißt du, dass es in Sotschi jährlich zweihundertvierundsechzig Tage Sonne gibt?«, fragte er Viktor.

»Erstaunlich.«

Slowo deutete auf einen Totengräber, der mit einer Schaufel strammstand. »Das ist der Mann, der sie gefunden hat.«

Er war einer der Totengräber, mit denen Arkadi vor zwei Wochen gesprochen hatte, am Abend der Demonstration. Arkadi fiel auf, dass sonst niemand zu sehen war.

»Wo sind denn alle?«

»Die Arbeiter feiern den ›Tag der inneren Säuberung‹«, sagte Slowo.

»Was soll das bedeuten? ›Säuberung‹? Das hier ist ein Friedhof.«

»Es bedeutet, sie machen einen Tag frei«, sagte Viktor. »Deswegen hat es so lange gedauert, bis die Leichen entdeckt wurden.«

Die Winkel der Eintrittswunden deuteten darauf hin, dass die Männer stehend erschossen worden waren. In beiden Fällen war das Geschoss durch den rechten hinteren Quadranten des Schädels eingedrungen und durch das gegenüberliegende Auge ausgetreten. Hingerichtet, nicht gestorben. Das fehlende Blut am Grabstein und auf dem Boden um sie herum ließ darauf schließen, dass die Opfer woanders erschossen und zu Grischas Grabstein gebracht worden waren, um dem Ganzen noch mehr Wirkung zu verleihen.

»Wie Buchstützen«, sagte Blok.

»Wie ein Bandenkrieg«, sagte Slowo. »Na, wir werden es bald hinter uns haben.«

»Zählen die Tage.«

»Ruhe und Frieden.«

Arkadi ließ den Strahl seiner Stiftlampe erst über die eine, dann über die andere Leiche wandern. Revolver waren zuverlässig, und Glocks waren beliebt, aber echte Künstler benutzten eine Pistole mit Kaliber .22, deren Patrone wie eine Billardkugel im Schädel herumrollte und sogar drinblieb. An den toten Männern war jedoch nichts sauber. Sie waren von Kopf bis Fuß mit Blut und grauer Gehirnmasse bespritzt, als hätten sie beide ein letztes gewaltiges Niesen ausgestoßen.

»Das ergibt keinen Sinn«, sagte Arkadi. »Wer würde denn jetzt einen Bandenkrieg anzetteln? Der Topf köchelt dauernd, aber mittlerweile gibt es eine Art Übereinkommen. Eine Gleichstellung. Alle verdienen Geld.«

»Das ändert nichts an der Tatsache, dass sie Killer sind«, meinte Slowo.

»Sie würden ihre Mutter erschießen, wenn die auf einem Dollarschein stünde«, bekräftigte Blok.

»Für mich sieht das wie ein Bandenkrieg aus«, sagte Viktor. »Jetzt hat Alexi was zu tun.«

Arkadi betrachtete Grischas Grabstein und das lebensgroße, in Granit gemeißelte Porträt. War das die Pyramide eines Gangsters, sein Wahrzeichen für die Jahrhunderte? Oder eine Biografie der ausschließlich guten Seiten: der honorige Bürger, Bonvivant, großzügige Spendengeber, markige Sportsmann, Familienvater, der mit einem Fuß auf der Stoßstange eines Jeep Cherokee stand, ein Skihang im Hintergrund, mit der schräg sitzenden Mütze eines Jachtbesitzers und dem Grinsen eines Mannes, der alles besaß. Doch irgendwas fehlte oder stimmte nicht ganz.

»Der Autoschlüssel fehlt«, bemerkte Viktor.

Der Schlüssel war von der Oberfläche des Grabsteins abgerissen worden, eine Botschaft, die jeder verstehen konnte.

»Da fällt mir was ein«, sagte Slowo an Arkadi gewandt. »Abdul Khan will dich sehen.«

»*Der* Abdul Khan?«

»Genau genommen will er mit demjenigen reden, der

den Fall Tatjana Petrowna bearbeitet. Ich hab ihm gesagt, es gebe keinen Fall mehr, aber das wollte er nicht wahrhaben. Ich sagte, du würdest dich mit ihm in Verbindung setzen.«

»Abdul ist einer deiner Spieler im Fall Tatjana«, erinnerte ihn Viktor.

»Soweit ich weiß, gibt es keinen Fall Grigorenko und keinen Fall Tatjana«, sagte Arkadi.

»Da bin ich ganz deiner Meinung«, sagte Blok.

»Das ist ein doppeltes Nein«, sagte Slowo.

Viktor sagte: »Eher ein Hund, der seinen Schwanz jagt.«

15

Millionen Russen fürchten sich vor ein paar
Tschetschenen.
Warum?
Weil wir zehnmal so brutal sind wie sie.
Für jeden Schlag, den sie uns versetzen, werden zehn
Schläge auf sie niederprasseln.
Ihr sagt, ich wüsste nicht, wen ich schlagen soll.
Ich sage, schlagt sie alle.
Ihr sagt, ich wüsste nicht, wen ich schlagen soll.
Ich sage, schlagt sie alle.

Abdul trug ein schwarzes T-Shirt mit seinem Namen quer über der Brust und präsentierte seinen Videorap auf einem ausgebrannten russischen Panzer, eine Panzerfaust auf der Schulter. Im nächsten Bild war Abdul in einem Eisenkäfig und schlug das Gesicht eines Mannes zu Brei. Dann raste er in einem BMW, einem »Boomer«, wie sie genannt wurden, mit Höchstgeschwindigkeit durch den Verkehr. Als Nächstes trug er die schlaffe Gestalt einer Frau zu einem Himmelbett. Abdul hatte dichtes schwarzes Haar und gelbe Augen, und Arkadi hätte sich nicht gewundert, wenn Abdul den Kopf zurückgelegt und wie ein Wolf geheult hätte.

Ihr sagt, ihr wisst nicht, wen ihr ficken sollt.
Ich sage, fickt sie alle.
Fickt sie alle.
Fickt sie alle.

Der Vorführraum wurde dunkel, und als das Licht anging, saß Abdul über eine Videokonsole gebeugt und machte sich Notizen. Ein Gefolge aus muskelbepackten Leibwächtern stand mit verschränkten Armen da. Schöne Frauen, so apathisch wie Schaufensterpuppen, rekelten sich auf Ledersesseln. Alle trugen schwarze Abdul-T-Shirts. Arkadi hatte sich vorgenommen, Mafiabosse wegen Tatjana zu befragen. Zugegeben, es gab keinen Fall, aber vielleicht war jetzt die beste Zeit.

»Was halten Sie davon?«, fragte Abdul.

»Von dem Video? Ich befürchte, als Kritiker bin ich nicht geeignet.« Arkadi hoffte, beeindruckt zu wirken. Die schallisolierten Wände, die Minibar, das Tonmischpult und die Videokonsole in der Größe der Kommandobrücke eines Raumschiffs waren Symbole des Erfolgs. Gleichzeitig waren sie subtile Erinnerungen an Abduls Unternehmen: die Abrissfirma in Grosny, die gestohlenen Autos, die Prostituierten, die er in den besten Hotels von Moskau einsetzte, alles beworben mit aufdringlichem Rap.

»Ihre ehrliche Meinung?«

»Na ja, ein bisschen …«

»Ja?«

»Übertrieben.«

»Übertrieben?«

»Ein Ideechen.«

»Was für ein Scheiß. Von meiner letzten DVD wurden fünfhunderttausend Stück verkauft. Meine Website wird tausendmal pro Tag angeklickt. Klingt das übertrieben?«

»Klingt beängstigend.« Arkadi kam es vor, als schweiften sie vom Thema ab. »Sie haben den Kripobeamten Slowo und Blok erzählt, dass Sie Tatjana Petrowna kannten?« Das hielt Arkadi immer noch für unwahrscheinlich.

»Ja.«

»Auf einer freundschaftlichen Basis?«

»Sie finden das unglaubwürdig. Ein Polizist sollte wissen, dass niemand ein hundertprozentiger Heiliger oder Sünder ist.«

»Und jetzt sind Sie ein guter Bürger?«

»Warum nicht?«

Viktor hatte Abdul, Ape Beledon und Valentina Schagelmann als die Mafiabosse benannt, die am ehesten eine Kugel für Grischa Grigorenko bestellt hatten. Ansonsten waren sie alle gute Bürger.

»Während des Krieges war Tatjana den Tschetschenen eine Freundin und hat sich für den Frieden eingesetzt. Jedes Mal, wenn es eine Gräueltat gab – und glauben Sie mir, es gab täglich Gräueltaten –, tauchte sie ungebeten auf.« Ein Kichern lief durch sein Gefolge. »Macht, dass ihr rauskommt. Wozu, zum Teufel, hängt ihr hier noch rum? Ihr alle. Raus!«

Die Männer schienen die Launen ihres Brötchengebers zu kennen. Seufzend gingen sie hinaus, die Frauen stolperten hinter ihnen her. Abdul wartete, bis sich der Staub gelegt hatte.

»Kretins.«

»Kein Problem. Das klingt ja, als wären Sie gut mit Tatjana ausgekommen.«

»Ausgekommen? Könnte man so sagen. Zweimal hatte ich sie in Tschetschenien in meinem Zielfernrohr. Beim ersten Mal bemerkte ich, dass sie ein blutüberströmtes Kind auf den Armen hatte. Als ich sie das nächste Mal im Zielfernrohr hatte, trug sie eine Großmutter aus der Gefahrenzone. Ich beschloss herauszufinden, wer diese Person war, bevor ich auf den Abzug drückte.«

Stimmte die Geschichte? Abdul war Experte darin, seine eigene Legende zu schaffen.

Abdul wühlte in seiner Minibar. »Hätten Sie gern was zu trinken? Wasser, Bier, Cognac?«

»Nein, danke.«

»Also habe ich sie aufgespürt.«

»Und?«

»Tja, ich entdeckte, dass sie eine Frau war.«

»Was soll das heißen? Sie und Tatjana?«

»Finden Sie's raus, Sie sind der Ermittler. Ich kann nur eines sagen, Tatjana Petrowna war eine Kämpferin. Sie wäre nie vom Balkon gesprungen.«

»Spielt keine Rolle. Es gibt keinen Fall und keine Leiche.«

»Ich weiß. Die Leute sagen, Sie seien verrückt.« Abdul boxte in die Luft. »Wirklich. Sie sagen, Sie seien durchgeknallt. Ich habe gesehen, wie Sie bei Grischas Beerdigung seinen Sohn Alexi zusammengestaucht haben. Und Sie tragen keine Waffe? Das ist Wahnsinn.«

»Es gibt keinen Fall.«

»Wenn es Ihnen wichtig ist, gibt es immer einen Fall. Hey, ich hätte gern Ihre Meinung. Ich habe noch eine DVD.«

»Noch eine?«

»Tatjana meinte, das Video bräuchte vielleicht noch ein wenig Ausgewogenheit. Um meine Basis zu erweitern, wissen Sie.« Er deutete mit dem Kopf zur Tür. »Meine Freunde sind meine Freunde, aber künstlerisch fehlen ihnen die Nuancen.«

»Zeigen Sie her.« Warum nicht noch ein Testosteronbad?, dachte Arkadi. Soweit er es beurteilen konnte, bestand die einzige Information, die er von Abdul bekommen hatte, in der Andeutung, er habe mit Tatjana geschlafen, eine Prahlerei, für deren Leugnung sie leider zu tot war.

Die DVD war die gleiche, mit derselben Kombination aus Eitelkeit und Blut. Völlig identisch, bis auf die Schlusseinstellung von Abdul, der direkt in die Kamera blickte, während ihm eine Träne über die Wange lief.

»Mitgefühl«, sagte Abdul.

»Tonnenweise.«

Schagelmann gab eine gute Imitation eines Kretins ab. Hemd und Sakko waren eine Größe zu klein, sodass seine Tätowierungen aus den Manschetten zu kriechen schienen. Sein Lächeln war das eines Einfaltspinsels, aufgehellt durch zwei blitzende Goldzähne. Er sagte praktisch nichts. Bei Mafiaversammlungen blieb er stumm. Später ging er dann in die Küche seiner Wohnung und berichtete seiner Frau Valentina jedes Wort, während sie ihre Messer schärfte und Fleisch, Paprika und Zwiebeln für Schaschlik schnitt. Schagelmann weinte jedes Mal, wenn sie Zwiebeln schnitt.

Valentina war mit Tatjana nicht einverstanden. »Eine Frau gehört ins Haus, wo sie ihrem Mann zuhört, ihm hilft, ihn leitet, statt Aufmerksamkeit auf sich zu lenken.«

Ohne Aufmerksamkeit auf sich zu lenken, hatte Valentina ein Vermögen aus öffentlichen Bauvorhaben im Namen ihres Mannes angehäuft.

Sie bestand darauf, Arkadi und ihrem Mann schwarzen Tee und Kekse im Wohnzimmer zu servieren, einem Nest aus Wandbehängen und Orientteppichen. Mit ihrem zum Knoten aufgesteckten Haar sah sie selbst wie ein Teewärmer aus.

»Ich kann nicht behaupten, dass mir Tatjana Petrownas Hinscheiden leidtut. Sie hatte immer Gutes über die Tschetschenen zu sagen und nur Schlechtes über Russland. Auch wenn es schrecklich klingt, ich kann nur sagen, gut, dass wir sie los sind.«

»Glauben Sie, jemand hat tatsächlich so eine Drohung ausgeführt?«

»Was mich betrifft, war Tatjana Petrowna eine Verräterin und Hure.«

Isaak Schagelmann hielt den Blick gesenkt und sich aus der Sache heraus.

Valentina rührte Erdbeermarmelade in ihren Tee. »Finden Sie nicht, dass Grischa Grigorenko ein würdevolles Begräbnis hatte?«

Ja, schon, dachte Arkadi. Bis auf das Einschussloch im Hinterkopf. »Waren Tatjana und Grischa befreundet?«

Die Frage überraschte Valentina.

»Manche behaupten das. Ich achte nicht auf solche Gerüchte. Grischa ging gerne Risiken ein. Er lernte Wasserskifahren. Ich habe ihm gesagt, Wasserski sei etwas für die Enkelkinder. Er und seine Jacht!«

»Wie heißt die Jacht?«

»*Natalja Gontscharowa*. Was für ein Schiff.«

Auf einem Beistelltisch entdeckte Arkadi einen Stapel Hochglanzkalender von einer sogenannten Kurischen Bank. Von der hatte er noch nie gehört, aber die Schagelmanns waren dafür bekannt, Banken zu eröffnen, die nicht viel mehr waren als schicke Broschüren und Hütchenspiele. Auf dem Umschlag war ein Pelikan abgebildet, der einen Fisch verschluckte.

»Ein hübsches Foto.« Er griff nach einem der Kalender.

»Bitte, nehmen Sie ihn mit.«

»Gibt es da irgendeine Verbindung zur Kurischen Renaissance, dem Projektentwickler?«

»Hm.« Valentina fand etwas auf dem Boden ihrer Tasse, das umgerührt werden musste.

»War die Kurische Renaissance nicht an dem Bauprojekt beteiligt, das bei Tatjanas Gebäude entstehen sollte?«

»Kann schon sein.«

»Hat sie das Projekt behindert?«

»Wissen Sie, Leute wie Tatjana Petrówna tun so, als wäre Gentrifizierung ein schmutziges Wort. Wir werden ein wunderschönes Einkaufszentrum mit über hundert Geschäften bauen. Wo gehobelt wird, fallen Späne.«

»Das sagt mir jeder«, erwiderte Arkadi.

Iwan »Ape« Beledon war stolz darauf, in einer Datscha zu wohnen, die einst ein Landhaus des KGB gewesen war. Keine rustikale Hütte, sondern mit einer Wellnessoase inklusive Pool, Tennisplatz, Masseur, Schlammbad, Billardtisch, Humidor und Leibwächtern drinnen und draußen.

Ape Beledon und Arkadi saßen am Tennisplatz. Der Mafiaboss trug nur Shorts und stellte spindeldürre Arme und eine dichte schwarze Rückenbehaarung zur Schau, die sich im Wind kräuselte. Niemand nannte ihn in seiner Anwesenheit Ape, den Affen, und obwohl er auf Drogenhandel spezialisiert war, warf er jeden aus seiner Organisation, der »die Ware probierte«, wie er es nannte.

Seine beiden Söhne spielten auf dem Court, und Ape schaute von Zeit zu Zeit wohlwollend in ihre Richtung. »Sie haben es so leicht, ohne es zu wissen. Respekt ist tot.«

»Spielen Sie jemals gegen sie?«

»Bin ich verrückt? Sie hängen viel mit Grischas Sohn Alexi herum. Ehrgeizige Kinder. Ich habe mal Jelzin auf diesem Tennisplatz gegen Pavarotti spielen sehen. Das war vielleicht ein Spiel!« Beledon fummelte an einem Arrangement aus Vitaminpillen und Obst auf einem Silbertablett herum. »Boris schlug jeden Ball hart, egal, was kam. Pavarottis Gewicht war irreführend. Er hätte ein Profifootballer sein können. Der Ausdruck auf Boris' Gesicht, als Pavarotti einen Stoppball spielte! Ich musste mir die Lachtränen abwischen. Die Frage ist, wie war Grischas Gesichtsausdruck, als ihm jemand eine Pistole an den Kopf hielt. War es Überraschung oder Resignation? Zu sterben ist das eine, betrogen zu werden etwas ganz anderes. Hängt alles davon ab, wer dieser ›Jemand‹ ist, nicht wahr? Die Beziehung.« Ape hielt inne, um für ein Ass zu applaudieren. »Lieben Sie Kinder? So sorglos. Erinnern Sie sich an Brando in *Der Pate*? Kriegt einen Herzschlag, als er mit seinem Enkel spielt. Das ist die richtige Art zu sterben. Familie. Natürlich hilft es, wenn der Junge ein Macher ist. Geschäfte ausbaut, ein wenig Ehrgeiz zeigt. Allerdings kommt es auch vor, dass einer zu früh zu viel Ehrgeiz entwickelt. Das kann zu Konflikten führen. Nehmen Sie sich als Beispiel. Soweit ich weiß, sollten Sie nur die Leiche von Tatjana Petrowna finden, die ich übrigens immer sehr zu schätzen wusste, obwohl wir auf gegnerischen Seiten des Netzes standen, sozusagen. Na gut. Aber sie wurde gefunden, zumindest ihre Asche. Wohinter sind Sie jetzt noch her? Sagen Sie es mir.«

»Ich bin hinter dem her, der sie umgebracht hat«, sagte Arkadi.

»Na, sehen Sie? Eine ehrliche Antwort. Das gefällt mir. Keine offizielle Genehmigung, kein Warten darauf, dass der Staatsanwalt seinen Schwanz findet, nur dickköpfige Entschlossenheit. Wessen Ochse wurde gestoßen? Danach müssen Sie suchen. Wer davon profitiert. Hier, nehmen Sie ein paar Pillen mit. Sie sehen aus, als könnten Sie ein wenig Vitamin C gebrauchen. Und D.« Ape stand auf. »Die Jungs werden Sie hinausbegleiten.«

»Ich dachte, wir wollten über Tatjana Petrowna reden.«

»Das haben wir getan.«

Viktor ging immer noch nicht ans Telefon. Er war weder in der Höhle noch in irgendeiner der anderen Bars oder den Cafés mit Stehtischen und beschlagenen Fenstern, die er frequentierte. Schließlich versuchte Arkadi es im Arsenal, einer Kneipe der Grenztruppen. Viktor saß in einer hinteren Nische, beschämt darüber, erwischt worden zu sein, jedoch – als wären seine Beine abgesägt worden – unfähig, seine neuen Kameraden zu verlassen.

»Warte, das sind sehr gebildete Herren.«

»Gehen wir«, sagte Arkadi.

»Sie machen nur wenige Worte, doch die sind profund.«

Zwei Gesichter blickten Arkadi mit schrägem Grinsen an.

»Er ist unser Kumpel.«

»Er wird am Tag der Grenztruppen mit uns feiern.«

Das war ein unbedachtes Versprechen. An ihrem Tag waren die Grenztruppen dafür berüchtigt, besoffen auf dem Roten Platz zu randalieren.

»Nur noch ein Glas«, bettelte Viktor.

»Steh auf.«

»Ich schaff das. Ich brauche keine Hilfe. Gott im Himmel, lass einem Mann doch ein bisschen Würde.« Viktor verbeugte sich theatralisch und sank von der Bank zu Boden.

Arkadi gelang es, ihn zum Auto zu schleppen.

Während sie fuhren, bemerkte Arkadi, dass die *Natalja Gontscharowa*, Grischas Superjacht, nicht mehr am

Kreml-Pier vor Anker lag. Wo übernachtete Alexi dann? Er hatte vor Anja mit einem Penthouse geprahlt. Wie auch immer, er befand sich außerhalb von Arkadis Reichweite.

Viktor hielt den Kopf aus dem Fenster und verkündete wie ein Connaisseur: »Frische Luft.«

16

Wessen Ochse wurde gestoßen?

Die Frage hatte einen biblischen Klang. Arkadi stellte sich vor, wie ein alter Sumerer auf einem Feld mit zertrampeltem Weizen stand und dieselbe Frage stellte. Wer litt? Wer gewann etwas?

Beledon und Valentina waren etablierte Organisationen, die dank der Nachfrage gut verdienten und kaum dadurch gewinnen konnten, die Pferde scheu zu machen. Oder den Ochsen.

Abdul hielt sich nicht an solche Nettigkeiten. *Ihr sagt, ich wüsste nicht, wen ich schlagen soll. Ich sage, schlagt sie alle*. Aber würde sich eine tschetschenische Organisation mit jeder russischen Gang anlegen? Abdul schien mehr am Verkauf seiner DVDs interessiert zu sein als an Revolution.

Alexi Grigorenko glaubte, er könne durch öffentlich geäußerten Anspruch das Unternehmen seines Vaters erben. Er war allein schon durch seine Ignoranz gefährlich.

Wessen Ochse wurde gestoßen?

Nachts machten Autohäuser und Herrenklubs eine Aureole aus der Ringstraße. Schenja rief auf Arkadis Handy an und war noch nerviger als sonst.

»Worum geht's in dem Notizbuch?«

»Um nichts«, sagte Arkadi. »Ist nur ein Notizbuch. Die Hauptsache ist, dass du es gestohlen hast und ich es zurückhaben will.«

»Du hast gesagt, es sei codiert.«

»Ich weiß nicht, was es ist. Es hat keinen Wert.«

»Hast du es deshalb im Safe eingeschlossen? Vielleicht sollte ich es zerreißen.«

»Tu's nicht.«

»Vielleicht sollte ich auch Geld dafür verlangen. Aber ich werde großzügig sein. Ich will nur das unterschriebene Formular, damit ich mich verpflichten kann. Ich gehe zur Armee, und du kannst ein Notizbuch behalten, das niemand lesen kann.«

»Das Notizbuch gehört zu einem abgeschlossenen Fall.«

»Er ist nicht abgeschlossen, wenn du daran arbeitest.«

»Es geht um Tatjana Petrowna.«

»Das weiß ich.«

»Woher weißt du das?« Weder auf noch im Notizbuch standen Namen, soweit Arkadi sich erinnerte.

Schenjas Stimme wurde schärfer. »Unterschreib einfach die Genehmigung.«

»Bist du dabei, den Code zu knacken?«

»Ich gebe dir eine Stunde, dann fange ich an, das Notizbuch zu zerreißen.«

»Hast du es gelesen? Was hast du noch daraus erfahren?«

»Unterschreib das Formular.« Schenja legte auf.

»Scheiße«, sagte Arkadi. Das einzig zutreffende Wort.

Sobald er in der Wohnung war, fiel Arkadi ins Bett. Aus Anjas Wohnung hatte er keinen Laut gehört, und er würde auch nicht an ihre Tür klopfen. Vielleicht feierte sie mit Alexi eine Vor-Party-Party. Arkadi war es egal. Er wollte nur schlafen, und er war immer noch voll bekleidet, als er die Decke über sich zog.

Müdigkeit beschwor die seltsamsten Träume herauf.

Er folgte einem tapsenden Geräusch durch einen dunklen Flur, rasches Krallenklicken auf einem Holzboden. Als er dem Geräusch näher kam, stellte sich heraus, dass er einem weißen Kaninchen folgte, das zwischen roten Samtvorhängen hin und her huschte. Arkadi hatte es fast eingeholt, als das Kaninchen in einen Raum flitzte, der voller Männer in SS-Uniformen war, alle mit schrecklichen Verwundungen.

Arkadis Vater saß an einem Tisch mit einem Revolver und drei Telefonen, weiß, rot und schwarz. Wofür die Farben standen, wusste Arkadi nicht. Obwohl die Schädeldecke des Generals kahl rasiert war, rauchte er in großer Gelassenheit eine Zigarette, und als die weiße Katze auf seinen Schoß sprang, tätschelte er sie wie ein Lieblingstier. Spannung baute sich auf. Arkadi verstand zwar kein Wort, spürte jedoch, wie Hände ihn auf den Tisch zuschoben. Der Mops wandte Arkadi das Gesicht zu.

Das rote Telefon klingelte. Es klingelte immer weiter, bis Arkadi schweißgebadet aufwachte. Die Deutschen und sein Vater waren verschwunden. Der Revolver war verschwunden und der Albtraum unvollständig. Nur das Telefon klingelte wie verrückt.

»Hallo.«

»Hallo, Ermittler Renko. Hier ist Lorenzo.«

Arkadi fand seine Uhr. Drei Uhr morgens.

»Lorenzo …«

»Von Ercolo-Fahrrädern in Mailand.«

»Wie spät ist es dort?«

»Mitternacht.«

»Dachte ich mir.« Arkadi rieb sich den Schlaf aus den Augen.

»Sie sagten, ich solle anrufen, wenn ich die Quittung oder die Nummer des Fahrrads finde, das für Signor Bonnafos angefertigt wurde. Haben Sie Stift und Papier?«

Arkadi fummelte in der Schublade seines Nachttisches. »Ja.«

»Dauert nur eine Sekunde«, versprach Lorenzo.

»Ich bin bereit.«

»Ein Fahrrad ist wie ein Maßanzug, nur noch mehr.«

»Verstehe.«

»Schließlich soll ein Fahrrad nicht nur ein Prachtstück sein, sondern haltbar genug, um den Unbilden der Straße standzuhalten.«

»Sicherlich. Wie lautet die Nummer?«

»Die Nachforschung hat Stunden gedauert. Sind Sie bereit?«, fragte Lorenzo. Er verkündete die Identifizierungsnummern wie ein Conferencier beim Bingo. »JB-10-25-12-81. JB-10-25-12-81.«

»Fällt Ihnen sonst noch etwas zu Bonnafos ein?«

»Gusstretlager und freiliegende Bowdenzüge.«

»Ich meine persönlich.«

»Ein Fitnessfanatiker, doch ansonsten, muss ich sagen, hatte er keine Persönlichkeit.«

»Frauen?«

»Nein.«

»Politik?«

»Nein.«

»Sport?«

»Nein, bis aufs Radfahren.«

Arkadi fand, dass Joseph Bonnafos immer mehr nach einer perfekten Chiffre klang. Vielleicht ein Vorteil für einen Dolmetscher.

»Sonst noch was?«, fragte Lorenzo. »Es wird spät.«

»Allerdings. Vielen Dank. Sie waren sehr geduldig.«

Arkadi rechnete mit einer höflichen Verabschiedung, doch Lorenzo sagte nur: »Finden Sie das Rad.«

Selbst wenn Bonnafos eine Chiffre war, musste er ein

phänomenales Gedächtnis haben. Laut wissenschaftlicher Studien war jedes menschliche Gehirn je nach Alter, Geschlecht, Wodkaverzehr und Krankheiten unterschiedlich. Trugen Sprachen zur Unterschiedlichkeit bei? Überall auf der Welt machten Menschen die Geräusche von Katzen anders nach. Wenn sie schon Katzen unterschiedlich wahrnahmen, wie konnten sie einander dann je verstehen? Tiefsinnige Fragen, dachte Arkadi. Anscheinend schlief er mit offenen Augen.

Aber er hörte das Hupen einer Autoalarmanlage und schaute vom Schlafzimmerfenster hinunter zu den Garagen auf der anderen Straßenseite, wo die Scheinwerfer seines Niwa blinkten. Arkadi drückte auf die Fernbedienung, ohne Erfolg, was ihn nur noch mehr in die Stimmung versetzte, auf das Auto zu schießen und es loszuwerden.

Schließlich nahm er aus Rücksicht auf die Nachbarn den Aufzug nach unten und öffnete die Garage. Ein schmaler kleiner Schuppen, in dem gerade genug Platz für sein Auto, eine Werkbank und Kanister war. Das Licht war aus, und als der Autoalarm verstummte, war Arkadi in vollkommener Dunkelheit.

Er hörte Schritte und roch Äther.

Als Arkadi aufwachte, lag er auf dem Rücken zwischen schleimigen Betonplatten. Er konnte seinen Kopf ein Stück anheben und ein Knie über das andere schlagen. Sehen konnte er nur aus den Augenwinkeln, Schwarz auf der einen Seite und auf der anderen die blendenden Scheinwerfer eines Autos.

Er berührte die Beule mitten auf seiner Stirn, die entstanden war, als er sich aufzusetzen versucht hatte.

»Wo bin ich?«

»Ich gebe Ihnen einen Hinweis«, sagte Alexi. »Sie sind nicht auf einer Jacht.«

»Ein Hausboot?«

»Fast erraten. Ein Frachtkahn.«

Dann musste es ein Frachtkahn mit einer Betonplatte als Ballast sein, die an Drahtseilen über einer weiteren Betonplatte hing, auf der er wie ein Partyhäppchen lag. Arkadi wand sich von einer Seite auf die andere. Er war faktisch begraben, mit weniger Platz als in einem Sarg.

»Was wollen Sie?«

»Sehr gut. Sie sind wieder bei sich. Denn wir brauchen Ihre volle Konzentration.«

Arkadi riss die Augen auf und sah, dass er sich auf gleicher Ebene mit den Schuhen des anderen Mannes befand, nicht die beste Ebene für Verhandlungen. Was er brauchte, war ein Kaninchenloch und ein weißes Kaninchen, das ihm den Weg zeigte.

»Was wollen Sie?«, wiederholte Arkadi.

»Ich will das Notizbuch, das Anja Ihnen gegeben hat.«

»Ich habe es nicht.«

»Wer hat es dann?«

»Das weiß ich nicht.«

Der Ballast erwachte und senkte sich tief genug, um der Forderung Nachdruck zu verleihen. Ohne jede Wirkung versuchte Arkadi die Knie anzuziehen und gegen die Platte zu drücken. Er schrie nicht. Anscheinend war klar, dass jeder Hilferuf das Gespräch sofort beenden würde. Eine Situation, die nicht anders ausgehen konnte. Entweder sofort oder ein bisschen später.

»Glauben Sie, das wird Eindruck auf Ape Beledon oder Abdul machen?«, fragte Alexi. »Vielleicht nehmen sie mich dann etwas ernster. Bringt sie dazu, die Schwänze einzuziehen. Keine Meinung? Na gut, dann versuche ich es noch mal. Wo ist das Notizbuch? Ich weiß, dass es nicht bei Anja ist. Also, wo kann es sein?«

»Ich hab doch schon gesagt, dass ich es nicht weiß.«

Alexi senkte den Ballast weiter hinab, sodass Arkadi direkt dagegen atmete. Die Frage war, was würde als Erstes zerquetscht werden, Brustkorb oder Schädel?

In dieser Situation rational zu denken, erforderte Disziplin. Trotzdem war sich Arkadi fast sicher, am Moskauer Hafen zu sein. Am nächsten Tag würde irgendein armer Deckarbeiter ihn von der Betonplatte kratzen müssen, während Alexi mit seiner Fernbedienung unbescholten davonkam.

»Erzählen Sie mir von Kaliningrad«, sagte Alexi.

»Kaliningrad?« Die plötzliche Wendung überraschte Arkadi.

»Kaliningrad. Was passiert da?«

»Ich wusste nicht, dass da überhaupt was passiert.«

»Steht alles im Notizbuch.«

»Niemand kann es lesen.«

»Dann geben Sie es mir zurück.«

»Ich habe das Notizbuch nicht, ich kann es nicht lesen, und ich habe keine Ahnung, was in Kaliningrad passiert.«

»Dann müssen Sie auch nicht am Leben bleiben.«

»Ich habe viele andere Notizbücher.«

»Sie halten mich nur hin.«

»Nein.« Nicht im eigentlichen Sinn, dachte Arkadi. Hinhalten schloss die Hoffnung auf Rettung mit ein. Er spielte das Spiel nur zu Ende.

Die Fernbedienung klickte, und die Betonplatte senkte sich weiter.

»Ich halte es für eine Sünde, sich wegen eines Notizbuchs umbringen zu lassen, das man nicht mal lesen kann«, sagte Alexi. »Das ist nicht nur Verschwendung, sondern unmoralisch.«

»Sobald ich es Ihnen sage, töten Sie mich.«

»Das ist eine pessimistische Ansicht. Was haben Sie zu verlieren?«

»Ich bringe Sie dorthin.«

»Keine Ausflüge. Sie sagen mir hier und jetzt, wo das Notizbuch ist.«

»Warten Sie.«

»Pech gehabt. War die letzte Chance. Wiedersehen.«

Ein kleines Etwas rannte an den Scheinwerfern vorbei. Kein weißes Kaninchen mit roten Augen, langen Ohren und einer Uhr, sondern ein Hund mit kurzen Ohren und ausdrucksvollen Augen. Die Betonplatte verharrte abrupt, als der Hund am Rand herumschnüffelte. Ein Mops. Sobald er Arkadi entdeckte, wedelte er begeistert, kroch zu ihm und leckte ihm das Gesicht.

Möpse sah man selten in Moskau. Arkadi wusste nur von einem einzigen.

Rufe und Pfiffe versuchten den Mops aus Arkadis Reichweite zu locken, aber als er »Polo« rief, kam der Hund zurück.

Als Alexi nach ihm griff, packte Arkadi ihn am Arm und drehte ihn gegen den Uhrzeigersinn fest genug zurück, um Alexi die Schulter auszukugeln. Das stellte Alexi vor ein Dilemma. Er hatte die Fernbedienung, aber wenn er im Gerangel auf den falschen Knopf drückte, würde er genauso zerquetscht, weil er sich im erbitterten Griff eines Mannes befand, der beschlossen hatte zu überleben.

Die beiden Männer schoben sich unter der Betonplatte hervor wie im Kampf verhakte Krebse. Arkadi nahm den nachlassenden Gestank wahr, die unter Sternen aufgebockten Boote, den weglaufenden Hund und zurückweichende Scheinwerfer. Alexi ließ der Schmerz einer ausgekugelten Schulter wenig Zeit zur Entscheidungsfindung. Er riss sich los, doch seine Waffe steckte im Halfter unter dem linken Arm, und sein rechter hing nutzlos herunter.

»Das hier ist nie passiert«, sagte Alexi.

Arkadi schlug ihm ins Gesicht.

»Das ist passiert.«

Schlug ihn noch einmal auf dieselbe Wange.

»Und das ist passiert. Jetzt zeig dich Ape Beledon oder Abdul. Erzähl ihnen, was du willst.«

17

Der Regen war trist. Der Schlamm war trist. Morgen würde es vermutlich wieder trist sein.

»Kaliningrad.« Maxim breitete die Arme aus, um Arkadi willkommen zu heißen. »Eine fehlgeschlagene Vision.«

Angefangen mit diesem Drittwelt-Flughafen, dachte Arkadi. Sowohl die Konstruktion als auch der Anspruch waren auf halbem Wege stecken geblieben. Ein großer Teil des Daches war eingestürzt, und im restlichen Gebäude traten verbogene Moniereisen und Roststreifen offen zutage. Betonabsperrungen zwangen den Verkehr, im Zickzack vorzufahren. Schwarze BMW-Limousinen standen zur Abholung von Bürokraten bereit, aber Maxim übertraf sie alle mit seinem majestätischen Zil.

»Sie sind von Moskau hierhergefahren?«, fragte Arkadi.

»Glauben Sie, ich würde meinen wertvollsten Besitz zurücklassen?«

»Woher wussten Sie, dass ich in diesem Flugzeug sein würde?«

»Anja hat es mir erzählt. Ich beschloss, dass Sie wie Dante im Inferno einen Führer brauchten. ›Lasst, die ihr eintretet, alle Hoffnung fahren.‹« Maxim lud sich Arkadis Tasche auf. Er wirkte regelrecht fröhlich. »Vergessen Sie nicht, ich habe hier jahrelang gelehrt. Wenn jemand Sie sicher durch die Gefahren dieses Landes der Widersprüche führen kann, dann bin ich das.« Er zeigte Arkadi eine Flasche zwölf Jahre alten Hennessy in einer Papiertüte. »Für besondere Parkprivilegien. Genau genommen führe ich den Zil vor, um für eine Oldtimer-Rally von Moskau nach Kaliningrad zu werben. Steigen Sie ein, ich bin gleich wieder da.«

Maxim sprintete durch den Regen, Tasche und Cognac unter den Arm geklemmt.

Arkadi begriff, dass Maxim Dal sich hauptsächlich zur Verfügung gestellt hatte, um seinen Preis für alte Dichterfürsten und den Goldregen von fünfzigtausend Dollar zu schützen. Warum hatte er das dann durch die Teilnahme an einer Demonstration in Gefahr gebracht? Den Preis verliehen die Amerikaner, aber die entsprechende Obrigkeit in Moskau hätte ihm den Pass entziehen können. Schwer zu sagen. Maxim war geschickt darin, ein doppeltes Spiel zu spielen. Außerdem hatte der alte Knabe Flair, genau wie sein Zil mit dem Drucktastengetriebe, der Innenausstattung aus Leder und den ausklappbaren Aschenbechern. Arkadi zündete sich eine Zigarette an und drückte sie sofort wieder aus. Seitdem er der Zerquetschung entkommen war, hielt er sich an gute Vorsätze.

»Sie sehen fürchterlich aus«, sagte Maxim bei seiner Rückkehr. »Nur so ein Eindruck.«

»Den hatten schon viele.«

Öde Felder lagen zu beiden Seiten der Schnellstraße, doch der Straßenbelag war so eben wie der Filz auf einem Billardtisch, und die Masten der Straßenlaternen waren mit Koggen geschmückt.

»Wir fahren jetzt auf der teuersten Schnellstraße von ganz Europa. Mit anderen Worten, die Frau des Bürgermeisters besitzt eine Straßenbaufirma. So läuft das hier. Sehen Sie, Sie brauchen jemanden, der Ihnen zeigt, wie der

Hase läuft.« Maxim blickte herüber. »Sie sind nicht glücklich. Sie glauben nicht, dass wir zusammenarbeiten können?«

»Sie sind weder Kriminalbeamter noch Ermittler.«

»Ich bin Dichter. Das ist dasselbe. Mehr noch, ich bin ein Königs.«

»Was ist ein Königs?«

»Ein Königs ist ein gebürtiger Kaliningrader. Ein Königsberger. Ich kann Ihnen helfen. Wir werden Partner sein, so eng verbunden wie Essiggurken in einem Glas.«

Kaliningrad hatte nichts vom Schwung und der Macht Moskaus oder der Eleganz von St. Petersburg. Essiggurken klang richtig.

»Wie können Sie mir helfen?«

»Ich führe Sie herum.«

»Warum?«

»Weil ich Tatjana geliebt habe«, erwiderte Maxim. »Sagen Sie mir wenigstens, weshalb Sie hergekommen sind. Wenn es keine Leiche und keinen Fall gibt, was ist dann noch übrig?«

»Ein Geist. Als Dichter sollten Sie sich damit doch auskennen.«

Das war ein Pfeil, der ins Schwarze traf. Maxim wurde immer vorgeworfen, er sei ein Schmalspurdichter, genau wie Arkadi zu einem Schmalspurermittler wurde. Falls Ludmilla Petrowna ihm nichts Neues über ihre Schwester sagen konnte, hätte Arkadi sich die Reise sparen können.

»Stimmt es, was die Leute sagen? Dass Sie am Ende sind?«, fragte Maxim. »Manche behaupten, in Ihrem Schädel rattert ein kleines Stück Blei herum, eine Zeitbombe, die chirurgisch nicht entfernt werden kann.«

»Sind Sie am Ende?«, fragte Arkadi.

»Das sind Dichter nie. Die plappern immer weiter.«

»Tja, es besteht ein gewisses Risiko. Ich kann mir nicht von Ihnen helfen lassen, selbst wenn ich es wollte.«

»Das ist mein Problem.«

»Nein, meines. Russland kann es sich nicht leisten, noch einen geliebten Dichter zu verlieren.«

Arkadi blickte hinüber. Maxims Gesicht war so rot, als wäre er geschlagen worden. Als sie sich der Stadt näherten, ging die Architektur von den fünfstöckigen Betonschrecklichkeiten der Chruschtschow-Ära in die achtstöckigen Betonschrecklichkeiten der Breschnew-Ära über.

»Sie waren mal in meiner Schule«, sagte Arkadi.

»Tatsächlich?«

»Ich war in der dritten Klasse. Bei dem Besuch ging es um Kulturvermittlung durch Mitglieder der Schriftstellergewerkschaft an kleine Jungs mit Rotznasen.«

»Ja, ja, das hatte bestimmt große Wirkung.«

»Ich erinnere mich vor allem an ein Gedicht, *Alle Pferde sind Aristokraten.*«

Der Regen wurde zu einem stetigen Prasseln. Fußgänger sammelten sich an Ecken und überquerten die Straße in gegenläufigen Regenschirmfluten. Maxim gestattete sich ein Lächeln.

»Und das Gedicht gefiel Ihnen?«

Schenja hatte seit Wochen niemanden mehr beim Schach abgezockt, doch ihm ging das Geld aus, und ein Freiluftturnier der Moskauer Universität versprach leichte Beute. Ein oder zwei Klubmitglieder erkannten Schenja und versuchten, ihm bei der Auslosung auszuweichen, aber im Allgemeinen herrschte Selbstvertrauen unter den Studenten. Onlinespieler, die normalerweise Mario und Satan verfolgten, saßen an Gartentischen. Unter den Studenten waren zerrissene Jeans und Pullover aus Mailand in Mode.

Schenja kam in zerknitterten Tarnhosen und sah aus wie ein Kriegsgefangener.

Die Universität verkörperte alles, was er hasste, nämlich das, was er nicht hatte. Zugang, Geld, eine Zukunft. Er hatte keine Zukunft und keine Vergangenheit, lief nur im Kreis. Sein Vater hatte auf Arkadi geschossen, und Viktor hatte Schenjas Vater getötet. Wer weiß, was aus Arkadi geworden wäre ohne die Kugel im Kopf. Ein berühmter Pianist? Ein tiefgründiger Philosoph? Zumindest ein Generalstaatsanwalt. Schenja vermutete, dass neun Gramm Blei Arkadis Gehirn wie ein Feuerrad zum Funkeln gebracht hatten. Der Mann hatte seine Grenzen. Wem jagte er in Kaliningrad nach? Tatjana war tot und vergessen. Die Zeitschrift *Jetzt* förderte neue Helden. Der Staatsanwalt hatte neue Agenten sozialer Unruhen ins Visier genommen.

Schenja erkannte Stanford, den Studenten, der ihn am Patriarchenteich bedrängt hatte, und ihm wurde fast schwindlig davon, seinen Kopf tief zu halten. Zwanzig Kandidaten traten gegeneinander an, zu denen auch das Mädchen mit den roten Haaren gehörte, das sich an seiner Demütigung beteiligt hatte. Die bumst wahrscheinlich mit Mr. Stanford, dachte Schenja.

Die meisten Studenten hatten sich durch elektronisches Schach fit gehalten. Blödmänner. Ein Gesicht von der anderen Seite des Brettes zu entfernen, zerstörte Tempo, Psychologie und die Androhung von Gewalt.

Bierflaschen klickten. Schenja blickte auf. Stanford stand ihm gegenüber und verkündete lauthals: »Das Schachmonster! Es weilt wieder unter uns. *›Hab Angst vorm Zipferlak, mein Kind! Sein Maul ist beiß, sein Griff ist bohr!‹*«

Das war sein letzter Lacher. Schenja täuschte die Holländische Verteidigung vor, saugte eine von Stanfords Figuren nach der anderen ein und spuckte sie zum Trocknen wieder aus. Schenja musste ihm mitteilen, dass er »Matt in drei« wäre.

Schenjas restliche Partien verliefen ähnlich. Er hatte nicht bemerkt, dass die Rothaarige das gleiche Tempo durchhielt, bis sie sich ihm für das Endspiel gegenübersetzte.

»Wir haben schon mal gegeneinander gespielt«, sagte sie.

»Das bezweifle ich. Gute Partien vergesse ich nicht.«

»Vor Jahren, in einem Kasino. Wir waren noch Kinder.«

Jetzt fiel es Schenja wieder ein. Das war auf einer Ausstellung gewesen. Er war gerade noch mit heiler Haut davongekommen.

»Warum nennen du und deine Freunde mich Monster?«

»Der Ausdruck stammt von ihm, nicht von mir. Ich habe ›Genie‹ gesagt.«

Der leichte Flaum auf ihren Wangen wurde von der Nachmittagssonne angestrahlt. Ihre Brauen waren nachdenklich zusammengezogen, ihre Augen kristallgrün, und Schenja war schon ein Dutzend Züge in der Partie, bis ihm aufging, dass er mit einem Bauern im Rückstand war.

18

Das Häuschen von Ludmilla Petrowna war vor dem Krieg vielleicht ein Kutschenhaus gewesen. Obwohl sich die Backsteine halbwegs in rostfarbenen Sand verwandelt hatten und Klebeband sich kreuz und quer über die Fensterscheiben spannte, hatte sich das Haus einen schwachen Eindruck Königsberger Stils bewahrt, umgeben von trostloser Chruschtschow-Architektur und kleinen Läden, die CDs und Billigreisen verkauften. Arkadi und Maxim öffneten das Tor zu einem Gemüsegarten, in dem Sonnenblumen über die Mauer lugten, Tomatenpflanzen an Holzstäben hochgebunden waren und Auberginen fett und träge am Boden lagen.

Als Ludmilla nicht auf die Klingel reagierte, warf Maxim Steinchen an ein Fenster. Arkadi sah drinnen kein Licht, aber das Fenster öffnete sich knarrend, und eine Frau hängte einen Käfig mit einem Kanarienvogel hinaus. Sie trug ein Kopftuch im Babuschkastil, Gartenhandschuhe und eine Rundumsonnenbrille und hänselte den Vogel, dass er sich wegen der Kälte aufplusterte.

»Dauernd maulen, dauernd auf Mitgefühl aus. Genau wie unser alter Freund Maxim. Immer im Mittelpunkt der Aufmerksamkeit.«

»Hallo, Ludmilla«, sagte Maxim.

»Und in Begleitung eines verrufenen Freundes«, fügte sie hinzu, als Arkadi sich vorstellte.

»Die Sache mit Ihrer Schwester tut mir leid.«

»Dann haben Sie ja sicher schon einen Plan, wie Sie Geld aus ihrem Tod schlagen können. Sie und Obolenski, so erpicht darauf, sie zur Märtyrerin zu machen.«

»Haben Sie Tatjana Petrownas Leiche identifiziert?«, fragte Arkadi.

»Anhand eines Fotos. Nach Moskau zu fahren, hatte keinen Sinn.«

»Ludmilla ist sehr lichtempfindlich«, warf Maxim ein. »Das erschwert das Reisen.«

»Wollten Sie die Leiche nicht identifizieren?«

»Das Foto hat genügt.«

»Haben Sie sich keine Sorgen gemacht, was mit der Leiche geschehen könnte?«

»Ehrlich gesagt mache ich mir mehr Sorgen um mich selbst.«

»Haben Sie darum gebeten, sie einzuäschern?«

Kurz zuvor hatte der Regen fast aufgehört, jetzt prasselte er wieder herunter. Arkadi hörte die Geschäftigkeit auf dem Markt hinter der Gartenmauer, als Ständer unter Markisen gezogen wurden. Jeder andere hätte Arkadi und Maxim hereingebeten.

»Die arme Juliet wird nass.« Sie streichelte den Kanarienvogel unter dem Schnabel. »Die singen nicht mehr, wissen Sie, nachdem sie ihren Gefährten verloren haben.«

»Sie können sich nicht erinnern, ob Sie darum gebeten haben, Ihre einzige Schwester einzuäschern?«

»Ich habe mein eigenes Leben.«

Ein beschauliches zwischen Gemüse und Vogel, dachte Arkadi.

»Haben Sie noch andere Tiere?«

»Also, Katzen können wir nicht haben. Das würde Juliet zu nervös machen.« Sie zog den Käfig herein.

»Hatte Tatjana nicht einen Hund?«, fragte Arkadi.

»Ja, ein hässliches kleines Ding. Wissen Sie, was meine Lieblingstiere sind? Gemüse.« Sie schloss das Fenster, nur um es eine Sekunde später wieder aufzumachen. »Klauen Sie ja nichts davon«, fügte sie hinzu und schloss das Fenster endgültig.

»Tut mir leid«, sagte Maxim. »Wie ich schon sagte, Ludmilla ist eine schwierige Frau.«

Arkadi blieb zwischen den Tomatenpflanzen stehen. Er hatte mit Ludmilla Petrownas Wut gerechnet oder zumindest mit Neugier wegen des Todes und der schlechten Behandlung ihrer Schwester.

»Sie können noch den Abendflug nach Moskau erwischen«, meinte Maxim. »Schade, dass Sie den ganzen Weg umsonst machen mussten. Was ist das?«

Arkadi winkte ihn zu sich, und die beiden standen vor einem kleinen Hundehaufen, der sich im Regen verflüssigte. Schlagzeilen schossen ihm durch den Kopf. *Scheißbrigade ausgerückt. Hundehaufen in Gemüsegarten entdeckt. Beweise im Platzregen verloren.*

Das war zwar kein Nichts, kam dem aber lächerlich nahe.

19

Ihr Name war Lotte. Diesmal ließ sie Schenja nicht vom Haken. Ihr gegenüber mit einem Bauern im Rückstand zu sein, war ein langsamer Abstieg ins Grab. Er wusste, was sie tun würde, konnte sie aber einfach nicht aufhalten. Am Ende der Partie waren ihre Wangen gerötet, und Schenja war verschwitzt wie ein Ringer. Mr. Stanford war gegangen. Fast alle Zuschauer waren fort, weil sie mit einem schnellen Sieg von Lotte gerechnet hatten und die Partie sich bis in die Vorlesungszeit hineingezogen hatte. Für Schenja war es seit Wochen die erste Partie, die er verloren hatte, und doch war er seltsam beschwingt.

Sie wohnte in einem künstlerischen Haushalt gegenüber dem Konservatorium, in dem Musik durch alle Stockwerke tönte. Ihr Großvater war Wladimir Sternberg, der berühmteste Porträtmaler seiner Zeit. Sternberg hatte sich schlauerweise dazu entschlossen, nur eine einzige Person zu porträtieren: Stalin. Stalin bei einer Rede vor dem Sechzehnten Sowjetkongress, Stalin bei einer Rede vor dem Siebzehnten Sowjetkongress und so weiter, und so weiter. Er malte Stalin ein bisschen größer, etwas kräftiger, ohne den verkrüppelten Arm und nie, niemals neben einem anderen Parteiführer, diesen einfältigen Halbtyrannen, die früher oder später aus Bildern entfernt wurden und in eine Zelle marschierten. Sternberg mied sie, als wären sie ansteckend, während die Statur des Geliebten Führers immer mehr an Format gewann, bis er nur noch von silbrigen Wolken und den Strahlen einer leuchtenden Sonne umgeben war.

Sternberg, der aus kaum mehr als Knochen und blau geäderter Haut bestand, trug einen Morgenmantel und Pantoffeln, manövrierte sich aber in seinem Korbrollstuhl geschickt zwischen mit Tüchern verhängten Staffeleien hindurch. Kleinere Kunstwerke, ebenfalls abgedeckt, hingen an der Wand.

»Lotte, Herzchen, bring diesem jungen Mann eine Tasse Tee. Du hast ihn in die Mangel genommen.«

Schenja nahm das Stichwort auf und setzte sich.

»Lotte hat mir alles von dir erzählt«, sagte Sternberg.

Schenja wusste nicht, wovon der Maler redete. Er war immer noch verblüfft, dass Lotte ihn überhaupt wahrgenommen hatte, und kam sich so fehl am Platz vor wie ein versehentlich durchs offene Fenster hereingeflogener Vogel. Er hatte auf einer Matratze hinter einer Spielhalle genächtigt, auf der er bis spät in die Nacht das Rattern der Maschinengewehre und das Zischen der Raketen ertragen musste. Im Vergleich dazu standen die Staffeleien still und ernst unter ihren Abdecktüchern. Paletten und Tische waren mit Farbe bedeckt. Ihm war nie aufgefallen, dass Farbe roch. Noch nie hatte er Tücher gesehen, die so mysteriös wirkten.

»Na los, schau es dir an«, sagte Sternberg.

»Welches?«

»Ganz egal.«

Vorsichtig zog Schenja ein Tuch von einer Staffelei und trat zurück, um das Gemälde zu betrachten. Stalin winkte, wobei nicht klar war, wem oder warum, nur dass er hinab auf sein Volk blickte. Schenja enthüllte ein zweites Porträt und ein drittes, jedes mit dem kraftvollen Pinselstrich der Propaganda gemalt. Stalin war ein Verwandlungskünstler, mal in Armeegrün, dann wieder in weißer Sommeruniform, und immer winkend.

»Davon konnte ich fünf am Tag malen«, sagte Sternberg.

Schenja nahm an, das sei »ziemlich gut«.

»Gut?« Sternberg fuhr fast aus dem Rollstuhl hoch. »Das ist schneller als die Schule von Rubens. Natürlich lag der Markt für Stalin eine Weile brach.«

Lotte reichte Schenja den Tee und flüsterte: »Frag meinen Großvater nach seinen anderen Bildern.«

»Das interessiert ihn nicht«, sagte Sternberg.

»Von mir aus«, meinte Schenja.

»Die sind nicht interessant. Ich habe sie privat gemalt.«

»Schau.« Lotte enthüllte ein Bild von einem Dorf zwischen blauen Schneewällen.

Das Ganze stellte eine ländliche Nachtszene dar, und je genauer Schenja hinschaute, desto mehr entdeckte er. Ausgeführt in erregten Pinselstrichen, verwandelten sich die glühenden Scheite einer Feuerstelle in Feuerkobolde. Gefrorene Hemden flogen durch die Luft. Hell erleuchtete Fenster so spät in der Nacht deuteten auf Fröhlichkeit oder Verhängnis, und Schenja verschränkte fröstelnd die Arme.

Die restlichen Bilder – ein halbes Dutzend – zeigten das Gleiche und waren doch anders. Jedes war dem Anschein nach eine ländliche Darstellung, und jedes stand, bei genauerem Hinsehen, kurz vor der Explosion. Eine Scheune, die gleich zur Zunderbüchse werden würde, ein Schlittschuhläufer unter dem Eis, ein panisch mit den Augen rollendes Pferd.

»Die haben Sie versteckt?«, fragte Schenja. »Warum?«

»Eine kühne Frage von jemandem, der zum ersten Mal zu Besuch kommt, aber das gefällt mir.«

»Also?«

»Was glaubst du wohl? Um meinen Kopf zu retten. Lotte, würdest du auch ein paar Kekse bringen? Dank dir, Liebes. Du bist so gut zu mir.« An Schenja gewandt fügte er hinzu: »Sie liebt ihren Großvater. So, und jetzt bist du dran. Was wirst du mit deinem Schachbrett machen? Was hast du für Pläne?«

»Keine besonderen.«

»Was natürlich bedeutet, gar keine. Lotte sagt, du wärst tatsächlich sehr gut im Schach, ein Rohdiamant. Wie gut bist du?«

»Einigermaßen.«

»Bloß einigermaßen? Höchstens zwanzig Spieler der Welt verdienen ihren Lebensunterhalt mit Schach. Bist du einer der zwanzig besten Spieler der Welt?«

»Weiß ich nicht.«

»Du stehst nicht mal auf der Rangliste, weil du nicht bei echten Turnieren spielst. Unsichtbarkeit mag eine schlaue Taktik sein, wenn du im Bahnhof Leute beim Schach abzockst, mein Freund, aber für die Schachwelt existierst du nicht.«

Lotte kam mit Kleingebäck zurück.

Sternberg setzte ein Lächeln auf. »Lotte, ich habe deinem Freund gerade die gute Nachricht mitgeteilt. Stalin-Porträts verkaufen sich allmählich wieder.«

Schenja und Lotte machten noch zehn Minuten lang höfliche Konversation. Währenddessen huschten Schenjas Blicke immer wieder zu den Bildern von verschneiten Dörfern, bäuerlicher Ausgelassenheit und Bärenjungen, die ihren Müttern folgten. Nichts erwärmt das Herz eines Russen mehr als Bären auf einem Baum.

Später, als Schenja und Lotte allein in einem Café saßen, sagte sie: »Ich mag meinen Großvater sehr. Er ist ein lieber

Mann und ein fantastischer Maler. Aber sein Leben damit verbringen, seine Kunst zu leugnen? Jetzt kennt ihn niemand, und es ist zu spät.«

Maxim fuhr Arkadi im Regen zum Flughafen zurück. Die Scheibenwischer des Zil zischten hin und her. Fußgänger drängten sich unter Schirmen zusammen. Gummistiefel tauchten auf. An Straßenständen breiteten Ladenbesitzer Planen über Obstkisten, einen Tisch mit Prada-Imitationen, eine Reihe Fahrräder.

»Halten Sie an«, bat Arkadi.

»Was denn jetzt? Sie werden Ihren Flug verpassen«, protestierte Maxim.

»Ich bin gleich wieder da.«

Er trat über den Rinnstein und schlüpfte zwischen dem Wasser hindurch, das zu beiden Seiten der Markise mit der Aufschrift Königs-Fahrräder herablief. Ein Mechaniker in einem Plastiksack stellte Räder um. Ein weiterer, im Dunkeln des Ladens, justierte ein Rad, wirbelte es herum, bis die Speichen verschwammen und summten. Je mehr Maxim ihm bedeutete, sich zu beeilen, desto mehr gab Arkadi das Bild eines Mannes ab, der in aller Ruhe zwischen Wimpeln, Kettenschlössern, Bremsbacken, bunten Fahrradmonturen und noch bunteren Helmen herumkramte.

Plakate von der Tour de France, dem Giro d'Italia, der Tour St. Petersburg bedeckten die Wände wie ein einziges, fortlaufendes Rennen. Auf einer Anschlagtafel wurden örtliche Rennen von Kaliningrad nach Tschkalowsk, nach Selenogradsk, zur Kurischen Nehrung angekündigt.

»Das wird zur Manie, nicht wahr?« Arkadi fuhr mit der Hand über ein Regal mit schimmernden Helmen.

Der Mann mit dem Rad murmelte: »Es füllt das ganze

verdammte Leben aus. Man darf nicht zulassen, dass es die Führung übernimmt.«

»Gut ausgedrückt«, meinte Arkadi. »Machen Sie viele Touren?«

Sein Freund antwortete: »Wir haben einen Klub, der Fahrräder und Zelte verleiht. Wir sind sehr gesellig. Ich würde Ihnen eine hübsche Tour von Kaliningrad nach Selenogradsk oder Baltijsk vorschlagen. Wir übernachten unterwegs, errichten ein Lagerfeuer, baden im See. Ist eher eine Tour für Erwachsene.«

Arkadi sah sich die Wimpel an. »Sieht so aus, als würden Sie auch Rennen veranstalten. Benutzen Sie Ihre eigenen Fahrräder?«

»Selbstverständlich. Ich meine, wir zeigen dabei ja unsere Ware, nicht wahr?«

»Fliegen Sie auch damit?«

»Klar.«

»Geben Sie sie als Fracht auf?«

Der Mann hielt das Rad an. »Um Himmels willen. Ich soll ein Rad für tausend Dollar diesen Affen beim Frachtgut überlassen? Wir buchen Sitze für das Rad und verstauen es im Vorraum.«

»Ihr Name ist …?«

»Kurt. Ich bin Kurt, und das ist Karl.«

»Tausend Dollar? Ist das die Grenze?«

»Da gibt es keine Grenze.«

»Zehntausend Dollar?«

»Kriegen wir auch hin.«

»Zehntausend Dollar? Sie tragen einen Plastiksack, und Sie haben Fahrräder, die zehntausend Dollar kosten?«

»Nicht im Laden. Nicht im Moment.«

»Aber wir können Ihnen alles besorgen«, sagte Kurt.

»Ich hätte gern ein Ercolo Pantera.«

Das war der Punkt, an dem sie ihn zu den »hochwertigen« Rädern im Laden hätten lenken sollen. Stattdessen fragten sie: »Was soll denn ein Pantera in Kaliningrad?«

Genau das ist die Frage, nicht wahr?, dachte Arkadi.

20

Wem gehört die Wohnung?«, fragte Lotte.

»Einem Typen, den ich kenne.« Schenja schaute in den Kühlschrank, in dem eine Käserinde einsam Wache hielt.

»Er überlässt dir einen Schlüssel? Muss ein guter Freund sein.«

»So was in der Art. Er ist Ermittler.«

»Ah ja.« Arkadi hatte Anja erlaubt, Fotos von Gefängnisinsassen und ihren Tätowierungen aufzuhängen, mit Betonung auf Drachen, Madonnen und Spinnennetzen, und sie fielen dem Mädchen ins Auge. »Die hab ich in einer Zeitschrift gesehen.«

»Magst du ein Bier?« Schenja schnippte zwei Flaschen auf.

»Ist dein Freund ein bisschen seltsam?«

»Arkadi? Gewöhnlicher als der ist kaum einer.«

Lotte ging an den Bücherregalen entlang. »Offenbar liest er wirklich gern.«

»Dein Bier. Ich fürchte, es ist warm.«

Lässig sagte sie: »Das ist englisch. Warmes Bier ist englisch, kaltes ist amerikanisch.«

»Okay, hier ist dein englisches Bier.« Er kam sich weltfremd vor. Sie in Arkadis Wohnung zu bringen, war ein Fehler, das wusste er. Das ging alles zu schnell, aber er hatte nichts anderes, wohin er sie mitnehmen konnte. Er rechnete damit, dass sie sich mit irgendeiner Ausrede über eine Vorlesung oder eine früher getroffene Verabredung davonmachen würde. In der offiziellen Schachwelt war er Bodensatz. Zum Glück wusste er, wie man die Figuren bewegte. Schach war voller Fallen, Gambits, der Führung eines Freibauern oder der Bedrohung durch Türme, ausgerichtet wie Kanonen. Das war Drama. Die Sizilianische Verteidigung roch nach düsteren Taten in finsteren Gassen. Jede Notation las sich wie eine Geschichte. Ein Spieler konnte auf noch so niedriger Stufe stehen, er ging stets auf Tuchfühlung mit den Unsterblichen des Spiels. Morphy und sein Schuhfetischismus. Fischer, das Genie, und Fischer, der Spinner. Der abgeklärte Capablanca und Alekhine, ein Gierschlund, der mit den Fingern aß und an einem Beefsteak erstickte.

Außer Schach haben wir nichts gemeinsam, dachte Schenja. Ein kleines Abenteuer mit einem Schachzocker, so würde sie den Tag in Erinnerung behalten. Er schätzte sie auf etwa neunzehn, damit war sie mehr als ein Jahr älter, und wahrscheinlich hatte sie ein voll verplantes Leben vor sich – ein Jahr der Rebellion, gefolgt von ein paar unbedeutenden Schachtrophäen, der Hochzeit mit einem Millionär, Kinder, eine Reihe von Affären mit Oligarchen, schließlich in Monte Carlo über Bord geworfen.

»Was hast du für Pläne?«, fragte sie.

»Pläne? Zur Armee gehen und mir das Hirn einschlagen lassen.«

»Ehrlich, was willst du wirklich?«

»Reich sein, nehme ich an. Ein anständiges Auto haben.«

»Wie ist es mit einem Zuhause?«

»Das wohl auch«, sagte Schenja, obwohl er sich nicht vorstellen konnte, wie dieses Zuhause aussehen würde.

»Du bist so ausweichend.«

Sie hatte gut reden, doch er wusste, wenn er ihr die Wahrheit sagte, würde sie Reißaus nehmen.

»Die Sache ist kompliziert.«

»Sie ist einfach. Ich habe gehört, du hättest jemanden erschossen.«

»Wer sagt das?«

»Alle. Deswegen haben sie Angst, mit dir Schach zu spielen.«

»Du hast keine Angst.«

»Weil ich rothaarig bin. Jeder weiß, dass Rothaarige verrückt sind.« Mit ernsterer Stimme fügte sie hinzu: »Werde nicht wie mein Großvater. Sei kein Feigling.«

»Was sollte ich dann werden?«

»Jemand.«

»Ich komme zurecht.«

»Ach ja?«

»Ich führe ein freies Leben, bin unabhängig.«

»Außer wenn es kalt wird.«

»Jeder sollte aus dem Rucksack leben. Da findet man heraus, was wesentlich ist.«

»Wie ein Gesetzloser? Was ist das Wesentliche für dich? Zeig's mir.«

Schenja fühlte sich in die Ecke gedrängt. Streiten mit Lotte war wie Schach, und er verlor erneut.

»Na gut.« Er wühlte in seinem Rucksack und legte nacheinander ein zusammengeklapptes Schachbrett, einen Samtbeutel mit Schachfiguren, Schachuhr, Notizbuch und Stift, ein Taschenbuch mit dem Titel *Beyond Bobby Fischer* und einen Plastikbeutel mit Zahnbürste, Zahnpasta und Seife auf den Tisch.

»Wie viele Schachpartien hast du gewonnen? Bestimmt über tausend. Und mehr hast du dafür nicht vorzuweisen? Du bist mir ja ein schöner Gesetzloser.«

»Ich kann dich schlagen.«

»Hast du aber nicht.« Sie griff nach seinem Notizbuch und öffnete es, um ihren Sieg ein zweites Mal zu genießen. »›Bd5 nach Rd5, Qe2 nach Rd1‹. Das war dein Patzer.«

Er folgte ihr um den Tisch. »Ich spiel noch mal gegen dich, jetzt.«

»Das Turnier ist vorbei.«

»Wenn ich so eine Zeitverschwendung bin, warum bist du dann immer noch hier?«

»Ich habe nie gesagt, dass du eine Zeitverschwendung bist.« Sie drehte sich um und küsste ihn voll auf den Mund. »Das habe ich nie gesagt.«

Maxims Wohnung war im Wesentlichen ein durch Pizzakrusten, halb leere Bierflaschen und vollkommen leere Wodkaflaschen gebohrter Tunnel. Dazu überall Bücher, Zeitungen und Lyrikrezensionen, die aus Regalen quollen, auf dem Boden gestapelt waren und einem unter den Füßen wegrutschten. Zigarettenasche hing wie feiner Vulkanstaub in der Luft.

»Ist bequemer, als sie aussieht.« Maxim schob einen Pizzakarton und Manuskripte von einer Couch. »Was hat Sie veranlasst, in Kaliningrad zu bleiben?«

»Der Charme dieser Stadt. Vielleicht sollte ich einfach in ein Hotel gehen«, sagte Arkadi.

»Und deren Preise zahlen? Blödsinn.« Maxim klopfte auf Kissen. »Ich weiß, dass hier irgendwo eine Flasche Wodka ist.«

Sie mussten umeinander herumtanzen, um von einer Seite des Zimmers zur anderen zu kommen.

Arkadi meinte: »Trotzdem habe ich das Gefühl, im Weg zu sein.«

»Überhaupt nicht. Wenn ich allerdings gewusst hätte, dass ich einen Gast haben würde, hätte ich …«

Einen Bagger bestellt, dachte Arkadi. »Das Leben eines Dichters«, sagte er. »Wo soll ich meine Jacke aufhängen?«

»Wo immer Sie wollen. Es gibt nur eine Regel.«

»Und die wäre?« Arkadi war gespannt.

»Zünden Sie keine Zigarette an, bevor Sie einen Aschenbecher gefunden haben.«

»Sehr weise.«

»Da gab es in der Vergangenheit schon mal Probleme.«

»Mit anderen Dichtern, zweifellos.«

»Jetzt, wo Sie es erwähnen. Nehmen Sie doch bitte Platz.«

Arkadi hob einen Stapel Papier vom Boden auf. »Nur zur Rezension« stand auf dem Deckblatt.

»Der Autor ist ein talentloser Schmierfink und dazu bestimmt, in wohlverdienter Versenkung zu verschwinden.« Wie nebenbei fügte Maxim hinzu: »Er ist hinter demselben Stipendienfonds in den Staaten her wie ich.«

»Sie wissen, dass er gerade gestorben ist?«

»Ach ja? In dem Fall hat Russland eine einzigartige Stimme verloren … zu früh dahingeschieden … hinterlässt eine Leere. Ich meine, warum nicht großzügig sein?«

»Sie haben ihn mir nie genannt.«

»Wen genannt?«

»Den Namen des Stipendienfonds.«

»Hab ich nicht? Ich glaube, es gibt noch gar keinen Namen. Die haben gerade erst angefangen. Alles ganz geheim, bevor sie ihre Wahl treffen.«

»Erstaunlich. Sie würden wirklich alles tun, um aus Kaliningrad fortzukommen?«

»Kaliningrad gibt es nicht.« Beginnend an der Eingangstür, ahmte Maxim einen Mann nach, der die Wohnung betritt, sich zu einem Couchtisch vorarbeitet, ins Schlafzimmer geht und mit einem Kissen zurückkommt, aus dem er eine wie Chrom glänzende Wodkaflasche zieht. »Man muss nur nachvollziehen, was man als Letztes getan hat.«

»Wieso das Kissen?«

»Daran kann ich mich nicht erinnern. Haben Sie Hunger?« Aus einem Küchenschrank holte er Gläser, Blutwurst und ein Baguette, das so hart war wie ein Gehstock. Er musste die Stimme heben, während er es zersägte. »Ich bin kein Slawe. Nichts für ungut, aber ein Slawe trinkt, um besoffen zu werden.«

»Ist mir schon aufgefallen.«

»Wohingegen eine zivilisierte Person in einem normalen Land in angenehmer Gesellschaft trinkt, bei herzhaften Speisen und vernünftigen Pausen zwischen dem Zuprosten.«

Was gut zu Viktors Schwäche für Kölnisch Wasser passte, musste Arkadi zugeben.

Sie begannen feierlich.

»Auf Tatjana.«

»Auf Tatjana.«

Gefolgt von den ersten Schweißperlen auf der Stirn.

»Was meinen Sie damit, es gebe kein Kaliningrad?«, fragte Arkadi.

»Genau das, was ich gesagt habe. Keine Vergangenheit, keine Menschen, kein Name.«

Maxim erklärte, dass Kaliningrad einst Königsberg war, der Sitz deutscher Könige. Aber die Engländer hatten es während des Krieges in Schutt und Asche gelegt, und nach dem Krieg hatte Josef Stalin die gesamte deutsche Bevölkerung gezwungen, die Stadt zu verlassen. Alle Menschen, ihr Zuhause und ihre Erinnerungen wurden ausgelöscht. An ihrer Stelle karrte Stalin eine neue russische Bevölkerung heran und gab der Stadt einen neuen Namen, Kaliningrad, nach seinem Speichellecker-Staatschef Kalinin.

»Kalinin war ein kleiner Scheißer, wissen Sie. Er war Staatsoberhaupt, und Stalin schickte Kalinins Ehefrau in ein Gefangenenlager. Stalin ließ sie aus der Zelle holen und auf dem Tisch tanzen. Ich nehme an, wenn man einen Mann auf diese Weise bricht, hat man ihn endgültig zerbrochen. Mein Gott, mein Mund ist trocken.«

Maxim schenkte Wodka nach.

»Und hier kommt der Witz. Niemand gibt zu, ein Kaliningrader zu sein. Sie nennen sich alle Königs. Aber die Stadt hat die höchste Kriminalitätsrate von Europa. Damit man weiß, dass sie russisch ist.«

Der Besucher hatte einen Bluterguss unter dem Auge, so groß wie eine Faust. Ansonsten sah er für Schenja wie einer dieser aufgemotzten und übertrieben selbstsicheren Neuen Russen aus, die bereits ihre erste Dollarmillion eingestrichen haben. Bevor Schenja ihn aus der Tür schieben konnte, hatte der Mann die Wohnung betreten.

»Entschuldige, mein Name ist Alexi. Ich dachte, das sei die Wohnung von Ermittler Renko.«

»Ist sie. Ich wohne auch hier«, sagte Schenja.

»Und …« Alexi wandte sich zu Lotte, die am Schachbrett saß und sein Starren erwiderte.

»Eine Freundin«, sagte Schenja.

»Ist sonst noch jemand da?«

»Nein.«

»Ihr feiert eine Privatparty.«

»Wir sind mitten in einer Partie.«

»Sieh mal einer an. Ist ja wie im Museum.« Alexi musterte die schweren sowjetischen Vorhänge, den Parkettboden, den Mahagonitisch und einen Schrank, der groß genug war, um darin zur See zu fahren. Er fixierte Lotte. »Wenn die Katze aus dem Haus ist, tanzen die Mäuse. Seid ihr das? Zwei kleine Mäuse? Ich will euch ja den Spaß nicht verderben, bin nur hier, um ein Notizbuch abzuholen. Genau genommen, ein Notizbuch wie das hier.« Er klopfte auf das Notizbuch, das offen neben dem Schachbrett lag. »Was schreibst du da auf?«

»Wenn man Schach spielt, notiert man sich die Züge zur späteren Auswertung«, antwortete Schenja.

»Klingt spannend.« Alexi ließ sich neben Lotte auf das Sofa fallen. Als sie Anstalten machte aufzustehen, packte er sie am Arm. »Ich werde auf Renko warten.«

»Arkadi ist in Kaliningrad«, sagte Schenja.

»Kaliningrad? Ist das nicht die reinste Ironie? Dann müssen wir eben ohne ihn anfangen.« Er ließ Lotte los und knallte eine Pistole mitten auf das Schachbrett, wobei schwarze und weiße Figuren umpurzelten. »Neues Spiel.«

Der Bluterguss auf dem Gesicht sah frisch aus. Schenja wollte gerne glauben, dass Arkadi den Hieb ausgeführt hatte, konnte es sich aber nicht vorstellen.

»Wie kann ich Ihnen helfen?«, fragte Schenja.

»Das klingt schon besser. Ich suche nach einem gewöhnlichen Spiralnotizbuch ohne Wert und Nutzen für irgendjemanden. Genau wie dieses, nur ist die Sprache ein bisschen anders. Sogar ganz anders. Wenn du es siehst, wirst du es erkennen. Ich gebe dir fünfzig Dollar für die Rückgabe.«

»Nein.«

»Hundert Dollar. Du siehst aus, als könntest du das Geld gebrauchen.«

»Nein, vielen Dank.«

»Tausend Dollar.«

»Nein.«

Alexi fragte Lotte: »Meint dein Freund das ernst?«

»Vollkommen.«

Sie ist furchtlos, dachte Schenja.

»Er lehnt tausend Doller für ein Notizbuch ab, über das er nichts zu wissen behauptet? Tut mir leid, das nehme ich ihm nicht ab.« Er griff nach seiner Pistole. »Das ist mein Röntgengerät. Es erkennt, ob jemand lügt. Was ist das für eine Waffe?«, fragte er Schenja.

»Eine Makarow, glaube ich.«

»Was für eine Makarow?«

»Eine Makarow 234.«

Alexi ließ den Finger über die Kreuzschraffierung des Griffs gleiten. »Stimmt. Und wenn man so eine Waffe wie diese vor Menschen hinlegt, reagieren die meisten, als hätte man ihnen eine Schlange in den Schoß geworfen. Wie viele schaffen es, cool zu bleiben? Ich habe Gerüchte gehört.« Alexi wandte sich an Lotte. »Ehrlich, hast du gedacht, er wäre nur ein gewöhnlicher Junge? Er ist wie Renko, eine Zeitbombe.«

»Was wollen Sie?«, fragte Schenja.

»Ich will das Notizbuch. Finde das Notizbuch.«

»Ich weiß nicht, wie es aussieht.«

»Du wirst es erkennen.«

»Schauen Sie doch selbst nach.« Schenja ging zum Schrank und öffnete ihn. Schuhkartons quollen heraus, und aus jedem Karton ergossen sich Notizbücher auf den Boden. »Ich habe Hunderte Schachpartien, Eröffnungen, Situationen. Was hätten Sie gerne? Ruy Lopez, Sizilianische, Angenommenes Damengambit, Abgelehntes Damengambit. Mir gefällt die Sizilianische am besten.«

»Wovon redest du?«, fragte Alexi.

»Wir haben Ihr verdammtes Notizbuch nicht.« Schenja griff in den Schrank und warf noch mehr Kartons auf den Boden. Er wusste, dass er eingeschüchtert sein sollte. Aber vorerst fühlte er sich mutig und sah die Welt durch Lottes grüne Augen.

Der Strom in Maxims Wohnhaus war ausgefallen, und er rezitierte bei Kerzenlicht.

Pferde sind Aristokraten.
Köpfe erhoben und in Seide gekleidet,
Getreten, gepeitscht, die Ohren aufgestellt
Aus Furcht vor Leoparden,
Während ihre wahren Feinde vom Ministerium für
Leichtindustrie rufen: »Mehr Klebstoff!«

»Wunderbar«, sagte Arkadi.

»Vielen Dank. Ich habe ein Tiergedicht für jeden Buchstaben des Alphabets geschrieben. Erinnern Sie sich? Ich brauche einen Aufschwung.«

Arkadi öffnete ein Fenster. »Sie brauchen eine neue Leber.«

Er half Maxim vom Boden hoch und lenkte ihn in Richtung Schlafzimmer. Obwohl die Wodkaflasche noch halb voll war, erklärte Arkadi sie zum Gewinner und kickte sie unter die Couch.

»Wie hat Ihnen die Blutwurst geschmeckt?«, fragte Maxim.

»Ich versuche nicht daran zu denken.«

»Wie kommen wir voran?« Maxim tastete sich zum dunklen Flur.

»Wir machen Fortschritte.«

»Sie haben Ihren Flug verpasst. Das tut mir leid.«

»Ist schon in Ordnung. So können Sie mich im Auge behalten. Das ist es doch, was Sie tun, nicht wahr?«

Wenn Maxims Wohnzimmer ein Tunnel war, dann war

sein Schlafzimmer ein männlich stinkendes Loch, eine berauschende Mischung aus geschlossenen Jalousien, saurem Bier und Aftershave. Er war ein großer Mann und wurde doppelt so schwer, als ihm die Sinne schwanden. Arkadi suchte in der Dunkelheit nach einem Platz, um ihn abzuladen, und kippte ihn schließlich auf die Umrisse eines Bettes.

Für sich grub Arkadi ein Loch auf der Couch und machte es sich bequem, nachdem er Bücher, Kleingeld und Hundekuchen beiseite geschoben hatte.

Schenja sammelte Notizbücher auf, und Lotte sortierte. Eine Stunde, nachdem Alexi die Wohnung verlassen hatte, zitterten ihre Hände immer noch. Es gab mehr aufzuräumen, als nur Notizbücher in die richtigen Kartons zu packen, doch die Aufgabe war an sich ein Heilungsprozess. Die Schachfiguren schienen es tröstlich zu finden, in ihren Samtbeutel zurückzukehren.

Das einzige unberührte Notizbuch war das neben dem Schachbrett, wo es den ganzen Abend gelegen hatte. Als Lotte es zuklappte, merkte sie, dass sie auf den hinteren Deckel schaute, und sie brauchte einen Moment, um zu begreifen, dass das Notizbuch von hinten benutzt worden war. Vorne war hinten, oben war unten, und, in der richtigen Richtung gelesen, waren die Seiten voll mit Kreisen, Pfeilen, Strichmännchen, durchsetzt mit Hieroglyphen, Karten und Verkehrsschildern in einem anscheinend sinnlosen Wirrwarr aus Kurzschrift und Code.

21

Die schwere Matrosenjacke bis zum Hals zugeknöpft gegen den Wind, stapfte Arkadi mit großen Schritten eine Düne hinunter zum Strand. Maxim plagte sich hinter ihm ab, schlurfte durch einen Morgennebel so dick wie Watte.

»Sie wirken unanständig fröhlich«, keuchte Maxim.

Der Strand war eine Mischung aus Kieseln und Sand, auf dem sich Treibholz und Tang gesammelt hatten. In Gezeitentümpeln tanzten winzige Krebstiere wie Stecknadelköpfe hin und her. Das Kreischen der Möwen erhob sich über die tosende Brandung. Wie konnte man hier nicht fröhlich sein?

»Mögen Sie den Strand nicht?«, fragte Arkadi. »Waren Sie nie mit Ihrem Vater hier?«

»Mein Vater ließ sich nur selten draußen erwischen. Nebel wie diesen nannte er ›Erbsensuppe‹. Genau das ist es. ›Erbsensuppe‹. Warum wollten Sie unbedingt hierherkommen?«

»Nur um ein Gefühl für diesen Ort zu bekommen.«

»Das ist überall gleich. Sand, Wasser, noch mehr Sand.«

»Sie sagten, es gebe eine Grenze auf der Nehrung?«

»So was in der Art.«

»Wie lange fährt man dorthin?«

»Zehn, fünfzehn Minuten. Die nördliche Hälfte der Nehrung gehört zu Litauen, die südliche zu Russland. Man behauptet, dort gebe es Elche. Hab nie einen gesehen. Nebel, ja. Elche, nein.« Maxim stampfte mit den Füßen. »Sie wollten nur mit Tatjanas Schwester sprechen und dann nach Moskau zurückfliegen. Stattdessen sind wir auf einer Sandbank mit einer einspurigen Straße gelandet. Im Sommer gibt es hier Sonnenanbeter, Kinder mit Drachen, Nudisten mit Volleybällen. Aber um diese Jahreszeit ist alles leer und verdammt trostlos. Warum sind wir hier?«

»Wir sind hier, weil sowohl Joseph Bonnafos als auch Tatjana hier waren. Die waren nicht in Moskau.«

»Und?«

»Und wenn Sie Ihren Haustürschlüssel an der Hintertür fallen lassen, suchen Sie dann an der Vordertür, weil dort das Licht besser ist? Außerdem schaue ich mir die Dinge gerne an.«

»Sie wirken eher wie ein Jagdhund, der Witterung aufnimmt.«

Arkadi fasste das als Kompliment auf. »Warum gehen Sie nicht zum Auto zurück?«

»Sie werden sich verlaufen.«

»Ist schwer, sich auf einer Sandbank zu verlaufen. Warum haben Sie sich bereit erklärt, mein Führer zu sein?«

»Da war ich betrunken. Glauben Sie mir, um diese Jahreszeit kommt niemand hierher.«

»Dann ist es ein guter Ort, sich mit jemandem zu treffen.«

»Mit wem? Wozu? Ich weiß nicht, ob ich so viel Spekulation auf nüchternen Magen vertrage.«

Das waren gute Fragen, musste Arkadi zugeben. Leutnant Stasow von der Kaliningrader Polizei hatte die versprochenen Fotos von der Leiche oder dem Fundort nie geschickt. Hoffentlich wusste er nicht, dass Arkadi in Kaliningrad war.

»Die Kurische Nehrung ist schmal, aber sie ist lang«,

sagte Maxim. »Man kann alles im Sand verstecken. Ja, der Sand wird sogar die Arbeit für Sie übernehmen.«

»Was meinen Sie damit?«

»Das hier sind sogenannte Wanderdünen. Sie löschen Straßen aus, dringen in Häuser ein und verbergen Beweise.«

Die Vorstellung einer beweglichen Landschaft war faszinierend. Das einzige Bauwerk, das Arkadi am Strand sah, war ein verrammelter Kiosk mit Plakaten für Rockbands und Discos, doch wer weiß, was die Natur sonst noch für sich eingefordert hatte. Der einzige andere Mensch in Sichtweite war eine derart in Schals und Tücher gehüllte Gestalt, dass er ein Pilger aus dem Mittelalter hätte sein können. Er zog einen Schlitten mit einer Strandgutladung aus Treibholz, Flaschen und Dosen hinter sich her.

Die Flutlinie lockte Arkadi weiter. Er hätte nicht sagen können, ob der Nebel dichter wurde oder sich lichtete und ob er sich einbildete, Bewegung zwischen den Kiefern zu sehen, von denen die Dünen begrenzt wurden. Ein scheuer Elch? Mit einem Blitzen wurde ein Fernglas auf ihn gerichtet. Das Fernglas verschob sich und richtete sich den Strand hinunter auf ein Spitzengeflecht aus Tang, das die Ebbe zurückgelassen hatte. Zwei Mädchen, die das Näherkommen von Arkadi und Maxim nicht zu bemerken schienen, standen bis zu den Knöcheln im Wasser und harkten den Sand mit Rechen durch. Barfuß, mit sonnengebleichtem Haar und dürftigen Kleidchen, sahen sie wie die Überlebenden eines Schiffbruchs aus, und obwohl sie in der Kälte zitterten, untersuchten sie die Kiesel bei Kerzenlicht und steckten die ausgewählten in einen Lederbeutel.

»Bernstein«, sagte Maxim.

Ein Junge kam zwischen den Kiefern hervor und überquerte den Strand, ein Fernglas in der einen und eine

Leuchtpistole in der anderen Hand. Ohne Maxim und Arkadi zu beachten, rief er den Mädchen zu, sich zu beeilen.

Arkadi trat ihm in den Weg. »Können wir reden?«

Der Junge hob die Leuchtpistole. Solche Pistolen waren nicht auf Genauigkeit ausgelegt, aber der rote Phosphor in einer Leuchtpatrone brannte mit zweitausendfünfhundert Grad, was sie durchaus zur Waffe machte.

»Wowa!«, rief eines der Mädchen.

»Komme!«, rief der Junge. Seine Aufmerksamkeit richtete sich auf den Kiosk und den daran vorbeifahrenden Kastenwagen, auf dessen Dach ein erleuchtetes Schwein zu schweben schien. Ein glückliches rosa Schweinchen. Arkadi konnte den Fahrer nicht sehen, aber es war jemand, der genug Luft aus den Reifen gelassen hatte, um auf weichem Sand fahren zu können.

Die Mädchen liefen los, und der Kastenwagen folgte ihnen, schwankend wie ein kleines Boot auf dem unebenen Strand. Als der Wagen die Scheinwerfer einschaltete und die Gestalten Schatten warfen, ließen die Mädchen ihre Werkzeuge fallen. Der Junge schob sie zu den Kiefern, aber der Kastenwagen scheuchte sie an den Rand des Wassers zurück, bis Arkadi und Maxim ins Scheinwerferlicht traten. Der Wagen hielt an und verharrte nachdenklich, während Nebelschwaden vorbeitrieben.

Der Fahrer würde sich entscheiden müssen, dachte Arkadi. Die Gezeiten warteten auf niemanden. Mit jeder am Wasserrand verbrachten Sekunde sank der Wagen tiefer in den nassen Sand.

Maxim sagte: *»Schweinchen Fett und Schweinchen Dick, welche Wonne, welches Glück, seht ein voller Trog, ha, ha, steht mit saft'gem Futter da.«*

Kaltes Wasser kroch in Arkadis Schuhe. Bald würde es den Auspuff erreichen und den Motor abwürgen. Davor würde der Sand nachgeben und keine Haftung mehr bieten. Der Junge namens Wowa und die beiden Mädchen schlüpften davon, während sich der Kastenwagen auf Arkadi und Maxim konzentrierte. Dann, ohne das geringste Problem, setzte der Wagen auf festeren Boden zurück und verschwand in Richtung Kiosk, während das Schwein in den Wellenformen des Strandes schaukelte, erst langsam und dann im Trab.

Arkadi sammelte das Werkzeug ein, das die Mädchen bei ihrer Flucht zurückgelassen hatten. Ihre Lampe war raffiniert: ein Radfahrerschuh, ausgestopft mit Sand und einer Kerze darin. Arkadi fügte eine Visitenkarte mit seiner Handynummer und einen Zwanzig-Rubel-Schein hinzu.

Maxim kochte. Sobald sie im Auto waren, knurrte er: »Ein Witz. Ein Mann liest ein Buch, und an der Tür klopft es. Er macht auf, und da sitzt eine Schnecke auf seiner Schwelle. Der Mann will einfach nur lesen, also kickt er die Schnecke hinaus in die Dunkelheit und kehrt zu seinem Buch zurück. Zwei Jahre vergehen. An der Tür klopft es. Er öffnet sie, und da ist die Schnecke, und die Schnecke fragt: ›Was, zum Teufel, sollte das denn?‹ Daher frage ich Sie: Was, zum Teufel, sollte das denn?«

»Keine Ahnung.«

»Kam mir persönlich vor. Wir wurden von einem Wahnsinnigen in einem Metzgerwagen gejagt, und Sie scheinen nicht besonders überrascht zu sein. Meine Schuhe sind nass, meine Socken sind nass, und Sie stecken Geld in einen Schuh, der mit der Flut aufs Meer hinausgetragen wird. Glauben Sie etwa, dass jemand den sehen wird?«

»Die Kinder. Die sind ziemlich wagemutig. Sobald sie glauben, die Luft ist rein, werden sie zurückkommen.«

»Was hat das mit Tatjana zu tun?«

»Tatjana hat das Notizbuch von Kindern am Strand gekauft, vielleicht von diesen Kindern. Wir wollten Kontakt aufnehmen, und ich glaube, das ist uns gelungen.«

»Also war es ein großer Erfolg?«

»Absolut.«

»Mir kam's so vor, als hätte ich nur nasse Füße bekommen.«

»Das verstehe ich. Tut mir leid wegen Ihrer Schuhe.«

Trotz der Entschuldigung war Maxim beleidigt. »Und was jetzt?«

»Sie sagten, es gebe einen Grenzposten auf der Nehrung?«

»So was in der Art.«

»Den würde ich gerne sehen.«

»In der Art« war noch übertrieben für den Posten. An einem typischen russischen Grenzübergang waren bewaffnete Grenzwachen postiert, dazu ausgebildet, jedes Dokument mit Misstrauen zu beäugen. Ohne jeden Vorwand konnte ein Reisender in einen Warteraum geführt werden, in dem der Inhalt seines Rucksacks ausgeschüttet und durchwühlt wurde.

Aber die russisch-litauische Grenze auf der Kurischen Nehrung bestand nur aus einem Wellblechschuppen neben einem etwa zehn Meter hohen, spindeldürren Funkturm. Posten und Turm wurden von weiß getünchten, halb im Boden vergrabenen Reifen und einem uralten Suchscheinwerfer geschützt, der aussah, als wäre er seit der Belagerung von Leningrad nicht mehr angeschaltet worden. Telefondrähte hingen auf dem Maschendrahtzaun und verschwanden in einem lichten Birkenwäldchen. Ein Grenzwächter in gewöhnlicher Tarnkleidung riss sich so weit zusammen, eine kreisende Bewegung mit dem Arm zu machen und zu rufen: »Drehen Sie um! Weiter können Sie mit dem Auto nicht fahren!«

»Das ist alles?«, fragte Arkadi.

»Das ist die Grenze. Um diese Jahreszeit kommen manchmal Vogelbeobachter. Ansonsten ist nicht viel los. Wollen Sie den Wahnsinnigen mit dem Metzgerwagen melden?«

»Was gibt es zu melden?«

»Wir haben einen Mann gesehen, der Kinder bedroht hat.«

»Bloß ist der fort und die Kinder auch.«

»Die Soldaten könnten eine Suche einleiten.«

»Grenzwächtern ist es nicht erlaubt, ihren Posten zu verlassen.«

»Sie könnten anrufen.«

»Hoffentlich nicht«, sagte Arkadi. »Lassen Sie uns von jetzt an unsichtbar bleiben.«

Auf dem Rückweg von der Nehrung schaute Maxim alle paar Sekunden zu Arkadi hinüber. »Sie haben eine sehr hohe Meinung von sich, Renko. Sie glauben, Sie könnten innerhalb von zwei Tagen Kaliningrad in den Griff bekommen. Wüssten alles, was es zu wissen gibt.«

»Kaum.«

»Aber anscheinend genug, um spontan ins Meer zu waten. Was wissen Sie noch?«

»Nicht viel.«

»Erzählen Sie's mir.«

»Ich weiß, dass Tatjana Petrowna es für wert genug befand, ihr Leben aufs Spiel zu setzen, um nach Kaliningrad zu kommen wegen eines Notizbuchs, das niemand lesen kann. Dass sie am Tag ihrer Rückkehr nach Moskau vom Balkon fiel. Dass ehrliche Journalisten Feinde haben und Tatjana mehr hatte als die meisten.«

»Ich nehme an, Experten und Computer sind hinzugezogen worden, um den Code zu entziffern.«

»Vielleicht. Nur hilft das nichts«, antwortete Arkadi.

»Sie glauben nicht?«

»Ich glaube, es ist kein Code. Man kann ihn genauso wenig entziffern, wie man die Gedanken eines anderen lesen kann.«

»Haben Sie auch Feinde?«

»Könnten Sie sich etwas genauer ausdrücken?«

»Menschen, die Sie vom Balkon stoßen würden.«

»Na ja, ich bin noch nicht sehr lange in Kaliningrad«, sagte Arkadi. »Lassen Sie mir Zeit.«

Ohne Vorwarnung bog Maxim mit dem Zil auf eine Straße voller Schlaglöcher ab. Ein Laster donnerte vorbei wie ein Rhinozeros, das Sand und Wasser ausspuckt.

»Wo sind wir?«, fragte Arkadi.

Die Worte waren ihm kaum über die Lippen gekommen, als der Horizont nach unten absackte. Der Zil schlingerte über betonharte Querrillen und kam an einer abschüssigen Stelle zum Stehen, von der aus man einen Blick auf das Spektakel eines Tagebaus hatte, in dem riesige Maschinen am Werk waren.

Für den Tagebau brauchte man keine große Mannschaft. Einen Mann, der an der Steuerung eines Schaufelladers saß, einen anderen in einem Bulldozer, der die Erde hin und her schob. Der Maestro war ein Mann zu Fuß, der einen Hochdruckschlauch mithilfe eines in den Boden gerammten Lenkarms bediente. Lockere Erde wurde zusammengebacken, schwarze Schlacke ragte berghoch auf. Derweilen glättete eine Planierraupe ein Wegenetz, das über sechs Ebenen bis zum Boden hinabführte. Bei all dem Krach der Maschinen und des Wasserstrahls hätte ein Meteor in das Bergwerk einschlagen können, ohne dass es jemand bemerkt hätte.

»Neunzig Prozent des weltweiten Bernsteins kommen

aus Kaliningrad«, erklärte Maxim. »Beherrscht man Kaliningrad, beherrscht man die Weltproduktion von Bernstein. Das ist schon einiges an Wirbel wert.«

»Wer beherrscht es?«

»Das war Grischa Grigorenko, bis ihn jemand erschossen hat. Wer weiß, vielleicht gibt es einen neuen Krieg? Oder Sie könnten bei Ihrem Talent einen neuen auslösen.«

22

In die erste Spalte auf der ersten Seite war ein ›=‹ gezeichnet, dazu die Wörter ›bla bla‹. In der zweiten Spalte ϑ: und ʔ. In der dritten ein Insekt ∂ und ∞. In der vierten ⊂⊃ und 2M. In der ersten Spalte der zweiten Seite ⊟: und ☆. In der zweiten Spalte ∂, ☼ und △. In der dritten Spalte ϑ:, ? und ≥. In der vierten ∞ und ≈. In der ersten Spalte der dritten Seite ☽:, ↓ und ∂. In der zweiten Spalte ʔ und =. In der dritten Spalte ♠, △ und RR. In der vierten Spalte ☆:↓, ꟷꟷꟷ, RR und L. In der ersten Spalte der vierten Seite ⊟:. In der zweiten Spalte $ und ∂. In der dritten Spalte ⊟ und in der vierten ♧. In der ersten Spalte auf der fünften Seite ϑ, in der zweiten Spalte ᘓ, in der dritten ʔ, ⊟ und in der vierten ♡. Und so weiter, und so weiter in dieser rätselhaften Manier – ☽, ꟷꟷꟷ, ∿, ʔ, ϑ, ∂ – bis zu dem Namen »Natalja Gontscharowa« und der Zeichnung einer Frau mit einer Perlenkette ☺. Selbst an der hastig hingeworfenen Skizze war zu erkennen, dass sie als willensstark und schön gedacht war.

Dem folgten leere Seiten bis zum Innendeckel des Notizbuchs mit fünf identischen Zeichnungen einer Katze, dem Wort »Ercolo« und einer kurzen Zahlenliste.

60 cm.

56,5 cm.

1990 g.

All diese Symbole und Zahlen waren ohne Kontext sinnlos, doch offenbar wertvoll genug, um dafür zu töten.

Lotte schüttelte den Kopf. »Die Auswahl ist zu klein. Ich habe an der Uni Linguistik studiert. Mit so wenigen Symbolen können wir das nicht übersetzen, nicht in tausend Jahren.«

»Stell es dir nicht als Übersetzung vor, sondern als Spiel. Wir müssen ein Spiel gewinnen. Halt dich nicht mit Grammatik auf, vertrau deinem Bauchgefühl.«

»Wie kommst du darauf, dass wir es schaffen können?«

»Weil ich ein Spieler bin. Welche sind die ersten Symbole?«

»Ein Gleichheitszeichen, ›bla bla‹ und etwas, das eine Kanone oder ein Mann mit Zylinder mit einem Strich drunter sein könnte, oder ein Ball in einem Rohr mit Strich drunter.«

»Das ist ein Anfang. Wenn wir einige Symbole zusammenkriegen, können wir triangulieren und einen Kontext herstellen. Wie eine Leiter, die Sprosse um Sprosse zusammengefügt wird.«

»Ich glaube nicht, dass das möglich ist.«

»Klar ist es das. Wie in der zweiten Spalte, da gibt es ein Ohr oder ein halbes Herz.«

»Dritte?«

»Eine Art Insekt in einem Kreis und zwei verschränkte Ringe, was Übereinkunft, Ehe oder Handschellen bedeuten könnte.«

»Vierte?«

»Ein Fisch –«

»Oder ein frühes christliches Symbol eines Fisches –«

»Oder Zange, Rakete oder Flugzeug«, sagte Schenja.

»2M?«

»Zwei Meter, Monate, Megabite.«

»Erste Spalte auf der zweiten Seite?«

»Ein Kasten mit durchgestecktem Stock, vielleicht um etwas Heißes zu tragen oder Hochexplosives.«

»Oder ein Kastendrachen?«, fragte Lotte.

»Vielleicht. Dann ein Stern oder ein Seestern oder ein Sheriffabzeichen wie in einem Western.«

»Okay.«

»Das Insekt, Sonnenaufgang, Sonnenuntergang, Goggelmoggel, ein schläfriges Auge, Igel und ein Dreieck, Pylon oder Nase. In der dritten Spalte wieder der Mann mit Zylinder, aber ohne Strich drunter, ein Fragezeichen und gekreuzte Schwerter. In der vierten wieder verschränkte Ringe und das Fischsymbol.«

»Aber diesmal unter einer Welle«, sagte Lotte.

»Stimmt. Dann auf der dritten Seite die Mondsichel oder eine Apfelspalte oder ein Fingernagel. Dann Pfeil nach unten und Insekt. In der zweiten Spalte ein Ohr und das Gleichheitszeichen. In der dritten Spalte die Darstellung einer schwarzen und einer weißen Feige oder Träne und RR für Rolls-Royce. In der vierten ein Stern, gefolgt von Pfeil nach unten, fünf Strichen, RR und einem großen L. Auf der vierten Seite Bausteine, Dollarzeichen und das Insekt. Dann ein Pfeil und wieder das Insekt. Siehst du, es hilft, wenn man einen Rhythmus reinbringt.« Schenja versuchte, unbeschwert zu klingen.

»Echt?«

»In der dritten Spalte der Kastendrachen. In der vierten das Symbol für Radioaktivität. Dann auf der nächsten Seite der Mann mit Zylinder.«

»Mit einem Strich darunter.«

»Genau. Und eine Spirale, ein Whirlpool oder Hypnose. Und das dritte Symbol ist wieder das Ohr, das vierte der Kasten mit dem durchgezogenen Strich. Dann geht es immer so weiter, die fünf Striche, Welle, nach unten zeigender

Pfeil mit einem Kringel drauf, Kreuz, ein leeres Gesicht, bis wir zu der Zeichnung von der Frau und ihrem Namen kommen, Natalja Gontscharowa, der größten Schlampe in der russischen Geschichte, Zarinnen natürlich ausgenommen.«

»Ihre Seite der Geschichte bekommen wir nie zu hören«, sagte Lotte.

»Sie heiratet Puschkin, den größten Dichter Russlands, hurt herum und ist der Grund dafür, dass er in einem Duell getötet wird. Keinen Schimmer, was das mit der Mafia zu tun haben soll. Also, was meinst du?«

»Vielleicht sind wir doch nicht so schlau, wie wir denken. Das ist kein Geheimcode, nicht einmal Sprache, das sind nur Bilder. Derjenige, der das geschrieben hat, muss ein unglaubliches Gedächtnis haben. Vermutlich ist das nur ein Prozent von dem, was tatsächlich gesagt wurde.«

Schenja sank auf dem Stuhl zurück. »Du hältst es also für unmöglich.«

»Das habe ich nicht gesagt. Die Notizen stammen von einem Treffen, richtig? Ein Doppelpunkt verrät dir, wer spricht. Sechs Symbole – Zylinder mit Strich, Zylinder ohne Strich, Kastendrachen, Bausteine, Mondsichel und Stern – haben Doppelpunkte. Das sind die Teilnehmer, und das ist ihre Unterhaltung.«

»Und warum hat der Typ, der die Notizen gemacht hat, die Seiten in Spalten unterteilt?«

»Warum hat ein Schachbrett vierundsechzig Felder? Um die Figuren daran zu hindern, in alle Richtungen zu laufen. Die Symbole sind persönliche Stichworte. Wir werden sehen, wohin sie laufen.«

Bei genauerer Überlegung erkannte Schenja, dass es Ähnlichkeiten mit dem Schachspiel gab. Die Symbole waren so eindeutig wie die Figuren, nur musste der Spieler herausfinden, welche Züge das jeweilige Symbol machte.

Maxim kannte ein Restaurant, das seine Gäste in einer Plastikversion des Bernsteinzimmers bewirtete, dem »Achten Weltwunder«.

Das »Zimmer« mit der Täfelung aus künstlichem Bernstein und den vergoldeten Putten sollte in die Zeit Peters des Großen zurückführen. Kellnerinnen waren wie Marie Antoinette kostümiert, mit Goldstaub im Haar und sorgsam im Dekolleté platzierten Schönheitspflästerchen. In einem goldenen Käfig mitten im Zimmer öffnete eine mechanische Nachtigall den Schnabel und trällerte.

»Das macht meine nassen Füße beinahe wett«, sagte Maxim. »Vielleicht hilft ein wenige Fois gras und Ente à l'orange.«

»Und vielleicht können Sie mir erzählen, warum Kinder von einem Kastenwagen mit einem Schwein gejagt werden.«

»Bernstein.«

»Das ist nicht Ihr Ernst.«

»Allerdings. Als hier der Deutschritterorden herrschte, wurden jedem die Hände abgehackt, der unerlaubt Bernstein sammelte. Der Wagen hat vermutlich nur versucht, die Kinder zu verscheuchen.«

»Für mein Gefühl ging es darüber hinaus. Ich reagiere sehr sensibel auf alles, was mich jagt.«

»Ist in Ihrem Beruf wahrscheinlich eine Gabe. Zahlen Sie? Ich werde gesprächiger, wenn ich gut gesättigt und trocken bin.«

»Tun Sie sich keinen Zwang an.«

»Hervorragend. Hier kommt unsere Kellnerin.«

Maxim bestellte sich das Festmahl, das er sich versprochen hatte. Arkadi begnügte sich mit Wodka, Schwarzbrot und Butter.

»War es das?«, fragte er.

»Was?«

»Das achte Weltwunder?«

»Schätze schon. Stellen Sie sich Wände aus schimmerndem Bernstein vor, Blattgold, venezianische Spiegel und Mosaike aus Halbedelsteinen. Die Menschen sagten, wenn die Sonne durch die Fenster des Palastes schien, sah es aus, als ginge das Bernsteinzimmer in Flammen auf. Es war das Lieblingszimmer von Katharina der Großen. Leider war es auch die Lieblingskriegsbeute der Nazis. Das Zimmer wurde zerlegt und in einem Bunker versteckt, in einem Brunnen, im Schwarzwald oder auf einem Eisbrecher fortgeschafft, vielleicht auch in einem U-Boot. Stellen Sie sich vor, wie das Bernsteinzimmer im Dunkeln auf dem Meeresboden ruht. Wie ein Samenkorn.«

Maxim dabei zu beobachten, wie er das Essen auf seinem Teller herumschob, erinnerte Arkadi an die Bagger im Tagebaubergwerk. Maxim wiederum fand es quälend zu sehen, dass Arkadi nur so wenig aß.

»Es gibt zwei Arten von Dichtern. Den hungernden Dichter und den geilen, zügellosen. Ich ziehe Letzteren vor.« Er winkte dem Sommelier.

»Wie ein Samenkorn«, sagte Arkadi. »Was haben Sie damit gemeint?«

»Eine weitverbreitete Metapher. Bernstein unterscheidet sich von Diamanten, Saphiren und Rubinen dadurch, dass er ein Lebenszeichen in sich tragen kann. Vor fünfzig Millionen Jahren war es Harz, das von einer Kiefer tropfte und manchmal andere Lebensformen in sich einschloss. Stellen Sie sich einen Diamanten mit einer Mücke darin vor. Gibt es nicht. Deswegen hat Grischa sich gewehrt, als sich andere Mafiagangs in den Bernsteinhandel drängen wollten.«

»Aus wissenschaftlichem Interesse?«

»Nicht so ganz. Da gab es ein Ziehen und Zerren, genannt der Bernsteinkrieg.«

»Klingt fast idyllisch.«

»War in Wirklichkeit ziemlich blutig. Möchten Sie eine Charlotte Russe? Die Crème ist hier wirklich gut.«

»Ist der Bernsteinkrieg beendet?«

»Wir nehmen die Petits Fours und die Crème«, sagte Maxim zu der Kellnerin und seufzte, als sie einen Knicks machte und ihr Busen fast heraushüpfte. Er blickte Arkadi vielsagend an. »Was interessiert Sie der Krieg? Ich dachte, Sie würden nur die Umstände von Tatjana Petrownas Tod untersuchen.«

»Ihr Tod wird immer seltsamer und hat genauso viel mit Kaliningrad zu tun wie mit Moskau.«

»Auf welche Weise?«

»Das Notizbuch des Dolmetschers.«

»Das in diesem Moment von Experten dekodiert wird?«

»Nehme ich an.«

»Warum habe ich das Gefühl, dass große Haufen Pferdeäpfel um mich aufgetürmt werden?«

»Weil Sie ein Dichter sind.«

Schenja und Lotte drangen in die Tiefe der russischen Sprache vor. Jede Auslegung rief zwei weitere hervor, die sich nur wieder vervielfachten. Sie verfolgten Ströme von Wörtern, die sich auf die lebenslange Erfahrung eines anderen beziehen konnten, alles, was in Verbindung mit einem der Symbole oder all dem Unbekannten aus der Herkunft des Dolmetschers stehen könnte: ein aufgeschrammtes Knie, eine reife Feige, eine Gutenachtgeschichte.

Sie suchten nach Gedächtnisstützen, nach Botschaften eines Mannes an sich selbst in einer Welt von Symbolen und Wörtern, aus denen er wählen konnte. Gott behüte, wenn die Wörter aus einer anderen Sprache stammten, und ein professioneller Dolmetscher sprach mindestens fünf.

Selbst ein einfacher Pfeil konnte der obere Teil eines Kindes sein, ein gestürzter Baum, Ausgang oder »hier entlang nach Estland« bedeuten. Oder ein Geschoss. Jede Deutung stellte den Text auf den Kopf.

»Du solltest heimgehen«, sagte Schenja zu Lotte.

»Ich gehe nicht, wenn wir erst halb durch sind.«

»Ich wünschte, das wären wir. Ich befürchte, wir haben den Rückwärtsgang eingelegt.« Was stimmt, dachte er. Sie hatten nichts herausbekommen, und sie waren erschöpft. »Deine Familie muss sich Sorgen machen.«

»Heute ist Dienstag.«

»Na und?«

»Am Dienstag trifft sich mein Vater mit seiner Geliebten, einer Oboistin aus dem Symphonieorchester, und meine Mutter mit ihrem Liebhaber, einem Bariton aus dem Chor. Sie teilen ihr Leben in Sechs-Tage-Wochen auf. Während der nächsten vierundzwanzig Stunden werden sie mich nicht vermissen.«

»Was ist mit deinem Großvater?«

»Der hat ein neues Modell. Ihm wird auch nichts auffallen.«

Schenjas Handy klingelte. Mit einem Blick zu Lotte legte er den Finger auf die Lippen, bevor er sich mit einem ungemein lässigen »Hallo« meldete.

»Hier ist Arkadi. Bist du in der Wohnung?«

»Nein.«

»Bist du allein?«

Arkadi musste die Frage wiederholen, weil sich Maxims

Zil in den Außenbezirken der Stadt befand und die Verbindung nur lückenhaft funktionierte.

»Ja.«

»Hast du immer noch das Notizbuch von Tatjana Petrowna?«

»Nein.« Drei Lügen hintereinander. Ein guter Anfang, dachte Schenja. Wenn der Handyempfang schlecht war, machte ihm das nichts aus. »Hast du über unseren Deal nachgedacht?«

»Wie weit bist du mit der Übersetzung?«, fragte Arkadi.

»Wir arbeiten daran.«

Eine Pause. »*Wir?*«

»Meine Freundin Lotte.«

»Eine feste Freundin?«

»Eine Freundin.«

Für Arkadi gab es eine ganze Reihe von Gründen, wütend zu sein. Angefangen mit der Sicherheit des Mädchens.

»Wenn sie eine Freundin ist, schick sie nach Hause. Hast du was von Anja gehört?«

»Nein.«

»Was ist mit Alexi Grigorenko?«

Die Verbindung wurde wieder unterbrochen.

Arkadi sagte: »Der Safe, aus dem du Tatjanas Notizbuch genommen hast? Liegt meine Waffe immer noch drin?«

»Ich kann dich nicht hören.«

»Die Munition ist im Bücher …«

»Ja?«

»Kannst du mich jetzt hören?«

»Wo?«

Aber es war nichts mehr zu verstehen.

Lotte hatte ihr Ohr fest an das Handy gedrückt. Als die Verbindung endgültig zusammengebrochen war, fragte sie: »Welcher Deal?«

»Die Armee. Ich brauche seine Erlaubnis für die vorzeitige Verpflichtung.«

»Jetzt machst du mir Angst.«

»Willst du doch nach Hause gehen?«

»Erst wenn wir das Rätsel gelöst haben.«

Die Straße zurück in die Stadt führte Maxim und Arkadi an Plattenbauten vorbei, so fleckig wie Pissoirs, und an Ladenfronten, die kaum mehr waren als mit Plakaten beklebte Container. Maxim beschloss, Arkadi etwas zu zeigen, das er das neunte Weltwunder nannte, das hässlichste Gebäude aus der Sowjetzeit.

»Ein Gebäude wie Frankensteins Monster. Ein Zombie.«

»Sie klingen stolz.«

»Ich meine damit nicht nur das hässlichste Gebäude westlich des Urals. Ich meine, von hier bis zum Pazifik. Von den Silberheringen der Ostsee bis zum Rotlachs von Kamtschatka.«

»Ein gewaltiger Bereich.«

»Ich spreche als gebürtiger Sohn der Stadt.«

»Wie steht es mit dem Handyempfang beim hässlichsten Gebäude?«

»Der ist sogar ausgezeichnet.«

Straßenlaternen verliehen Maxims Zil eine Art Transparenz, und er schien durch die Stadt zu schweben. Köpfe wandten sich von den billigen Waren ab, die an Straßenständen und auf Kleidergestellen angeboten wurden, um die nur aus einem Auto bestehende Prozession zu verfolgen.

Arkadi brauchte Abstand, um mit Viktor zu telefonieren, betrunken oder nicht, und ihn zur Wohnung zu schicken. In die Stimme des Jungen hatte sich ein neuer Ton geschlichen. Nicht alarmiert, aber eindeutig besorgt.

»Während des Krieges haben britische Bomber die Stadt Königsberg in Schutt und Asche gelegt. Ihr bevorzugtes Ziel war das Königsberger Schloss, das auf einem Hügel über der Stadt thronte. Als der Krieg vorbei war, existierte kein Schloss mehr, und Stalin gab dort ein neues Gebäude in Auftrag.«

Maxim rollte über einen dunklen Bauplatz und brachte das Auto zum Stehen.

Zuerst sah Arkadi nichts Besonderes. Es dauerte ein wenig, bis er merkte, dass der halbe Nachthimmel verstellt war.

»Das Haus der Sowjets«, sagte Maxim. »Die Bevölkerung nennt es ›Das Monster‹. Oder auch ›Rache der Preußen‹.«

Hunde bellten hysterisch auf der anderen Seite eines Maschendrahtzauns, warteten darauf, dass Maxim oder Arkadi so dämlich waren, einen Finger durch den Zaun zu stecken. Arkadi vermutete, dass sie nur unregelmäßig gefüttert wurden. Flaschen und Müll sammelten sich, wohin der Wind sie getrieben hatte.

Arkadi reckte den Hals, um die Größe des Monsters zu erfassen. Zwanzig Stockwerke ragte das Gebäude über ihm auf.

»Das größte Gebäude der Stadt, und es wurde nie benutzt«, sagte Maxim. »Keinen einzigen Tag.«

Die meisten Fenster waren zerbrochen. Das Monster hatte vier Beine und erinnerte Arkadi auf den ersten Blick an einen kopflosen Elefanten.

»Worin liegt das Problem?«

»In der Geschichte. Noch bevor die oberen Stockwerke fertig waren, wurde das Fundament von alten Gräben unter dem Schloss überflutet. Jetzt sinkt das ganze Gebäude ab, und ein Abriss ist zu teuer. Die Partei hat sich das Geld von den Banken geliehen und muss es zurückzahlen. Sie versinken alle gemeinsam. Einfach wunderbar.«

»Das kann doch nicht ewig so weitergehen.«

»Warum nicht? Als Putin zu Besuch kam, haben sie es einfach blau angestrichen und so getan, als wäre es nicht da. Das war die größte Massenhalluzination der Welt.«

Wenigstens war die Netzverbindung gut. Maxim verzog sich, während Arkadi bei Viktor anrief, der einen selbstgerechten Ton anschlug.

»Wo, zum Teufel, steckst du?«

»In Kaliningrad.«

»Ich dachte, du würdest nur über Nacht dort bleiben.«

»Das dachte ich auch. Nur gab es Komplikationen.«

»Das wird mal auf deinem Grabstein stehen. *Es gab Komplikationen.*«

»Hast du Alexi Grigorenko gesehen?«

»Allerdings. Ich war gerade in der Höhle, als Alexi hereinkam. Hatte ein gewaltiges Veilchen.«

»Wir hatten einen Zusammenstoß am Hafen.«

»Also ist er nicht gegen eine Tür gerannt. Abdul hat gewiehert vor Lachen.«

»Abdul?«

»Diese Schlange wollte, dass der Geschäftsführer Abduls Video im Restaurant abspielt. Das Ding ist eine Beleidigung für jeden Soldaten, der im Tschetschenieneinsatz war. Ich konnte es nicht ertragen.«

Arkadi sah, wie Maxim den Kotflügel des Zil mit dem Ärmel polierte.

»Was hast du gemacht?«

»Ich habe Abdul gedroht, ich würde ihm meine Pistole in die Hose stecken und ihm die Eier wegpusten.«

»Siehst du, das ist der Grund, warum ich dich nicht allein lassen kann.«

»Dann sieh zu, dass du wieder herkommst. Anja und Alexi werden immer verschmuster.«

»Anja recherchiert.«

»Ach, nennt man das jetzt so?«, fragte Viktor. »Je eher du zurückkommst, desto besser. Nimm dich bloß vor dem sogenannten Dichter Maxim Dal in acht. Das ist ein aalglatter Bursche.«

»Ich tue mein Bestes.«

Arkadi hörte ein pfeifendes Geräusch von hoch oben und blickte gerade rechtzeitig auf, um eine Fensterscheibe zersplittern zu sehen. Geister beim Spielen, dachte er.

»Laut Arkadi gibt es ein altes Marine-Sprichwort: ›Erst Geschwindigkeit, dann Richtung‹.«

»Soll heißen?«, fragte Lotte.

»Irgendwohin zu gehen ist besser als nirgendwo.«

Sie fügten Wörter zusammen, lauschten auf ein verlässlicheres Echo und schrieben sie dabei nach Sprechern getrennt auf Karteikarten.

Mann mit Zylinder und Strich: Ohr, Insekt in Kreis, zwei Ringe, Fisch und 2M.

Kastendrachen: Stern, Insekt.

Mann mit Zylinder ohne Strich: gekreuzte Messer, zwei Ringe, Fisch unter Welle.

Mondsichel: Pfeil nach unten, Insekt, Ohr, Gleichheitszeichen, schwarze Träne, weiße Träne und RR.

Stern: Pfeil nach unten, fünf Striche, RR und Insekt.

Bausteine: Dollarzeichen, Insekt, Kastendrachen, Radioaktivität.

Kastendrachen: Pfeil nach oben, Insekt, Radioaktivität.

Zylinder mit Strich: Spirale, Ohr, Kastendrachen, Wespe in Kreis.

»Eine Menge Insekten«, sagte Schenja. »Was sind das überhaupt für welche?«

Lotte beugte sich vor, um ihm einen Anhänger zu zeigen, der um ihren Hals hing. Im Bernstein war eine Wespe eingeschlossen.

Sie versuchten es mit Themenfeldern. Rolls-Royce, wie in RR, und fünf Striche. Marine, passend zu Fisch und Welle. Ein Unterwasserfisch musste U-Boote oder Torpedos bedeuten. L konnte Lenin sein, damit konnte man nie was falsch machen. Ein Pfeil konnte Richtung bedeuten, Ausgang oder Konsequenz. Oder die Jägerin Diana oder Wilhelm Tell. Die Tränen konnten Schmerz bedeuten, Öl, Blut, Apfelkerne, Feigen oder Birnen. Die fünf Striche konnten ein Reißverschluss sein, ein Zaun, eine Wunde oder eine Naht. Die Wellen konnten das Meer bedeuten, die Marine, die Baltische Flotte.

»Manchmal spielt man den Spieler, nicht das Spiel«, sagte Schenja.

»Soll heißen?«

»Ich kann einige dieser Spieler vor mir sehen. Da ist zuerst der Dolmetscher. Er ist entspannt, selbstsicher, schreibt ›bla bla‹ für die Formalitäten. Tut vielleicht ein bisschen überlegen. Dann sind da die anderen, vor allem der erste Mann mit Hut. Als Erstes erzählt er ihnen, sie wären alle gleich. Jeder bekäme angemessenes Gehör. Klassische Umgangsform aus der Sowjetzeit. Er eröffnet das Treffen und schließt es. Man kann ihn nicht mit den anderen Spielern verwechseln. Unter ihm ist ein Strich, wie die Litze eines Admirals. Der zweite Mann mit Hut, der ohne Strich drunter, ist der Vollstrecker. Er trägt die Messer. Aus diesen kleinen Details können wir viel erfahren.«

»Dabei fällt mir was ein«, sagte Lotte.

»Was?«

»Ich war bei einem Turnier in Warschau, spielte gegen ein chinesisches Mädchen. Erstaunlich, wie viele gute Spieler von dort kommen.«

»Und?«

»Ihr Name stand auf einer Plakette mit einem Kastendrachensymbol. Das Symbol für China.«

»Ach.« Nüchtern betrachtet war Lotte, während er in Bahnhöfen Leute beim Schach abzockte, also zu internationalen Schachturnieren gereist. »Das ist ein ziemlich wichtiges Detail. Wie hast du abgeschnitten?«

»Zweiter Platz.«

»Toll. Kannst du dich an noch was erinnern?«

»Einer der Sponsoren des Turniers war eine chinesische Bank, die Rote-Dämmerungs-Bank aus Schanghai.«

»Nicht Sonnenaufgang oder Sonnenuntergang?«

»Nein, in China ist die Dämmerung immer rot.«

»Vielleicht wegen der starken Luftverschmutzung. Also machen wir Fortschritte. Was meinst du, wofür Natalja Gontscharowa steht?«

»Für Schönheit«, sagte Lotte.

»Oder Ehebruch.« Er breitete die Karteikarten aus. »Lässt sich alles frei interpretieren. Zum Beispiel: ›Infolge eines chinesischen Spionagerings versenkte oder beschädigte ein Torpedo ein Atom-U-Boot und ließ die Opfer in einem riesigen Ölteppich zurück, wofür sich der russische Verteidigungsminister den Leninorden verlieh.‹«

»Oder?«, fragte Lotte.

Schenja ordnete die Karten neu. »Der große russische Dichter Puschkin und seine treulose Frau Natalja segelten an der chinesischen Küste entlang, als sie durch einen Wespenstich zu Tode kam. Die Musik bei ihrer Beerdigung rührte zu Tränen. Nach der Feier wurden Fische und Feigen kredenzt.«

Sie umrundeten die Parks und die von Laternen erleuchteten Wege im Stadtzentrum, ohne dass Arkadi einen Sinn darin erkennen konnte. Um dem Monster zu entfliehen? Um einen Touristen zu beeindrucken?

»Hier liegt die Zukunft«, sagte Maxim. »Das sogenannte Fischerdorf, eine Nachbildung des alten Königsberg.«

»Sieht aus wie ein Themenpark.«

»Die Zukunft wird ein Themenpark sein.«

Die Fachwerkhäuser und der Leuchtturm waren eine Tarnung für teure Läden und Wohnungen der Oberschicht. Wo waren die geschäftigen Fischhändler, die Fässer voller Heringe, die zum Trocknen aufgehängten Netze und deren Glitzern, wie ein strahlender Behang aus silbrigen Schuppen? Nicht mal ein einziger echter Fischkutter, bloß zwei Jollen, um den Schein zu wahren, und nur eine davon mit einem Außenbordmotor.

»Um das Bild zu vervollständigen, nehmen ein Freund und ich manchmal eines der Boote und angeln Barsche. Ist sehr entspannend.«

»Ist Tatjana mitgefahren?«

»Tatjana? Nein. Sie hat sich nie entspannt. Sie wusste, dass sie in Gefahr war, sobald sie aus der Tür trat. Selbst in ihrer eigenen Heimatstadt. Aber sie hieß die Gefahr willkommen. Ihr Leben war ein Tanz mit der Gefahr. Nur Kaliningrad hätte eine Frau wie sie hervorbringen können. Sie hat mir mal erzählt, dass sie ein kurzes Leben vorziehen würde, einen Spurt über den Himmel.«

»Einen Tanz oder einen Spurt?«

»Irgendwie beides, mein lieber Renko.«

»Solange sie ihren Hund mitnehmen konnte? Das hat mir Obolenski erzählt. Ein kleiner Mops, nicht wahr?«

»Haben Sie ihn gesehen?«

»Ich bin mir nicht sicher. Wie hieß er doch gleich?«

»Polo.«

»Wann haben Sie Tatjana zum letzten Mal gesehen?«, fragte Arkadi.

»Am Tag ihres Todes.«

»Mittlerweile waren Sie über sie hinweg?«

»Ich mochte sie immer noch. Wir haben einander respektiert, hatten jedoch die heiße Phase der Beziehung längst hinter uns gelassen.«

»Sie hat sich Ihnen anvertraut?«

»Bis zu einem gewissen Grad. Ich würde sagen, ihrer Schwester Ludmilla und Obolenski stand sie näher.«

»Hat sie einen der Mafiabosse erwähnt?«

»Keinen bestimmten.«

»Was war mit Abdul? Den Schagelmanns? Ape Beledon? Jeder von denen hegte auf seine Weise einen Groll gegen sie.«

»Kriminelle hegen immer einen Groll«, erwiderte Maxim. »Sie wollen Kaliningrad. Hier gibt es mehr als Bernstein. Autofabriken, Verschiffung, die Baltische Flotte und bald vielleicht Kasinos. Unter der rauen Oberfläche ein ansehnliches Fürstentum.«

»Und all das möchte Alexi Grigorenko als Erbe beanspruchen.«

Ein Mercedes verlangsamte das Tempo aus Respekt, wie es schien, um den Zil überholen zu lassen. In Kaliningrad gebaute BMWs machten wohl den direkten Sprung nach Moskau, während Nissans und Isuzus die umgekehrte Reise von den Pazifikhäfen aus antraten und das Aussehen von Secondhandschuhen hatten.

»Suchen Sie jemanden?«, fragte Arkadi. Maxim blickte immer wieder in die Außenspiegel.

»Bekannte.«

Arkadi nickte zustimmend. »Vielleicht Ihren alten Angelkumpan? Nichts hält einen so auf Trab wie alte Freunde.«

Der Fluss teilte sich bei einer kleinen Insel mit Lindenbäumen, die in Reihen um den spitzen Turm eines Doms standen.

»Für Tatjana wird hier eines Tages eine Statue errichtet werden, wenn wir längst vergessen sind. Die Menschen werden fragen, warum wir nichts getan haben, als sie ermordet wurde. Sie, Renko, tragen die Bürde von uns allen.«

»Darauf würde ich mich nicht sonderlich verlassen«, sagte Arkadi.

»Dann haben wir ein Problem.«

Der Kirchturm stand auf seinem eigenen Lichterbett. Maxim näherte sich im Schneckentempo.

»Unser Dom.« Maxim deutete auf ein Grabmal in einer Ecke. »Unser Philosoph.«

Das Grabmal war aus rauem Stein, umgeben von einem Portikus und einem Gitter aus Schmiedeeisen. Die Scheinwerfer des Zil strichen über eine Plakette mit der Inschrift »Immanuel Kant«.

»Ist das eine mitternächtliche Kulturrundfahrt?«, fragte Arkadi. »Oder kutschieren wir einfach nur herum?«

»Kommen Sie, Sie müssen Kant doch auf der Universität studiert haben«, erwidert Maxim. »Der größte Geist seiner Zeit? Vielleicht der berühmteste Philosoph aller Zeiten? ›Vernunftbegabte Wesen‹. ›Kategorischer Imperativ‹.«

Maxim fuhr weiterhin langsam zwischen den Bäumen hindurch und wendete am schmalen Ende der Insel.

»Ich verlasse mich auf Ihr Wort«, sagte Arkadi.

»Oder ›Der fragende Mörder‹. Selbst wenn ein Mörder nach dem Aufenthaltsort von jemandem fragt, den er töten will, gebietet es die Ehrlichkeit, ihm die Wahrheit zu sagen.«

»Ich fürchte, das ist mir zu hoch.«

»Aber vielleicht war der alte Knabe auch krank«, fügte Maxim hinzu. »Inzwischen glauben Ärzte, Kant habe womöglich einen Hirntumor gehabt. Er wies die entsprechenden Symptome auf. Verlust des Sehvermögens, Verlust gesellschaftlicher Hemmungen, Schwindelanfälle. Wir übernehmen unsere moralischen Werte von einem Mann, der dabei war, verrückt zu werden.«

Einem hellen Licht folgte ein Schubsen. Arkadi drehte sich um und sah einen schwarzen Mercedes-SUV auf der hinteren Stoßstange des Zil aufsitzen. Der Zil machte einen Satz nach vorn und pflügte durch ein Blumenbeet auf einen Weg am Fluss. Als der SUV längsseits kam, sah Arkadi einen Mann am Steuer und zwei auf dem Rücksitz. Maxim brüllte und deutete auf das Handschuhfach. Arkadi zog daran, schlug und trat darauf, aber das Handschuhfach klemmte. Der SUV schob sich vor, bis er den richtigen Winkel erreichte, um den Zil vom Weg ab auf das Wasser zuzuschieben. Maxim blieb nichts anderes übrig als anzuhalten. Zwei Männer sprangen aus dem Mercedes, beide mit Halbautomatikpistolen. Sie stellten sich neben den Zil, erhellten das Auto mit Mündungsfeuer, bohrten Löcher in dessen Türen, überzogen die Windschutzscheibe und die Fenster mit Sternmustern und brüllten: »Willst du mich verarschen? Sag Hallo zu meinem kleinen Freund.«

Die Sache war in Sekundenschnelle vorbei. Ihre Magazine waren leer. Einen Moment standen sie zufrieden da, bis der Zil wieder zum Leben erwachte. Kein Schuss hatte das kugelsichere Innere des Wagens durchschlagen. Die Fenster hatten sternförmige Risse, waren aber nicht zersplittert. Schwer wie ein Panzer setzte der Zil auf den

Weg zurück und verpasste dem anderen Auto eine Breitseite, noch während die Möchtegernattentäter stolpernd und fallend hineinhechteten. So schnell er konnte, setzte der Mercedes zurück und raste davon, am Philosophengrab vorbei.

23

Schenja und Lotte erwachten auf der Couch, um festzustellen, dass Alexi am Tisch saß, über ihre Notizen gebeugt.

»Das nenne ich Fortschritt. Vor allem, da ihr nicht mal wusstet, von welchem Notizbuch ich geredet habe, und zudem noch gelogen habt.«

»Ich hab's gefunden, nachdem Sie fort waren.«

»Und du lügst immer noch.«

»Ich habe es gefunden«, sagte Lotte.

»Jetzt lügt ihr füreinander, ein Zeichen wahrer Liebe.«

Schenja setzte sich auf und zupfte verlegen an sich herum. »Wie sind Sie reingekommen?«

»Mit einem Schlüssel, wie sonst?«

»Wo ist Anja?«

Alexi antwortete nicht, zündete sich stattdessen eine Zigarette an und betrachtete die glühende Spitze, als wäre sie ein Schürhaken im Kamin. Schenja fiel auf, dass Alexis blaues Auge immer noch schlimm aussah. Allerdings hatte er sich umgezogen, war frisch rasiert und hatte das Kommando wieder übernommen.

»Hast du eine Waffe?«, fragte Alexi.

»Nein.«

»Wie ich hörte, hat Ermittler Renko eine Pistole mit Gravur bekommen, für gute Dienste. Ich kann mir zwar nicht vorstellen, wieso Renko überhaupt irgendwas verliehen bekommt, doch das wird behauptet.«

»Davon weiß ich nichts.«

»Lotte?«

»Ich kenne ihn gar nicht«, erwiderte sie.

»Für mich ist wichtig zu erfahren, wo der Ermittler in Kaliningrad ist. Er hat nicht angerufen?«

»Nein«, sagte Schenja.

Alexi lächelte. »Er hat dich nicht gebeten, das Notizbuch zu übersetzen?«

»Nein.«

»Natürlich hat er das.« Alexi blätterte die Seiten mit Symbolen und die Liste möglicher Bedeutungen durch. »Die Frage ist, wo genau hält Renko sich jetzt auf? Du weißt es nicht, und Anja will es mir nicht sagen. Er arbeitet mit einem Kriminalbeamten namens Viktor Orlow zusammen.«

»Orlow ist ein Säufer.«

»Das habe ich auch gehört. Also bleibt nur ihr zwei, und ab sofort übersetzt ihr das Notizbuch für mich. Ich will, dass ihr hier in der Wohnung bleibt, bis ihr fertig seid. Wir sind jetzt im selben Team.«

»Bisher habe ich es nicht geschafft, irgendwas zu übersetzen«, sagte Schenja.

»Aber du und deine Freundin, ihr habt eine Ahnung, so ein allgemeines Gefühl, worum es geht. Ihr seid auf etwas gestoßen.«

»Das ist eine Privatsprache. Es könnte Wochen dauern, wenn überhaupt.«

»Tja, ich gebe dir einen Anreiz. Die Temperatur im Kern eine brennenden Zigarette beträgt fünfhundert Grad.«

»Und?«

»Und deine Freundin hat eine zarte, jungfräuliche Haut.«

»Was soll das heißen?«

»Zwei plus zwei. Zwei Genies sollten doch wohl in der Lage sein herauszufinden, wer am verletzlichsten ist. Das langsamste Zebra. Das schönste Mädchen.« Alexi sammelte ihre Handys ein.

Schenjas Herz klopfte laut. Lotte zitterte so sehr, dass ihre Zähne klapperten.

»Ich gebe euch zehn Stunden«, sagte Alexi.

»Das ist unrealistisch.«

»Sehe ich wie ein Realist aus?«

»Aber es ist unmöglich«, protestierte Schenja.

»Ich gebe euch zehn Stunden. Ich lasse einen Mann vor der Tür zurück.«

»Wer ist Anja?«, fragte Lotte.

»Wenn ich du wäre, würde ich mir keine Sorgen um eine andere Frau machen«, sagte Alexi. »Wo ist eine Schere?« Schenja fand eine in der Tischschublade und blieb starr wie eine Statue, als Alexi das Kabel vom Festnetztelefon durchschnitt.

Im Märchen wäre es Schenja vielleicht gelungen, Alexi zu überraschen und zu überwältigen. In der Realität war dem nicht so. Nicht das Auftauchen von Aschenbechern und stumpfen Gegenständen im rechten Moment verhalf dem Helden zum Sieg, sondern Willenskraft und starke Nerven. Wie wollte er Soldat für Mütterchen Russland werden, wenn er sich nicht mal selbst verteidigen konnte? Er wusste, wo Arkadis Waffe war. Wo waren die Patronen? Ein weiteres Rätsel.

Lotte sah Alexi nach und flüsterte Schenja zu: »Du hast doch jemanden erschossen, oder?«

Schenja nickte, voller Besorgnis, ihr Zartgefühl zu verletzen, doch sie schien es tröstlich zu finden.

»Die Patronen sind bei den Büchern«, sagte Lotte.

»Ja.« Er fragte sich, worauf sie hinauswollte.

»Wir müssen nur das richtige Buch finden. Etwas Passendes.«

»Renko hat Tausende. Bei Büchern spinnt der.«

»Was für Bücher?«

»Die Kriegsbücher seines Vaters. Märchen. *Alice im Wunderland*, *Ruslan und Ljudmila*, *Der Zauberer von Oz*. Er hat sie mir vorgelesen.«

»Dann hat er das richtige Buch sorgfältig ausgewählt.« Sie ging am Belletristikregal entlang und überflog die Autorennamen – Bulgakow, Tschechow, Puschkin –, zog jeden Band heraus und tastete den Spalt dahinter ab.

»Das muss es sein.« Sie deutete auf den Titel eines Buches, das für sie zu hoch stand, um es zu erreichen. »Hemingway, *A Farewell to Arms*.«

»Kommst du dir clever vor?«

»Sehr clever.«

Doch als Schenja das Buch herauszog, fand er dahinter nur eine einzige, einsame Patrone.

Arkadi wartete, bis das andere Auto außer Sichtweite war, bevor er sich aufsetzte. Er spürte einen Stich an der Stirn von einem Glassplitter, doch die zur Innenverstärkung eingebauten Panzerplatten hatten standgehalten, und die kugelsicheren Fenster hatten zwar Risse bekommen, waren aber nicht zersplittert.

»Kommen Sie, gehen wir, na los«, sagte Arkadi.

Er griff hinüber, um Maxim loszuschnallen, und schob ihn aus der Tür. Mit der Klinge eines Taschenmessers gelang es ihm, das Handschuhfach aufzuhebeln, auf das Maxim so hektisch gedeutet hatte. Drinnen lagen zwei Fährenkarten und eine Waffe.

Maxim zitterte vor Wut. »Die wollten uns umbringen.«

»Stimmt. Sie sollten sich Ihre Freunde sorgfältiger auswählen.« Arkadi stieg aus und zerrte Maxim einen Pfad hinunter.

»Mein schöner Zil.«

»Tja, er wurde als gepanzerter Dienstwagen für den Kreml gebaut, und ich muss sagen, dass er sich für eine Antiquität sehr gut gehalten hat.«

»Was ist mit dem Museum?«

»Sie können doch gut mit Worten umgehen. Ihnen wird bestimmt etwas einfallen.«

»Und was soll das heißen, ›meine Freunde sorgfältiger auswählen‹?«

»Das heißt, Sie hatten vereinbart, um diese Zeit an diesem Ort zu sein. Wie hätten die uns sonst in der ganzen Stadt finden sollen?«

»Ich dachte, die wollten mit Ihnen reden.«

»Stattdessen haben sie versucht, uns zu erschießen.«

»Ich dachte …«

»Und Sie haben zwei einfache Fahrkarten für die morgige Fähre nach Riga. Für wen war die andere Karte?«

»Ich weiß, das sieht aus, als …«

»Halten Sie die Klappe.« Arkadi ging um Maxim herum, als wäre er ein Ausstellungsstück. »Alexi sah, wie Sie sich am Hafen aus dem Staub gemacht haben, als er mich unter einer Betonplatte zerquetschen wollte. In dem Moment, als er Ihre Hilfe brauchte, sind Sie abgehauen. So was nimmt ein Killer persönlich.«

»Sie spinnen sich das alles nur zusammen.«

»Am Hafen war ein Hund, ein heldenhafter Mops namens Polo. So viele Möpse gibt es in Moskau nicht.«

»Reine Fantasie.«

»Hat Alexi Ihnen Geld geboten? Was ist mit diesem wunderbaren amerikanischen Stipendium und dem Fünfzigtausend-Dollar-Preis?«

Maxim sackte in sich zusammen. »Damit ist es vorbei. Sie haben jemand anderen gewählt.«

Arkadi gab dem großen Mann einen Schubs, damit er weiterging.

»Wieso haben Sie das erfunden?«

»Ich wollte wissen, was in dem Notizbuch steht.«

»Warum?«

»Für Alexi.«

»Weshalb wollten Sie ihm helfen?«

»Weil ich Angst hatte.«

Arkadi fragte sich, ob das die Wahrheit war, eine Halbwahrheit oder dichterische Freiheit.

Schenja und Lotte wussten nicht, ob der Mann, den Alexi draußen vor der Wohnung postiert hatte, groß oder klein war, wie aus dem Ei gepellt oder bedeckt mit Zigarettenasche. Sie hörten ihn auf und ab schlurfen wie einen Bären im Zoo.

Schenja hatte Arkadis Pistole geladen und sie hinten in seinen Gürtel gesteckt. Lotte hatte eine Skiausrüstung im Schrank entdeckt. Sie nahm die Teller von den Stöcken ab und besaß nun zwei dünne Speere.

Mittlerweile hatte Schenja so etwas wie einen roten Faden gefunden.

»Wenn man sie richtig ordnet, stehen ›Wellen‹ für das Meer, ›Fisch‹ für Schiffe oder U-Boote und der Stern für die russische Staatsmacht, höchstwahrscheinlich die Marine.«

»Könnte sein.«

»Da es ein Dollarzeichen gibt, könnte RR für russische Rubel stehen und nicht für Rolls-Royce. In dem Fall wäre 2M nicht Monate, sondern 2 Milliarden. Selbst in Rubel ist das eine Menge Geld. Was meinst du?«

»Was hat das alles mit Natalja Gontscharowa zu tun?«

»Das ist das Pikante an der Sache«, erwiderte Schenja.

»Im Notizbuch wird nicht erwähnt, wo oder wann das Treffen stattgefunden hat. Nirgends. Ich glaube, es könnte Grischas Jacht sein, die *Natalja Gontscharowa*, was ein brillanter Schachzug wäre. Das hätte für alle klargemacht, dass Grischa das Sagen hatte. Aber spielt das noch eine Rolle? Das ist doch Vergangenheit, oder?«

»Nicht nach dem, wie Alexi sich aufführt«, sagte Lotte. »Er tut so, als wäre es eine Sache auf Leben und Tod. Er nimmt es persönlich.«

»Frauen glauben immer, dass alles persönlich ist.«

»Nenn mir etwas, das es nicht ist.«

»Schach.«

»Du hast anscheinend nie gegen einen Gegner gespielt, der dir die ganze Zeit auf den Busen schielt.«

»Oh. Na, auf jeden Fall hoffe ich, dass es Vergangenheit ist. Was mir Sorgen macht, ist das Symbol eines Gesichts mit nichts als einem ›X‹ für den Mund. Das bedeutet, niemand wird reden. Ich glaube, das schließt auch uns ein.«

Hier ging es nicht um vollstes Vertrauen oder geringstes Misstrauen. Nachdem Alexi nun versuchte hatte, Arkadi umbringen zu lassen, schien Maxim zur Kooperation bereit. Bis sie zur nächsten Straßenbiegung kamen. Außerdem, wo sollte Arkadi sonst unterkommen, wenn nicht in Maxims Wohnung? Kaliningrad kam ihm immer mehr wie eine Insel vor, mit Hotels und Terminals, die von der Mafia und der Polizei überwacht wurden. Und er hatte seit Tagen nicht geschlafen, wie es ihm vorkam. Er schloss die Augen und träumte, dass die Wodkaflasche unter der Couch hin und her rollte, ein Bleiwurm sich in sein Gehirn fraß und ihm ein kleiner, affengesichtiger Hund das Gesicht ableckte, bis er vom Sonnenaufgangstschilpen der Spatzen wach wurde und Anja ihm gegenüber auf einem Sessel sitzen sah.

»Du hast einen Schnitt«, sagte sie.

Arkadi berührte seinen Schädel.

»Aua.«

»Vielleicht solltest du es beim nächsten Mal mit einem Eispickel versuchen.«

»Wo ist Maxim?«

»Er ist losgegangen, um ein Auto zu mieten.«

»Was machst du hier?«

»Was für eine freundliche Begrüßung.«

Arkadi ignorierte die Tasse Tee, die sie ihm anbot. Ihr Gesicht war frisch gewaschen, obwohl sie immer noch die glitzernde Partyaufmachung trug.

»Wo ist Alexi?«, fragt er.

»In Moskau, in Kaliningrad, was weiß ich. Er zischt in Grischas Firmenjet hin und her. Im Moment versteckt er vermutlich sein Gesicht, aber das weißt du vielleicht besser als jeder andere. Du hast dir in Alexi einen erbitterten Feind gemacht.«

»Nett war Alexi noch nie zu mir. Er hat dich nach Kaliningrad gebracht, oder?«

»Ja, aber jetzt gehen wir getrennte Wege.«

»Ist die Verstimmung neu? Seid ihr einander überdrüssig geworden?«

»Er hat mit mir Schluss gemacht.«

»Mit dir? Das ist schwer zu glauben. Ihr zwei kamt doch so gut miteinander aus.«

»Manchmal kannst du wirklich ein echter Mistkerl sein, Arkadi.«

»Wie läuft's mit deinen Recherchen für den Artikel über Tatjana?«, fragte er.

»Kommen voran.«

»Das freut mich zu hören.«

»Und deine Ermittlung?«, fragte Anja.

»Kommt auch voran.«

»Tja, jedes Mal, wenn ich dich mit Glassplittern im Haar sehe, weiß ich, dass deine Ermittlung Fortschritte macht.«

Arkadi bewegte sich, und ein Stapel Schallplatten rutschte vom Ende der Couch auf den Boden. Er wusste nicht, worauf Anja wartete. Darauf, dass Alexi zurückkam und ihr Herz erneut im Sturm eroberte? Arkadi fiel ein, dass er noch einen Traum gehabt hatte, oder vielleicht keinen Traum, vielmehr die Erinnerung daran, sein Bett mit Anja geteilt zu haben, sie schlafend in seinem Hemd, sein Atem in ihrem Haar gefangen. Seltsam, dieselbe Frau durch die Augen eines anderen Mannes zu sehen. Eine unheimliche Verlagerung.

»Hast du von Schenja gehört?«, fragte Arkadi.

»Nein. Manchmal taucht er unter, genau wie du.«

»Gut, dann ist er wenigstens in Sicherheit. Hat er das Notizbuch immer noch?«

»Vielleicht. Es ist nutzlos.«

»Warum will Alexi es dann haben?«

Sie zuckte mit den Schultern.

Alexi hatte sie vermutlich fallen lassen, als er entdeckte, dass sie das Notizbuch nicht mehr hatte, dachte Arkadi. Tja, hier war sie, nicht sonderlich lädiert nach ihren Nächten mit den Reichen und Gefährlichen.

»Kehrst du nach Moskau zurück?«, fragte Anja.

»Nachdem ich mich um ein paar lose Enden gekümmert habe.«

»Wie zum Beispiel?«

»Hatte Alexi jemals Zugang zu den Schlüsseln für meine Wohnung?«

»Ich habe sie ihm nicht gegeben.«

»Danach habe ich nicht gefragt«, sagte Arkadi. »Gab es

je eine Situation, die es ihm ermöglichte, in deine Handtasche zu greifen?«

»Kann sein. Vertraust du mir nicht?«

»Ich weiß nicht. Ich weiß nicht, wer du bist. Rede ich mit dir, oder rede ich mit Alexis Tanzpartnerin?«

Arkadis Handy klingelte. Wowa war dran, der Junge vom Strand. Arkadi hörte kurz zu und beendete das Gespräch.

»Ich muss gehen.«

»Niemand hält dich auf.«

»Kann ich meine Schlüssel haben?«

»Natürlich.« Sie wühlte in ihrer Handtasche und knallte ihm die Schlüssel in die Hand.

»Vielen Dank.« Arkadi schob sich an ihr vorbei und ging zur Tür.

Anja ließ sich in den Sessel fallen. Was hatte sie von Arkadi erwartet? Man konnte ihn nur bis zu einem gewissen Grad bedrängen. Sie lauschte dem Summen der Fliegen an der Fensterscheibe, starrte mit leerem Blick auf die Jazzplatten am Boden, öffnete ein Pillendöschen für eine Handvoll Aspirin, die sie zerkaute und schluckte. Dann hob sie ihren Rock an und betrachtete das Zigarettenbrandmal auf der Innenseite ihres Oberschenkels.

24

Arkadi mietete einen Lada, eine Blechbüchse im Vergleich zu dem Zil, und fuhr zu der Sandbank, auf der er Wowa und seine Schwestern nach Bernstein hatte suchen sehen. Wowa wartete, wieder barfuß, bereit, ins Wasser zu waten oder um sein Leben zu laufen. Als Arkadi ihn fragte, wo er wohne, deutete Wowa auf einen halb unter einer Düne begrabenen Schuppen.

»Nachts stöhnt er. Wir haben ihn mit Balken abgestützt. Irgendwann wird er zusammenbrechen, aber bis dahin gehört er uns allein.« Er warf Arkadi einen Seitenblick zu. »Sie hatten einen Zusammenstoß mit Piggy.«

»Der Mann mit dem Metzgerwagen? Der ist ziemlich beängstigend.«

»Ja. Aber niemand wird mir glauben.«

»Versuch's mit mir.«

Wowa ließ den Blick ständig über den Strand schweifen, die Gewohnheit eines Spähers. Er hatte die Visitenkarte gefunden, die Arkadi in Joseph Bonnafos' Fahrradschuh gesteckt hatte, und er hatte etwas zu erzählen. Oder wohl eher zu verkaufen, dachte Arkadi.

»Sind Sie von der Polizei?«

»In Moskau, hier nicht.«

»Weil die Polizei alles nur klauen wird, was ich habe.«

Dafür ist sie bekannt, dachte Arkadi. Er sah Luftlöcher im Sand auftauchen, als das Wasser zurückwich, Zeichen einer unsichtbaren Welt.

»Was mich betrifft, ist das eine private Angelegenheit, Wowa.«

»Für mich auch.«

»Wie heißen deine Schwestern?«

»Ljuba und Lena. Ljuba ist zehn. Lena ist acht.«

»Am Telefon hast du gesagt, du hättest ein Fahrrad.«

»Ein besonderes Fahrrad. Schwarz mit einer Katze.«

Der ständige Wind formte den Sand und blies Wowa das Haar in die Stirn. Unwillkürlich fragte sich Arkadi, wie es wohl wäre, in einem so unerbittlichen Element zu leben.

»Hast du das Fahrrad schon jemandem gezeigt?«, fragte Arkadi.

»Ich hab den Männern im Fahrradladen davon erzählt.«

»Wie viel haben sie dir geboten?«

»Fünfzig Dollar.«

»Das ist eine Menge.« Vielleicht ein Hundertstel vom Wert eines Pantera. »Ungesehen?«

»Ich kenne diese Kerle, die behalten das Geld und das Rad.«

»Das stimmt.«

Wowa ging in einem engen Kreis herum.

»Gibt's da noch was?«, fragte Arkadi.

»Piggy.«

»Was ist mit ihm?«

»Wir haben gesehen, wie Piggy den Radfahrer ermordet hat. Wir haben von den Bäumen aus zugeschaut.«

Die meisten Augenzeugen, jung oder alt, versuchten die Heftigkeit und das Entsetzen eines Mordes wieder aufleben zu lassen, als würden sie in einem Malbuch über die Umrisse hinausmalen. Wowa blieb kühl und nüchtern. Der Radfahrer hatte noch gelebt, als Piggy ihn in den Metzgerwagen warf. Kurz hatten Füße gegen die Innenseite des Wagens getrommelt, dann ein Schuss. Piggy stieg aus und durchwühlte das Trikot des Radfahrers, wurde immer frustrierter und warf es schließlich beiseite.

»Hat er dich gesehen?«

»Ich glaube nicht.«

»Warum ist er dann hinter dir her?«

»Wir haben das Fahrrad genommen.«

Das veränderte die Lage. »Ihr habt Piggy das Rad gestohlen?«

»Ja.«

»Weiß er das?«

»In etwa.«

»In etwa?«

»Er hat Ljuba mit dem Helm gesehen und versucht, sie zu überfahren, aber er konnte die Dünen nicht hinauffahren.«

»Wo sind eure Eltern?«

»Sie kommen zurück.« Das klang weniger nach Prahlerei als nach einem Wunsch.

»Was ist mit euch? Wer kümmert sich um dich und deine Schwestern?«

»Unsere Großmutter. Sie wohnt nahe bei der Stadt.«

»Gibt sie euch zu essen?«

»Wir kommen zurecht.«

»Wie ist dein voller Name?« Wowa war die Abkürzung für Wladimir.

Wowa blieb stumm. Keine Eltern, kein Nachname.

»Na gut«, sagte Arkadi. »Was hast du außer dem Fahrrad und dem Helm noch genommen?«

»Nur ein Notizbuch, das ich im Gras gefunden hab. Es war voll mit Blödsinn.«

»Warum hast du es dann genommen?«

»Wir haben auch eine Karte mit einer Handynummer

gefunden. Wenn Leute eine Handynummer auf etwas schreiben, wollen sie es zurück, stimmt's?«

»Das ist schlau.«

»Und die Frau, die abnahm, war nett. Sie ist gleich gekommen.«

»Wie sah sie aus?«

»Ziemlich gescheit.«

»Hat sie gesagt, wie sie heißt?«

»Nein. Sie hatte einen kleinen Hund.«

»Was für eine Rasse?«

»Einer mit Glupschaugen.«

»Glupschaugen? Was für ein Schwanz?«

»So ein kurzer Wackelschwanz. Sie war hübsch.«

»War es eine Hündin?«

»Nein, die Frau.« Von Mann zu Mann fügte Wowa hinzu: »Und sie hatte hübsche Beine.«

»Das hast du bemerkt?«

»Sie haben gefragt.«

»Wie viel hat sie dir für das Notizbuch gegeben?«

»Fünfzig Dollar. Was ich wirklich brauche, ist eine Waffe.«

In was für einer Welt leben wir, dachte Arkadi, in der Kinder in Erdlöchern hausen und ganz selbstverständlich nach einer Waffe fragen?

Laut fügte Arkadi seinen Gedanken hinzu: »Ich sag dir was. Ich gebe dir fünfzig Dollar, wenn du und deine Schwestern euch vom Strand fernhaltet.«

»Ist das Ihr Ernst?«

Arkadi öffnete seine Brieftasche. »Bleibt eine Woche vom Strand weg, könnt ihr das machen?«

»Kein Problem.« Wowa wurde munterer. »Ich wünschte, Sie wären während des Bernsteinkriegs hier gewesen. Jeden Tag wurden Leichen an den Strand gespült.«

»Du wirst reich sein, wenn du das Fahrrad verkauft hast.«

»Da gibt's nur ein Problem. Lena hat's mit rausgenommen und vergessen, wo sie es gelassen hatte. Der Sand ist gewandert, und jetzt ist das Fahrrad verschwunden.«

Schenja und Lotte hatten einen Plan, der, genau wie eine Schachpartie, von den Zügen des Gegners abhing – davon, ob der Mann auf dem Flur sie hinausrufen oder in die Wohnung kommen würde, ob er allein war oder einen Komplizen hatte. Schenja würde die Pistole nehmen, und wenn er danebenschoss, konnte Lotte die Skistöcke einsetzen, vorausgesetzt, der Mann tat ihnen den Gefallen und kam in Reichweite. Vier Stunden von Alexis Frist waren bereits verstrichen, und Angst und Erschöpfung setzten ihnen zu.

In Schenjas Händen war die Pistole ein bleiernes Fragezeichen, Kontrollverlust statt Kontrolle, eine böse Vorahnung statt Entschlusskraft. Lotte musste dauernd auf die Tür starren, als sickerte bereits Blut über die Schwelle. Eine Idee zu einem Symbol folgte zögernd einer anderen, und manchmal vergingen Minuten, ohne dass ein Wort gesprochen wurde.

»Zwei ineinander verschlungene Ringe könnten Kooperation bedeuten«, meinte Lotte.

»Oder zwei Augen, zwei Eier, zwei Zimbeln, zwei Räder«, sagte Schenja.

»Du hältst es also für eine schlechte Idee.«

»Nein, aber wir haben nicht die Zeit, ein Lexikon zu werden.«

»Es passt zu den Gleichheitszeichen, den ›Ohren‹ für faire Anhörung und dem ›bla bla‹ der Sitzungseröffnung.«

Schenja schwieg.

»Hältst du es für möglich?«, fragte Lotte.

»Knifflig«, räumte er ein.

»Außer für einen Schachzocker, nehme ich an.«

»Ja.« Schenja war kein Psychologe, doch er hatte das Gefühl, bei jedem, der ihm gegenüber am Schachbrett Platz nahm, den Charakter und den Fähigkeitsgrad beurteilen zu können. Was er in den Notizen des Dolmetschers sah, deutete auf Eitelkeit. Was er in Lotte sah, war Ängstlichkeit, aber genauso viel Mut.

Er sagte: »Geld, chinesische Banken, Rubel, Dollars, U-Boote. Worauf läuft das alles hinaus?«

»Wofür steht das ›L‹?«

»Keine Ahnung.«

»Schwarze Feigen?«

»Tränen?«

»Öl«, sagte Lotte. »Wenn Russland nicht bar bezahlen kann, zahlt es mit Öl.«

»Und Erdgas, die weiße Träne.«

»Für was?«

Schenja fragte: »Und wenn nun die fünf Striche gar keine Striche sind, sondern eine Naht? Ein Flicken? Was, wenn es Reparaturen bedeutet?«

»Was ist mit Natalja Gontscharowa? Sie steht mit nichts in Verbindung.«

»Sie ist eine Anomalie«, räumte Schenja ein.

»Eine Anomalie ist etwas, mit dem man nicht umzugehen weiß. Ist der beste Anhaltspunkt nicht einer, der nicht zu passen scheint?«, fragte Lotte.

Skandale am Zarenhof waren nie Schenjas Stärke gewesen. »Soweit ich mich erinnere, hat Natalja Gontscharowa ihren Mann in ein Duell getrieben, und er wurde erschossen. Mehr weiß ich nicht. Taugt höchstens für Liebesromane.«

»Oder Mord«, sagte Lotte. »Ihr Mann war zufällig Puschkin, Russlands größter Dichter. Der andere Duellant trug einen Mantel mit Silberknöpfen. Puschkins Kugel prallte ab. Drei Tage später war er tot, und Natalja Gontscharowa fand Trost in den Armen des Zaren. Also, Ehebruch, Verschwörung, Zensur, Mord. Wo willst du anfangen?«

25

Die Sonnenblumen in Ludmilla Petrownas Garten waren inzwischen zerzaust, die Tomaten hingen schwer an ihren Rispen, die Zucchini waren überreif. Und das Unkraut wuchs und gedieh.

Ein Mops schoss aus der Haustür, jagte hinter einem Gummiball her. Der Hund erwischte den Ball, schüttelte ihn heftig und sauste zurück zu der Frau, die mit verschränkten Armen am Türpfosten lehnte.

»Polo!«, rief Arkadi.

Die Frau blickte auf. Der Hund blieb stehen und versuchte, in zwei Richtungen gleichzeitig zu schauen. Dann trug er den Ball mit einem entschuldigenden Ausdruck zu Arkadi.

»Sie sind wiedergekommen«, sagte sie.

»Ich fürchte, ja.« Arkadi löste den Ball aus dem Maul des Hundes. »Leider muss ich sagen, dass Ihr Freund keinen Sinn für Treue hat.«

Sie lächelte nicht, doch er hatte das Gefühl, dass sie auf eine grimmige Weise amüsiert war. »Jedes Mal, wenn ich mich um den Garten kümmern will, möchte Polo nur spielen.«

»Vielleicht ist das der Preis für Freundschaft.« Er blickte sich im Garten um. »Ihr Gemüse sieht aus, als würde es gleich platzen.«

»Ich habe ihm wohl zu wenig Aufmerksamkeit geschenkt.«

»Davon habe ich keine Ahnung«, sagte Arkadi. »Ich bin kein Gärtner.«

»Angeblich soll es ganz einfach sein. Man pflanzt es, und man gießt es.«

»Und hält den Hund fern. Ein großer Teil Ihres Gemüses sieht reif zum Ernten aus. Ich könnte Ihnen helfen.«

»Was ist mit Ihrer Ermittlung?«

»Die kann warten«, meinte Arkadi.

»Sie sind ein seltsamer Ermittler. Wie kommen Sie darauf, dass ich Hilfe brauche?«

»Als ich mit Maxim hier war, trugen Sie eine dunkle Brille, weil Sie lichtempfindlich sind.«

»Maxim passt immer auf mich auf.«

»Das war auch mein Eindruck. Und seither haben Sie kein Unkraut gejätet. Ihre Schwester war die Gärtnerin.«

»Woher wussten Sie das?«

Abgesehen von dem Hund, dem heruntergekommenen Garten und dem Fehlen der dunklen Brille? Er hatte stundenlang Tatjanas Stimme auf den Kassetten gelauscht. Er hätte sie überall erkannt.

Sie drehte sich um und ging ins Haus, und obwohl er nicht dazu eingeladen worden war, folgte Arkadi ihr. Der Mops folgte Arkadi, ließ auffordernd den Ball fallen und brachte ihn zurück, als er wegrollte. Während sie Wasser für Tee aufsetzte, betrachtete Arkadi die Andenken auf den Küchenregalen und Schränken. Familienfotos von Ludmilla Petrowna, auf denen sie Säuglinge und Kleinkinder in unterschiedlichem Alter auf dem Arm hielt. Postkarten aus der ganzen Welt. Gerahmte Fotos derselben zwei Mädchen mit strahlendem Lächeln und goldenem Haar beim Radfahren, im Kajak, eine Düne mit ausgestreckten Armen hinablaufend, als könnten sie fliegen.

»Wer war älter?«

»Sie. Wir sind nur zehn Monate auseinander.«

»Sind das Bilder von ihren Kindern?«

»Nein. Verwandte, Freunde, Kinder von Freunden. Trotz ihres schlechten Sehvermögens war Ludmilla eine begeisterte Amateurfotografin.« Sie stellte zwei Tassen mit Tee auf den Tisch und setzte sich. »Zucker?«

»Nein, danke.«

»Alle Männer, die ich kenne, trinken ihren Tee schwarz. Wie kommt das?«

»Weiß ich nicht. Warum saugen alle Frauen, die ich kenne, den Tee durch einen Zuckerwürfel?« Er erwischte sie dabei.

»Das ist eine lässliche Sünde, und von denen gibt es so viele. Ich hatte Ludmilla gebeten, nicht nach Moskau zu kommen, aber sie musste immer die große Schwester spielen. Sie litt darunter, sich Sorgen machen zu müssen, und ich fürchte, ich habe ihr das Leben schwer gemacht. Woher wussten Sie es? Ach so, die dunkle Brille.«

»Sie schienen auf wundersame Weise geheilt zu sein.«

»War es so einfach?«

»Mehr oder weniger.«

»Glauben Sie, ich komme hier lebend heraus?«

»Das bezweifle ich. Sie könnten es als Ludmilla versuchen, aber ich schätze, die haben Verdacht geschöpft.«

»Wie kommen Sie darauf?«

»Auf dem Weg hierher ist mir ein Mann in einem Auto aufgefallen, der Ihre Tür beobachtet.«

»Das ist Leutnant Stasow. Er hat mich zu seinem persönlichen Projekt gemacht, hat sich hereingedrängt und das Haus durchsucht. Jetzt lungert er auf der Straße herum.«

Eine Sekunde lang überkam Arkadi der Impuls, sie zu berühren, zu ergründen, ob sie aus Fleisch und Blut war, und er fragte sich, wie oft sie diese Wirkung auf Männer hatte, diese kaum spürbaren Schwingungen auslöste.

Er drängte weiter. »Gehen wir mal davon aus, dass derjenige, der Ludmilla umgebracht hat, in Ihrer Wohnung wartete. Wo waren Sie?«

»Ich habe bis spät mit Obolenski in der Redaktion gearbeitet. Maxim platzte herein und sagte, mein Tod sei gemeldet worden, ich sei von meinem Balkon gesprungen und wir müssten so schnell wie möglich aus Moskau verschwinden. Wenn man offiziell für tot erklärt wird, dann ist man es bald auch. Das ist eine Sache der Buchführung. Wir sind die ganze Nacht durch nach Kaliningrad gefahren. Ich wusste nicht, dass Ludmilla in meine Wohnung kommen würde.«

»Die Frage ist, wer hat sie hinabgestoßen? Sie wird geklingelt haben, als sie zu Ihrer Wohnung kam.«

»Ich war nicht da.«

»Aber Ludmilla hatte einen eigenen Schlüssel, oder?«

Ihre Stimme wurde hohl. »Ja. Meine Schwester wurde versehentlich für mich gehalten und ist gestorben. Jetzt bin ich am Leben und gebe vor, sie zu sein.« Obwohl ihr Tränen offensichtlich zuwider waren, wischte sie über ihre Augen, bevor sie das Thema wechselte. »Maxim hat mir von Ihrem Abenteuer am Strand erzählt. Sie haben also den Jungen kennengelernt, der sich Wowa nennt.«

»Der verhandelt ganz schön hart.«

»Ich weiß. Ich habe ihm fünfzig Dollar für das Notizbuch bezahlt.«

»Was steht drin?«

Sie seufzte. »Ich muss zugeben, dass ich es nicht weiß.«

Arkadi hätte fast gelacht. »Sie wissen es nicht? Menschen werden erschossen und von Balkons gestoßen für dieses Notizbuch, und Sie wissen nicht, warum?«

»Joseph, der Dolmetscher, wollte es für mich übersetzen.«

»Und es sollte eine Riesengeschichte werden, so gewaltig wie der Krieg in Tschetschenien oder eine Bombe in Moskau?«

»Das hat Joseph behauptet. Und der Beweis dafür stand im Notizbuch.«

»Hat er wenigstens Andeutungen gemacht?«

»Nur, dass niemand außer ihm es verstehen würde.«

»Warum war er bereit, Ihnen zu helfen? Warum war er bereit, sein Leben in Gefahr zu bringen?«

»Er wollte jemand sein. Er wollte mehr sein als ein Echo, was er sein ganzes Leben lang gewesen war. Außerdem glaubte er, ihm könne nichts passieren, da er alles in Notizen festhielt, die nur er lesen konnte.«

»Stattdessen ist es ein Gift, das von Hand zu Hand wandert.«

»Haben Sie das Notizbuch?«, fragte sie.

»Es ist bei einem Freund.«

»Einem Dolmetscher?«

»Könnte man so sagen.«

Der Tee war kalt geworden. Tatjana starrte hinaus zu den Wassermelonen, die angeschwollen und geplatzt waren.

»Das ist allein meine Schuld«, sagte Arkadi. »Wenn ich meine Nase rausgehalten und die Identifizierung von Ludmillas Leiche nicht infrage gestellt hätte, könnten Sie in Sicherheit sein.«

»Jetzt müssen Sie es zu Ende führen. Sie sind der Ermittler.«

Arkadi hörte ein Geräusch. Der Mops hatte eine Schranktür aufgeschubst und eine Packung Hundekuchen verstreut.

Tatjana fegte sie auf. »Was für ein kleines Schwein.«

»Das erinnert mich an etwas. Wie ist Polo hergekommen?«

»Maxim hat ihn später gebracht.«

»Eine lange Fahrt. Man muss durch den litauischen und den polnischen Zoll und so. Maxim hat es nichts ausgemacht, hin und her zu fahren?«

»Anscheinend nicht.«

Arkadi überlegte, was sie ihr wohl antun würden, diese Zensoren, die Journalisten mit einer Pistole oder einem Knüppel folgten. Genau wie sie es sich gefragt haben musste.

»Kennen Sie Stasow?«, fragte Tatjana.

»Wir haben telefoniert.«

Das Tor war offen. Arkadi schob eine Jalousie zur Seite und blickte zu dem Mann in einem ramponierten Audi, der auf der gegenüberliegenden Straßenseite vor einem Reisebüro parkte, das »Romantisches Kroatien zu Billigpreisen« anbot. Der Mann sah nicht aus, als suchte er Romantik.

»Haben Sie eine Waffe?«, fragte Arkadi.

»Haben Sie eine?« Sein Schweigen war Antwort genug. »Was für ein hilfloses Paar menschlicher Wesen.«

Arkadi zuckte mit den Schultern. So war es wohl.

Er ging durch die anderen Zimmer. Das Haus war klein, alle Räume gingen von einem schmalen Flur ab. Die Möbel waren aus Vorkriegseiche. Ahnen blickten aus ovalen Rahmen. Das Hinterzimmer war in eine Dunkelkammer verwandelt worden. Die Hintertür ließ sich nicht öffnen.

»Sie werden nichts finden. Stasow hat meinen Laptop mitgenommen.«

»Aber er glaubt immer noch, dass Sie Ludmilla sind?«

»Bisher. Ich habe alles gelöscht.«

Auf dem Bett lag ein bis oben vollgepackter Rucksack.

Das sah nicht nach jemandem aus, der sich damit abgefunden hatte, in der Falle zu sitzen.

»Wo ist Ihr Kanarienvogel? Er hat seinen Käfig wohl gleich mitgenommen.«

»Bei einer Freundin.«

»Dann sind Sie also zum Aufbruch bereit.«

Sie brauchte eine Sekunde für die Antwort. »Schon möglich. Wohin?«

Sie betrachtete Arkadi mit einem Blick, der ihm sagte, er bäte um mehr Vertrauen, als er verdient habe. Wie lange kannte sie ihn schließlich schon? Fünfzehn Minuten? Und was konnte er für sie tun, während sie in der Falle saß?

Arkadi ging zuerst mit Polo hinaus und rollte den Gummiball des Hundes unter das Auto des Polizisten. Der Mops bellte so hysterisch, dass Arkadi brüllen musste. »Nicht bewegen.«

Stasow ließ das Fenster an der Beifahrerseite herunter. »Was? Wovon reden Sie?«

»Mein Hund ist unter Ihrem Auto. Wenn Sie es bewegen, überfahren Sie ihn.«

»Dann holen Sie ihn raus.«

»Ich werde es versuchen, wenn Sie stehen bleiben.«

»Ich bleibe ja stehen, Himmel noch mal.«

»Er hat einen Ball gejagt.«

»Holen Sie einfach den verdammten Hund raus. Was für ein Idiot.«

»Haben Sie die Handbremse angezogen?«

»Beeilen Sie sich gefälligst, oder ich überfahre Sie beide.«

»Er ist nur ein Welpe.«

»Gleich wird er Matsch auf der Straße sein, wenn Sie ihn nicht rausholen.«

»Können Sie von Ihrer Seite die Leine erreichen?«

»Nein, ich kann die verfluchte Leine nicht erreichen.«

»Oh, gut, da kommen noch mehr Leute zu Hilfe.«

»Wir brauchen nicht mehr Leute.«

»Sie können einem Welpen doch nicht die Schuld geben.«

»Ich erschieße Sie, wenn Sie nicht gleich vom Auto weggehen.«

»Ach, jetzt ist er anscheinend verschwunden.«

»Verschwunden?«

»Oh, ich sehe ihn. Alles in Ordnung, Gott sei Dank.« Arkadi zog Polo an der Leine heraus und hob ihn hoch. Inzwischen war Tatjana aus dem Gartentor geschlüpft und hatte sich unter die Käufer zwischen den Ständen gemischt.

»Sieben Buchstaben, eine Hunderasse, fängt mit den Buchstaben ›Af‹ an.«

»Ich glaub es nicht«, sagte Schenja.

»Kommt schon, seid nicht solche Stockfische. Ihr löst ein Rätsel, ich löse ein Rätsel. Wir können uns gegenseitig helfen. Okay, beliebte Fernsehserie, ein Wort, fängt mit ›Da‹ an. Ihr könnt doch sowieso nirgends hin. Na gut, wenn ihr nicht wollt.«

Ein halbe Stunde verging, bevor der Mann im Flur seinen Mund wieder an die Tür drückte. »Seid doch nicht so stur. Ein Wort, fängt mit Da an.«

»Dallas«, sagte Lotte.

»Passt. Na, seht ihr, das war doch nicht schlimm. Jetzt könnt ihr mich was fragen.«

»Sie fragen?«

»Fair ist fair.«

Schenja überlegte, wie der Mann auf der anderen Seite der Tür wohl aussah. Groß oder klein? Dünn oder dick? Schaukelte er zwischen zwei Morden ein Kleinkind auf dem Schoß? Schenja und Lotte warteten mit dem einen Schuss aus Arkadis Pistole und den Skistöcken unter dem Tisch.

»Unser Rätsel ist anders«, sagte Schenja.

»Du klingst sehr überheblich. Ich versuche doch nur zu helfen.«

»Haben Sie Kinder?«, fragte Lotte.

»Nein, nein. Nichts Persönliches. Persönliches ist verboten. Ich sollte nicht mal mit euch reden.«

»Dann lassen Sie es«, sagte Schenja.

»Wie du willst. Dir bleibt noch etwa eine Stunde, nach meiner Uhr. Hör zu, ich rede nur mit dem Mädchen. Sie braucht nicht mal was zu sagen. Schreib es auf ein Stück Papier, schieb es unter der Tür durch.«

»Das ist totale Zeitverschwendung«, meinte Schenja. »Der Mann ist ein Killer. Er will uns nur quälen.«

»Ich rede bloß mit ihr.«

Lotte nahm ein Stück Papier vom Tisch, schrieb den Buchstaben ›L‹ darauf und schob das Papier unter der Tür hindurch.

»Mehr nicht?«, fragte der Mann.

»Kommt bestimmt was Tolles bei raus«, knurrte Schenja. »Der würde einen Afghanischen Windhund nicht mal erkennen, wenn der ihn beißt.«

Das Papier kam zurück. Der Mann auf der anderen Seite der Tür sagte: »Die römische Zahl für fünfzig. Kommt in jedem verdammten Kreuzworträtsel vor.«

Lotte ging die Liste der Bedeutungsmöglichkeiten für den Buchstaben ›L‹ durch und schaute Schenja an. »Das ist uns entgangen.«

»Es könnte fünfzigtausend, fünfzig Millionen, fünfzig Prozent bedeuten.«

»Wofür? Und was ist mit den eingekreisten Wespen?«

Schenja merkte, wie er auf Lottes Brust schaute. »Die Wespe«, sagte er. »Wenn sie im Bernstein gefangen ist, dann ist Bernstein der Anhaltspunkt, nicht die Wespe.«

Im Flur läutete ein Handy. Der Rätselmann ging dran und hörte sich unglücklich an.

»Alles in Ordnung?«, fragte Schenja.

Schweigen von der anderen Seite der Tür.

»Kommt Alexi zurück? Uns bleibt immer noch eine halbe Stunde.«

Wieder nichts.

»Sie haben uns gerade gesagt, wir hätten noch fast eine Stunde«, sagte Lotte.

Nichts.

»Sie können niemanden vorzeitig töten.« Noch während er das sagte, war Schenja bewusst, wie lächerlich es klang. »Ist er immer noch dran? Lassen Sie mich mit ihm reden.« Er öffnete die Tür, soweit die Kette es zuließ, und der Rätselmann hielt das Handy in den Spalt. »Alexi, wir machen Fortschritte.«

»Was habt ihr rausgefunden?«

»Das ist kein gewöhnliches Notizbuch oder ein Sitzungsprotokoll. Es gibt kein Datum. Ich weiß nur, dass ein U-Boot repariert wird und beträchtliche Mengen russischer Rubel den Besitzer wechseln werden.«

Alexi schwieg, aber das Schweigen war bedeutungsvoll. Bei einer Schachpartie war das der Moment, in dem einem Spieler nichts anderes übrig blieb, als seinen König aus der Deckung der hinteren Reihe zu bringen und mit ihm in die Mitte des Schachbretts zu stürzen.

»Da wird noch ein weiteres Treffen stattfinden«, sagte Schenja.

»An Bord der *Natalja Gontscharowa*?«

»Ja.« Was hätte er sonst sagen sollen?

»Danke, das ist alles, was ich wissen musste. Gib dem Mann das Handy zurück.«

Schenja reichte es hinaus und schloss die Tür.

»Hat es funktioniert?«, fragte Lotte.

»Keine Ahnung.«

Von der anderen Seite der Tür kam nur Stille. Kein »Du hast es geschafft, Junge!«. Nur ein beklemmendes Gefühl und ein trockener Mund.

Lotte und Schenja schauten sich nicht mehr an. Es war nicht fair. Wenn sich jemand an einen Zeitplan halten sollte, dann ein Henker. Sie nahmen den Straßenlärm wahr, die Leere des Gebäudes, das Geräusch eines Schalldämpfers, der auf den Lauf einer Waffe geschraubt wurde. Schenja war erst siebzehn. Schach, fand er, war ihm nicht mehr so wichtig. Er hatte davon geträumt, dass eine Schacheröffnung nach ihm benannt wurde. Jetzt kamen ihm alle Spiele trivial vor. Er hatte andere Ambitionen. So seltsam es war, aber er fand, es könnte gar nicht mal so schlecht sein, Ermittler zu werden wie Arkadi.

Lotte beschloss, Schach für Musik aufzugeben. Ihre Familie war immer künstlerisch gewesen. Sie hörte, wie ein Bogen über die Saiten eines Kontrabasses gezogen wurde. Irgendwas Grimmiges von Wagner. *Götterdämmerung*. Der Fall der Götter.

Schenja zog die Pistole aus dem Gürtel, aber Lotte stand ihm im Weg. Sie versuchte die Tür zuzuhalten. Er griff nach ihrer Hand, und sie lehnten sich zusammen gegen die Tür.

Der Rätselmann warf sich mit aller Kraft dagegen. Die Kette riss, und Schenja erblickte einen dünnen Mann mit rot geäderter Hakennase, der versuchte, eine Waffe durch den Spalt zu schieben. Die Tür knallte zu und wurde von einem alten Mann in Bademantel und Pantoffeln geöffnet.

»Lotte! Ich hab dich gefunden!« Lottes Großvater, der

Feigling, kämpfte um die Waffe. »Du musst weglaufen!« Der Rätselmann stieß ihn beiseite.

Die Tür knallte zu. Schenja hörte, wie ein Kopf gegen den Türpfosten krachte. Die Tür öffnete sich erneut, wie ein frisch gemischtes Kartenspiel, als Viktor Orlow den Rätselmann noch zweimal gegen den Türpfosten rammte und ihn dann die Treppe hinunterwarf.

26

Mit weißem Licht vorne und rotem hinten wand sich eine Reihe von Radfahrern durch den frühen Abend, jagte unter Straßenlaternen dahin, kurvte durch Straßen und Parks.

Arkadi und Tatjana hatten sich zu einem der zweitägigen Ausflüge angemeldet, die der Fahrradladen anbot, und Polo bei einer Nachbarin gelassen.

Sich der Gruppe anzuschließen, war Tatjanas Idee gewesen. Sie hatte jeden Fluchtplan abgelehnt, den Arkadi vorgeschlagen hatte. Den Ausflug des Fahrradladens hatte er nur nebenbei erwähnt, und sie hatte sofort zugegriffen. Sie liehen sich Fahrräder plus Ausrüstung. Arkadis Matrosenjacke wurde als ungewöhnliche Bekleidung gewertet, und Karl, der Ladenbesitzer, fragte ihn, wann er zum letzten Mal geradelt sei.

»Ist schon eine Weile her. Ich glaube, ich brauche eine Hosenklammer.«

Karl musterte ihn von Kopf bis Fuß. »Solange Sie Geld für ein Taxi haben.«

Die Radfahrer waren keine politische Gruppe. Die Hälfte war weiblich. Die meisten hatten Schlafsack und Zelt dabei, und obwohl die Strecke nur fünfzig Kilometer betrug, kaum als Tour zu bezeichnen, lag Erwartung in der Luft, vor allem, nachdem sie die Stadt hinter sich gelassen hatten.

Arkadi kippelte am Anfang, aber der Verkehr war dünn, und er fand seinen Gleichgewichtssinn wieder. Tatjana stemmte sich gegen den Wind und schien sich sichtbar wohlzufühlen. Militärlaster fuhren vorbei, doch das war bei dieser Nähe zum Heimathafen der Baltischen Flotte zu erwarten.

Karl übernahm die Führung. Auf ein Zeichen von ihm bogen die Räder auf einen fast unsichtbaren Pfad zwischen schmalen Birken ab und kämpften sich durch hüfthohen Farn zu einer schwarzen Palisade aus Tannen. Schließlich machte die Gruppe bei einem Kreis rußgeschwärzter Steine halt. Sofort sammelten die Frauen Holz, und die Männer stellten Zelte auf. Arkadi bekam eine windige Zwei-Personen-Angelegenheit aus Nylon und Plastikstangen. Als das Lagerfeuer brannte, wurde ein Festmahl aus Wodka, Wein, Würsten, Rückenspeck und Brot auf Zeitungspapier ausgebreitet.

Die anderen Radfahrer kannten einander anscheinend alle. Karl beugte sich über das Lagerfeuer und meinte zu Arkadi: »Deine Freundin sollte den Helm abnehmen. Wir sind hier alle Freunde.«

Tatjana nahm den Helm ab. Niemand ließ sich anmerken, ob er die berühmte Journalistin aus Moskau erkannte hatte.

»Schon viel besser«, sagte Karl, als wäre eine Schwelle zur Freundschaft überschritten worden.

Alle griffen zu. Die Radfahrer waren in den Dreißigern und Vierzigern, hauptsächlich gut aussehend, weil sie fit waren. Klim war Buchhalter, Tolja Feuerwehrmann, Ina Lehrerin, Katja Kosmetikerin. Arkadi konnte sich nicht alle Namen merken, vor allem weil ihre Gesichter im Feuerlicht tanzten.

Ina reichte Arkadi ein Glas Wodka. »Was machst du?«

»Ich bin Ermittler.«

»Und diese Dame, nehme ich an, ist eine *femme fatale*?«

»Genau«, sagte Tatjana.

»Tja, es gibt eine Lagerfeuertradition wilder Geschichten, aber es gibt auch die Tradition der Lieder.« Karl zog aus dem Dunkeln eine Gitarre hervor.

Sie sangen von Frauen mit dunklen Augen, Wölfen mit gelben Augen, Zigeunern, Seeleuten, weinenden Müttern, Eisenbahnschienen, die sich bis zum Horizont erstreckten, jedes Lied begleitet von einer Runde Wodka. Wangen röteten sich, und als das Feuer runterbrannte, bemerkte Arkadi, dass sich Ina, die Lehrerin, bis zur Taille ausgezogen hatte.

Karl sagte: »Die Freikörperkultur hat in den baltischen Staaten eine lange Tradition.«

»Das sehe ich«, erwiderte Arkadi.

»Manche machen es, manche nicht.«

Karl hatte auch eine Balalaika mitgebracht, immer eine Einladung an jemanden, Kasatschok zu tanzen wie ein Kosak. Noch halbwegs in der Hocke, sackte Klim um wie ein waidwundes Reh, ein Zeichen für die Klubmitglieder, das Feuer einzudämmen und schlafen zu gehen. Aber nicht für lange. Arkadi hörte, wie Leute von einem Zelt ins andere schlichen.

Tatjana zog den Reißverschluss ihres Zeltes zu. »Das ist doch verrückt.«

»Sie wollten aus der Stadt hinaus.«

»Nicht auf Kosten jeglicher Würde.«

»Sie können meine haben. Ist zwar angeschlagen, aber Sie können sie haben.«

Arkadi rollte eine Schaumstoffmatte aus, die den Bodenbelag aus Tannennadeln etwas abfederte. Dunkelheit verstärkte die Geräusche: das Wischen der Tannenzweige, Zirpen der Grillen, Blubbern der Kröten.

»Ich muss gestehen, dass es einen Nudistenstrand auf der Nehrung gab«, sagte Tatjana. »Als Ludmilla und ich klein waren, haben wir uns dorthin geschlichen und gegafft. Den gibt es wahrscheinlich immer noch.«

Füße tappten am Zelt vorbei, und ein Zeh wurde angestoßen. Arkadi wartete darauf, dass derjenige weiterging.

»Kommt mir wie eine schlecht organisierte Orgie vor«, sagte er.

Sie lachte beinahe.

»Und morgen?«, fragte er. »Kaliningrad ist gefährlich für Sie, und Moskau ist auch nicht besser.«

»Ich werde darüber nachdenken. Vielleicht beruhigt sich alles.«

»Sie sind schon einmal ermordet worden. Ich würde sagen, die Dinge sind zu weit gegangen.«

»Nicht für Sie. Sie können nach Moskau zurückkehren.«

»Nein«, erwiderte er, obwohl er erkannte, wie sehr er sich hatte hineinziehen lassen und wie unbedeutend seine Rolle war. Das hier war ihr Drama, und ihm ging auf, dass sie an Flucht nicht interessiert war. Vielleicht war Flucht das Letzte, was sie im Sinn hatte.

Sie schliefen so weit voneinander entfernt, wie es im Zelt möglich war, doch die Nacht war kühl, und er wachte davon auf, dass sie sich an seinen Rücken geschmiegt hatte. In den anderen Zelten war es still, vom Lagerfeuer drang nur das Knacken der Glut herüber.

Der Name des Vollstreckers war Fedorow. Er war kleiner und älter, als Schenja erwartet hatte, und trug den dreiteiligen Anzug und das Menjoubärtchen eines Schauspielers aus der Stummfilmzeit. Obwohl Viktor ihn mit Handschellen am Heizkörper angekettet hatte, gab sich der Mann immer noch profihaft.

»Mir gefiel der Auftrag nicht. Kinder umzubringen, behagt mir nicht. Ich sollte nur auf sie aufpassen. Alexi sagte, lass sie nicht abhauen oder irgendwelchen Krawall machen. Mir kamen sie recht nett vor.«

»Aber du hättest sie trotzdem erschossen?«

»Ich hätte getan, was mir befohlen wurde. Was soll man machen?« Mit einem Schulterzucken schaute er zu Lotte. »Tut mir leid.«

»Das ist der Unterschied zwischen Ihnen und uns.« Sie half ihrem Großvater zum Aufzug. Der Maler war von seinem Mutanfall völlig erschöpft.

»Mag sein.« Mehr fiel ihm nicht dazu ein, diesem Meuchelmörder, der Kreuzworträtsel löste, um die Zeit totzuschlagen. Schenja suchte nach verräterischen Zeichen, dem Zucken und Blinzeln, das einen Schachzug verriet, bevor er ausgeführt wurde. Fedorow würde sich bei Viktor einschleimen, weil dort die Macht lag.

»Ein kluges Mädchen, aber unrealistisch.« Fedorow gelang es, eine Zigarettenpackung und ein Wegwerffeuerzeug herauszufummeln. »Wollen Sie eine?«, fragte er Viktor. »Nein? Könnte ich einen Aschenbecher haben? Finden Sie diese alten Wohnungen nicht herrlich? Hohe Decken, Kamine, Parkettboden. Ehrlich, ich bin froh, das niemand zu Schaden gekommen ist. Ich bin die geschädigte Partei, nicht wahr? Das lässt sich alles regeln. Könnten Sie wohl die Handschellen etwas lockern?«

»Ich glaube, die Handschellen sind nicht dein Problem«, sagte Viktor. »Dein Problem ist, ob du in zehn Minuten noch lebst.«

»Tja, um es unverhohlen zu sagen, Sie sind ein notorischer Säufer, und der Junge ist ein Zocker. Ich glaube, ihr zwei erkennt erst jetzt, in welchen Schwierigkeiten ihr steckt. Ist nur meine Meinung.«

Viktor ließ sich Zeit beim Öffnen einer Fanta-Dose. Bei

Verhören, wie in der Komödie, ging es nur um das richtige Timining.

»Worauf ist Alexi aus?«, fragte er.

»Auf Rache, nehme ich an. Versucht, Grischas Mörder zu finden. Das ist seine Sohnespflicht.«

»Was hat das mit dem Notizbuch zu tun, an dem die Kinder arbeiten?«

»Keinen Schimmer. Könnte ich etwas Eis haben? Ich habe grässliche Kopfschmerzen. Sie haben meinen Kopf durch die verdammte Wand gehauen. Ich sollte wahrscheinlich ins Krankenhaus.«

»Was hat Alexi genau gesagt?«

»Ich soll warten, bis er zurückkommt. Dann ruft er an und sagt, er will, dass ich mich sofort um die Kinder kümmere. Keine losen Enden, so was in der Art.«

»Hat er Ermittler Renko erwähnt?«, fragte Schenja.

»Wer ist Ermittler Renko?«, wollte Fedorow von Viktor wissen.

»Antworte dem Jungen«, sagte Viktor.

»Geht es Renko gut?«, fragte Schenja so hitzig, dass selbst Viktor erstaunt war.

»Weiß ich doch nicht. Wissen Sie, mir geht gerade auf, dass Sie, da ich eigentlich nichts getan habe, überhaupt keine rechtliche Handhabe besitzen, mich festzuhalten. Vielleicht sollte ich Sie wegen tätlichen Angriffs und Freiheitsberaubung anzeigen. Sie können von Glück sagen, wenn ich mich so mit Ihnen einige.«

»Rede mit dem Jungen«, sagte Viktor.

Fedorow bemerkte die Makarow auf Schenjas Schoß und richtete sich auf dem Ellbogen auf, um besser fragen zu können: »Ist das meine Waffe? Schenja, ist das dein Name? Kannst du überhaupt mit einer echten Waffe umgehen, Schenja?«

Schenja zerlegte die Pistole in Schlitten, Feder, Gehäuse und Magazin, wie Arkadi es ihm beigebracht hatte.

»Hä?«, kam es von Fedorow, leicht erstaunt.

Schenja setzte die Pistole wieder zusammen und richtete sie auf Fedorow. »Wo ist Alexi?«

»Das ist doch verrückt. Ich hab klargemacht, dass ich keine Fragen von einem Kind beantworte.«

»Red nicht mit mir, rede mit ihm«, sagte Viktor.

»Wer weiß? Alexi hat seinen eigenen Jet. Mal ist er hier, mal da ...«

»Werd nicht nervös«, sagte Viktor.

»Ich bin nicht nervös, verdammt.«

»Sag's nicht mir, sag's ihm.«

»In Kaliningrad?«, fragte Schenja.

Fedorow lächelte. »Mag ja sein, dass er fähig ist, eine Waffe zusammenzusetzen. Was nicht bedeutet, dass er auch abdrücken kann.«

»Du hast den Schalldämpfer vergessen.« Viktor reichte Schenja ein mattschwarzes Rohr.

»Man hat schon hundertmal mit Waffen vor mir herumgefuchtelt, das können Sie mir glauben«, schnaubte Fedorow. »Bei Kindern ist das alles nur Angabe.«

Schenja schraubte den Schalldämpfer auf den Lauf.

Fedorows Lächeln ging die Luft aus. »Ich warne Sie, kleine Jungs sollten nicht mit geladenen Waffen spielen.«

»Schenja ist kein Junge«, sagte Viktor.

Die Pistole gab ein leises »Popp« von sich, und neben Fedorow spritzten Parkettsplitter hoch.

»Wo ist Alexi?«, fragte Schenja.

»Du bist verrückt!«

Schenjas zweiter Schuss ließ den Boden neben Fedorows anderer Seite splittern. Seine Hautfarbe wurde talgig, sein Gesicht verzerrte sich.

»Wo ist Alexi?«, fragte Schenja.

»Ich weiß es nicht!«

Schenja setzte Fedorow den Schalldämpfer an die Schläfe und drückte so langsam auf den Abzug, dass der Mann den Zündmechanismus der Pistole einrasten hörte.

»Kaliningrad«, presste Fedorow heraus. »Da sind sie alle. Alexi, Abdul, Beledon, einfach alle.«

»Ich habe eine Mitfahrgelegenheit für meinen Großvater gefunden«, rief Lotte, als sie zur Tür hereinkam. Sie hielt inne, nahm Schenja, die Pistole und den Korditgestank wahr und verschwand sofort wieder im Aufzug.

Schenja polterte die Treppe hinter ihr her, prallte gegen die Wände. Er erwischte sie im Eingangsflur, aber sie riss sich von ihm los.

»Du bist nicht besser als er«, kreischte sie. »Du brauchst nur eine bessere Ausrede.«

»Es ist nicht das, was du denkst.«

»Was ist es dann?«

»Ein Spiel.« Schenja setzte den Pistolenlauf an seine Schläfe und drückte auf den Abzug. Der Hammer klickte auf ein leeres Patronenlager. »Ein Hütchenspiel. Ich habe das Magazin entladen und nur zwei Patronen eingelegt. Ich bin kein Killer, bloß ein Zocker.«

Viktor fand Babysitter.

Die Kriminalbeamten Slowo und Blok hätten in Sotschi sein sollen, doch zwei Tage nach ihrer Pensionierung waren sie wieder da. In Moskau waren sie Männer mit Autorität. In Sotschi waren sie dickbäuchige, alternde Nullen in Sandalen, die mit anderen Nullen in Sandalen Supermarkt-Einkaufswagen mit billigem australischem Wein beluden, auf ein Lächeln der Kassiererin hofften, Presskaviar auf durchweichte Cracker häuften, auf dem Sofa mit einem

Glas in der Hand besinnungslos wurden. Sie waren nur zu glücklich, Fedorow zu bewachen, mit Handschellen an einer Pritsche in Viktors Lieblingssäuferzelle festgemacht.

Verbindung zu Arkadi herzustellen, war nicht so einfach.

»Wisst ihr, was mich beglücken würde?«, fragte Viktor. »Wenn er sich wenigstens die Mühe machen würde, uns anzurufen. Wo ist er? Hat er sich verkrochen, oder ist er draußen auf See? Denn seine Freunde aus Moskau, die sind alle in seine Richtung unterwegs.«

27

Arkadi und Tatjana stahlen sich vor Tagesanbruch von den schlafenden Radfahrern fort und fanden die Straße mithilfe ihrer Fahrradleuchten. Salzgeschmack lag in der Luft, und die Birken verneigten sich und seufzten. Tatjana führte, und er folgte ihr.

Als die Sonne aufging, trat der Urlaubsort Selenogradsk allmählich aus der Dunkelheit hervor, voll mit Fischbuden, Spielhallen und, entlang der Promenade, Umrissen von Vorkriegshotels mit spitzen deutschen Dächern. Am Strand sahen einige Frühaufsteher den Wellen zu, wie sie aufliefen und im Sand erstarben.

»Die Saison ist vorbei«, sagte Tatjana beim Fahren. »Jetzt kommen nur noch Vogelbeobachter. Selenogradsk liegt auf dem Zugweg von Habichten und Adlern. Ludmilla und ich waren ständig hier.«

Der Ort versank hinter ihnen. Arkadi bemerkte den Kiosk und die Tattoo-Poster, die er mit Maxim gesehen hatte. Derselbe Strandgutsammler zog seinen Schlitten am Straßenrand entlang. Nach Norden wurde die Straße einspurig. Häuschen verwandelten sich in Fischerhütten und wurden immer weniger, während der Strand sich zu einer Sandbank mit einem Haff auf der einen Seite und dem Meer auf der anderen verengte. Kein einziges Auto. Nur das Geräusch der Brandung.

»Der Zauber ist immer noch da.« Tatjana klang trotz allem erfrischt.

Als es nur noch ganz vereinzelte Häuschen gab, hielt sie bei einem mit verblichenem Anstrich und Fachwerk an, wie das Pfefferkuchenhaus einer armen Hexe. Arkadi erkannte es von einem Foto, das er in Ludmillas Küche gesehen hatte.

»Manchmal kommt monatelang niemand her. Ludmilla hatte den einzigen Schlüssel.«

Sie suchte unter einer Ansammlung von Gartenzwergen, Seesternen und Muscheln. Arkadi sah ihr kurz zu, fand dann eine Harke zum Strandgutsammeln und hebelte ein Fenster auf.

»Das Häuschen gehört Ihnen, nicht wahr?«, sagte er. »Ziemlich stattlich für eine Fischerhütte.«

»Praktisch illegal.«

Die Hütte hatte ein Wohnzimmer mit einem Kamin, eine Küche mit Holzofen, ein Wasserklosett, zwei Schlafzimmer und eine mit Fliegengitter bespannte Schlafveranda. Wasser zum Waschen kam aus einer Pumpe. Brettspiele füllten eine Truhe, Taschenbücher quollen aus einem Regal, und in der Speisekammer gab es nur noch Würstchen in Dosen und eingelegte Heringe. Ein Ring mit mehr Schlüsseln als notwendig hing an der Wand.

»Da gibt es auch noch einen Lagerschuppen«, erklärte Tatjana.

Sie führte Arkadi hinaus und schloss einen Holzschuppen auf, nicht viel größer als eine Sauna. An einem Mittelständer hingen Fahrräder. Sie waren mit langen Kabelschlössern gesichert. Die Räder waren zweckdienlich, nichts Besonderes, eine vernünftige Wahl, dachte Arkadi, wenn man bedachte, dass das Häuschen monatelang leer stand. Auf Borden lagen alltägliche Hämmer und Sägen, daneben standen Gläser mit Nägeln und Schrauben, nach Größe sortiert, handbeschriftete Dosen mit Dichtungsmittel und Farbe und so seltsame Gerätschaften, wie sie nur ein Heimwerker zu schätzen wusste. In einer Ecke waren Gartenmöbel mit Kabeln zusammengebunden und sammelten Staub an. Von Angelzeug war nichts zu sehen.

Als sie in die Hütte zurückkehrten, ließ sich Arkadi in einen Korbstuhl fallen. Seine Beine verrieten ihm, dass er seit Jahren nicht mehr Rad gefahren war.

Tatjana huschte von Zimmer zu Zimmer.

»Mein Vater liebte dieses Häuschen.«

»Was war er für ein Mann?«

»Er war Historiker und pflegte gern zu sagen: ›Je weniger man weiß, desto besser.‹«

»Was ist denn das für ein Historiker?«

»Ein russischer. Er sagte, in einem normalen Land schreitet Geschichte voran. Entwickelt sich. Aber in Russland kann sie in jeder Richtung verlaufen oder vollkommen verschwinden, worum uns die ganze Welt beneidet. Stellen Sie sich ein Kaliningrad in irgendeiner anderen Gegend vor.«

»War Ihr Vater depressiv?«

»Absolut.« Sie kam zurück und ließ sich auf einen Schaukelstuhl sinken. »Sein größter Wunsch war, dass Russland einfach so wäre. Nicht perfekt, bloß normal. Was ist mit Ihrem Vater?«

»Eher mörderisch als depressiv. Man könnte sagen, der Krieg hat ihm erlaubt, Dampf abzulassen.«

Licht umrahmte sie. Arkadi fand sie nicht schön im konventionellen Sinn. Ihre Stirn war zu breit, ihre Augen waren zu grau, und ihr Verhalten war viel zu provokativ.

»Maxim behauptet, Sie wären lieber ein strahlender Meteor als ein beständiger kleiner Mond«, sagte er.

»Maxim sagt viele dumme Sachen.«

»Weiß er von diesem Häuschen?«

»Ich habe ihn mal mit hergebracht.«

»Na toll.«

»Er möchte etwas Grandioses tun.«

»Er liebt Sie immer noch, nicht wahr?«

»Das weiß ich nicht.«

»Doch. Er war bereit, mit anzusehen, wie Alexi mich unter eine Tonne Ballast am Hafen von Moskau zerquetscht.«

»Sie lügen.«

Arkadi beschrieb die Szene. »Ich habe einen Zeugen. Polo. Er hat mir das Leben gerettet. Maxim dachte wahrscheinlich, sie würden mir bloß Angst machen wollen und er könnte Alexi zurückhalten. Alte Dichter verlieren ihr Zeitgefühl. Das lässt vermutlich als Erstes nach, wie die Beine eines Boxers. Jedenfalls glaube ich nicht, dass Maxim es getan hat, um mich auszuschalten. Er wollte Sie schützen, wollte mich daran hindern herauszufinden, dass Sie am Leben sind.«

»Jetzt will er sein Leben riskieren. Ich habe ihm gesagt, dass es in seinem Alter nicht mehr darauf ankommt.«

»Wenn Sie mir die Offenheit verzeihen, Sie zu lieben ist ganz schön schwierig.«

»Und Sie?«, fragte Tatjana. Arkadi wusste nicht, was sie damit meinte, und sie wechselte das Thema, als spürte sie, dass sie sich einem Abgrund näherten. »Ludmilla und ich sind immer die Dünen rauf und runter gerannt. Jeden Tag waren sie anders. Andere Stelle, andere Form. Und natürlich hat unser Vater uns beigebracht, wie man nach Bernstein sucht. Er fand, die einzig wirkliche Geschichte sei Geologie, alles andere sei nur Meinung. Wissen Sie, dass die Ostsee das jüngste Meer der Welt ist?«

»Sind wir deswegen hier, um zuzuschauen, wie das Meer alt wird?«

»Nicht ganz.« Sie ruckte nach vorne, um ihm eine Zigarette anzubieten.

»Nein, danke.«

»Sind Sie sicher?«

Sie klopfte auf das Päckchen und fing eine Speicherkarte auf, die dabei herausfiel. Die Karte war aus Plastik und etwa von der Größe eines Streichholzheftchens, wie man sie in Restaurants bekommt.

»Was ist da drauf?«, fragte Arkadi.

»Was hätten Sie gerne? Den Mord an Journalisten, das Niederknüppeln von Demonstranten, Korruption an der Spitze, die Vergewaltigung natürlicher Ressourcen durch einen Ring alter Kumpane, eine verlogene Demokratie, die Errichtung von Palästen, ein ausgehöhltes Militär? Wären Sie eine Quelle gewesen, hätte Ihnen oder jemandem, der Ihnen nahestand, die Erwähnung von irgendetwas davon eine Kugel in den Kopf eingebracht. Hier ist alles drauf, in einzeilig getippten Artikeln.«

»Aber sie sind alle veröffentlicht, nicht wahr? Es gibt nichts Neues?«

»Das Notizbuch. Das Notizbuch ist neu. Nur habe ich es nicht. Ich habe all diese Daten, die zur Spitze der Pyramide führen, doch ich kann die Spitze nicht erreichen, ohne zu wissen, was Grischa getan hat, und das steht im Notizbuch. Ich weiß, wer, aber ich weiß nicht, was. Ihre Experten könnten wissen, was es ist, nur würden sie nicht wissen, wer dahintersteckt. Erzählen Sie mir von den Leuten, die daran arbeiten. Sind es Linguistikexperten oder militärische Analysten?«

»Nur zwei Kinder, die Schach spielen.«

Sie sank zurück. »Das ist alles?«

»Ja. Sie kennen sich gut mit Spielen aus.«

»Wirklich Kinder?«

Arkadi nickte.

»Joseph…« Sie musste lachen. »Joseph war sicher, dass das Notizbuch unmöglich zu entziffern wäre, weil man sein Leben gelebt haben musste, um sein persönliches Vokabular zu verstehen. Seine anspruchsvolle Musik, Bücher, Filme und so weiter.«

»Um ein Schweizer mittleren Alters zu sein, der vermutlich Mozart verehrte? Nein. Er kann von Glück sagen, diese beiden zu haben.«

»Armer Joseph. Er steckte zu tief drin.«

»Und Sie haben ihn da reingeritten.«

»Ja, das stimmt«, erwiderte sie nach kurzem Nachdenken. »Glauben Sie, ich habe Sie auch reingeritten?«

»Zweifellos.«

Viktor verschob einen Sessel so, dass er die Eingangstür von Arkadis Wohnung im Blick hatte. Jeder, der hereinkam, würde zuerst an ihm vorbeimüssen. Alle paar Minuten sah er auf sein Handy, falls Arkadi eine SMS geschickt oder eine Nachricht hinterlassen hatte. Viktor konnte das Internet nicht ausstehen.

»Erzähl's ihm«, drängte Lotte.

»Da geht es um was Nautisches«, sagte Schenja. »Marine, Schiff, U-Boot, Torpedo, Wasser, Meer.«

»Ich sag dir, worum es geht«, meinte Viktor. »Viel Geld, das den Besitzer wechselt, und lauter Ganoven, die sich gegenseitig im Auge behalten. Keiner vertraut keinem. Darum treffen sie sich.«

»Erklär es ihm«, drängte Lotte wieder.

»Ja, bitte«, sagte Viktor.

»Meiner Meinung nach steht Folgendes im Notizbuch: ›Die Werft Rote Dämmerung in China stimmt zu, Russland zwei Milliarden zu zahlen, um ein U-Boot zu reparieren und seetüchtig zu machen. Vielleicht fünfzig Prozent an das russische Verteidigungsministerium und fünfzig Prozent an anonyme Partner von …‹«

»Irgendwas mit Bernstein«, warf Lotte ein. »Das muss es sein.«

Schenja war irritiert, fuhr jedoch fort: »Und es wird nicht öffentlich verbucht werden. Die Beteiligten werden sich auf dem Schiff *Natalja Gontscharowa* treffen.«

»Damit meinst du Grischas Jacht.«

»Nehme ich an.«

»Nur ist Grischa tot, und die Notizen sind zwei Wochen alt.«

»Dann treffen sie sich noch mal, alle bis auf Grischa«, sagte Schenja.

»Wer trifft sich?«, fragte Viktor.

»Das wissen wir nicht«, gab Lotte zu.

Viktor schnippte eine weitere Fanta-Dose auf. »Amateure.«

28

Arkadi und Tatjana saßen auf der Veranda und sahen zu, wie schaumige Wellen auf den Strand rollten. Am Dachsims blähten sich Spinnennetze im Wind. Tatjanas Stift flog regelrecht über das Papier ihres Blocks. Sie sah so schmächtig aus, eine Motte im Lampenlicht, und man konnte sich nur schwer vorstellen, dass sie unter bewaffneten Männern Wut und Furcht verbreitete.

»Darf ich mir die Frage erlauben, was Sie da schreiben?«

»Ein *Opus horribilis*. Oder eine Chronik der Korruption, wie immer Sie es nennen wollen. Korruption taucht in so vielen Formen auf, dass man kaum weiß, wo man anfangen soll. Stellen Sie sich einen Rüstungskonzern vor, der drei Milliarden Rubel aus seinem Budget zum Bau von Docks für Atom-U-Boote unterschlägt. In echtem Geld sind das hundert Millionen Dollar, die in Immobilien investiert wurden. Als die Polizei die Wohnung eines der an der Unterschlagung Beteiligten durchsuchte, fand sie Kunstwerke, Schmuck und, wer hätte das gedacht, den Verteidigungsminister persönlich, mit seiner Geliebten.

Aber das ist nichts im Vergleich zum Abzweigen von sieben Milliarden Rubel von unserem Satellitennavigationssystem, was für die Fehlstarts unserer Satelliten verantwortlich sein könnte. Die Liste ist endlos. Der Verteidigungsminister gibt zu, dass ein Fünftel des Militäretats gestohlen wird. Kaum vorstellbar, was bei einer unabhängigen Ermittlung herauskommen würde.«

Sie schrieb mühelos, doch ihm fiel auf, dass an ihrer Aussage etwas Verhaltenes war, Ausgeklammertes, Unvollständiges.

»Das ist alles?«

»Kurz gesagt, ja.«

»Haben Sie einen Kassettenrekorder?«

»Eine Journalistin hat immer einen Kassettenrekorder.« Sie griff in ihren Rucksack und reichte Arkadi den Rekorder. »Wieso?«

Er zog eine Kassette aus seiner Matrosenjacke. »Die trage ich seit Tagen nur deshalb mit mir herum, weil ich sie in Ihrer Wohnung gefunden habe und in sehr kleiner Schrift ›Wieder‹ auf dem Etikett steht. Wieso wieder?«

Er drückte auf »Start«. Vom Band war ein blechernes, aber deutliches Geräusch zu vernehmen, ein fortwährendes, metallisches Klopf, Klopf, Klopf, Kratz, Kratz, Kratz, bis Tatjana den Rekorder ausschaltete.

»Ein SOS vom U-Boot *Kursk*«, sagte sie. Genauso gut hätte sie »Hölle« sagen können.

»Warum beschäftigt Sie ein Unglück auf See, das vor über zehn Jahren passiert ist?«

»Nichts hat sich geändert«, antwortete sie.

Arkadi wartete.

Schließlich fuhr sie fort. »Als die Torpedos auf der *Kursk* explodierten, ließ die Pressestelle unserer Marine verlauten, auf dem U-Boot sei es zu ›unbedeutenden technischen Schwierigkeiten‹ gekommen. Da war das U-Boot bereits auf dem Meeresboden aufgeschlagen. Insgesamt machten wir vierzehn vergebliche Versuche, die eingeschlossenen Männer zu retten, bevor die Hilfe der Norweger angenommen wurde. Die gesamte Mannschaft von einhundertachtzehn Männern starb. Wie konnte das auf einem U-Boot der Roten Marine passieren? Was haben wir daraus gelernt? Dass die Torpedos instabil waren, die Klappen sich nicht schließen ließen und, am wichtigsten, dass Reporter, als sie die Wahrheit enthüllten, strafrechtlich wegen Verleumdung verfolgt werden konnten. Das haben wir daraus gelernt.«

»Das ist Vergangenheit.«

»Nein, das ist die Zukunft. Wir haben ein neues Atom-U-Boot, mit fast denselben Problemen wie auf der *Kursk*.«

»Wie heißt es?«

»Die *Kaliningrad*.«

»Wie sonst.«

»Da gibt es nur ein Problem. Die *Kaliningrad* genügt den Anforderungen nicht. Sie wagen nicht, sie einzusetzen. Das U-Boot muss vollständig überholt werden. Die ursprünglichen Konstruktionskosten beliefen sich auf hundert Milliarden Rubel, und die Überholung wird noch mal so viel kosten, und trotzdem sind der Kreml und das Verteidigungsministerium glücklich damit.«

»Wie ist das möglich?«

»Das steht alles im Notizbuch. Ich weiß bloß, dass wir keine Regierung mehr haben, nur noch Diebe.«

»Schreiben Sie darüber? Die *Kaliningrad* als nur ein weiteres Beispiel?«

»Nein, das ist nicht dasselbe. Die *Kursk* war ein Beispiel für Inkompetenz. Die *Kaliningrad* ist ein Beispiel für Inkompetenz und Gier. Auf ihr liegt Blutfluch. Das ist ein schwarzer Fleck, den Putin niemals auslöschen kann.«

»Vielleicht können die Probleme des U-Boots ja wenigstens technisch gelöst oder behoben werden?«

»Mag sein. Meiner Erfahrung nach ist es jedoch leichter, Reporter auszuschalten. Der Dolmetscher Joseph wusste Bescheid, und er ist tot.«

»Wer wusste von Ihrer Verbindung zu Joseph?«

»Niemand außer meinem Chefredakteur.«

Sergei Obolenski hatte auf Arkadi den Eindruck eines Klatschmauls gemacht, doch niemand musste geplaudert haben. Der Dolmetscher Joseph Bonnafos hatte seinen Zweck erfüllt. Nach Beendigung des Treffens war er ein loser Faden, der abgeschnitten werden musste.

»Sie spielen wieder den Ermittler«, meinte Tatjana.

»Ich probier's von Zeit zu Zeit.«

»Wozu? Hier haben Sie keine Befugnis.«

»Die habe ich nirgends, aber ich gehe den Dingen gerne auf den Grund.«

»Das klingt nach einem perversen Vergnügen.«

»Ist wohl leider so. Was wissen Sie über Grischa?«

»Persönlich? Er war reich, er war gefürchtet, und er hatte seinen Spaß. Ein volles Leben, könnte man sagen.«

»Als Geschäftsmann?«

»Geschäftsmann, öffentlicher Wohltäter und Mafiaboss.«

»Sowohl in Kaliningrad als auch in Moskau.«

»Tja, er war ein Mann mit Ambitionen. Ein Anführer.«

»Und wie würden Sie Alexi beschreiben?«

»Als verrückt.« Das Word hatte einen scharfen Beiklang.

»Sie werden sich doch von ihm fernhalten, nicht wahr?«, meinte Arkadi.

»Er hat meine Schwester umgebracht.«

»Das glaube ich auch, aber vergessen Sie Ape Beledon oder den Rest von Grischas Sargträgern nicht. Die sind alle fähig, jeden umzubringen, der ihnen im Weg steht. Für sie ist es wie das Erschlagen einer Fliege.«

»Sie können ein richtiges Ungeheuer sein«, meinte Tatjana emotionslos.

»Aus einem Geschlecht von Ungeheuern.« Er reichte ihr den Kassettenrekorder. Als Tatjana danach griff, kippte ihr

Rucksack um, und eine Pistole fiel heraus. Eine kleine Pistole, wie Frauen sie eher zur Beruhigung als zum Schutz bei sich tragen. »Also haben Sie doch eine Waffe mitgebracht.« Er hob sie hoch und ließ ein geladenes Magazin aus dem Griff schnellen. »Sehr gut. Nur eines ist schlimmer, als eine Waffe bei sich zu haben, und das ist, eine ungeladene Waffe zu tragen, doch Sie müssten nahe herankommen, um mit der hier Schaden anzurichten.«

»Ich wollte nur, dass Alexi den Mord an Ludmilla gesteht.«

»Und wenn er es tut?«

»Erschieße ich ihn. Ich schreibe mein letztes Kapitel aus dem Grab, und dann mache ich mich zufrieden aus dem Staub.«

Arkadi dachte an Tatjanas Vater, einen Mann, dem es lieber war, nicht zu viel zu wissen. Er blickte hinauf zu einem dunklen Wolkenstreifen, der sich über den Horizont erstreckte und das Meer aufzusaugen schien.

Auf dem Computer fand Schenja ein Bild der *Natalja Gontscharowa*. Die Angaben zur Jacht waren beeindruckend: hundert Meter vom Bug bis zum Heck, mit einem Motor von siebentausend PS und einer Höchstgeschwindigkeit von achtundzwanzig Knoten. Sie war ein Schlag ins Gesicht der Arbeiterklasse. Andererseits hatte Schenja noch nie ein so elegantes und schnittiges Boot gesehen.

»Warum sollten sich Verbrecher aus Moskau in Kaliningrad treffen?«, fragte Lotte. »Warum sich dort einschleichen?«

»Durch den Kaliningrader Flughafen kann man sich nicht einschleichen«, erwiderte Viktor. »Der ist viel zu klein. Außerdem könnten einem Teile vom Dach auf den Kopf fallen.«

Schenja rief bei der Kaliningrader Flughafenpolizei an und wurde abgewimmelt.

Viktor übernahm. »Sie stinkender Scheißhaufen, wer sind Sie, die Moskauer Polizei infrage zu stellen? Sie werden mir Auskunft geben, oder ich reiße Ihnen die Gedärme aus dem Arschloch. Verstanden?«

Sofort wurde das Verhalten des Mannes entgegenkommender. Das Aufkommen an privaten oder gecharterten Flugzeugen sei stärker als gewöhnlich, sagte er. »Sie hätten vor ein paar Stunden hier sein sollen. Da kam dieser Rapper Abdul an. Der Tschetschene. Wir haben Maßnahmen ergriffen. Ein Privatflugzeug und ein auf der Rollbahn wartendes Auto. Half alles nichts. Sobald die Frauen ihn sahen, wurden sie hysterisch. Sie haben ihn dazu gebracht, alles zu singen, und ich meine alles. Könnten Sie so leben?«

»War er allein?«

»Kein Gefolge. Ein paar Geschäftsleute. Das hat mich ein bisschen enttäuscht. Ich hatte wenigstens ein oder zwei Supermodels erwartet.«

»Wann wird Abdul Kaliningrad verlassen?«

»In seinem Privatflugzeug? Er ist Milliardär. Der kann starten, wann immer er will.«

»Warten Sie, ich hätte da noch ein paar Namen. Rufen Sie mich an, wenn einer von denen eintrifft oder abfliegt.« Viktor nannte dem Mann die Namen und seine Handynummer, bevor er das Gespräch beendete.

»Also hat das zweite Treffen vielleicht noch nicht stattgefunden. Warum sollte Abdul sonst in Kaliningrad sein?« Schenja wies darauf hin, dass im Notizbuch einer der Teilnehmer durch einen Halbmond gekennzeichnet war, ein islamisches Symbol. »Könnte damit Abdul gemeint sein? Sonst noch was?«

»Was ist mit der Kugel in Arkadis Kopf?«, fragte Lotte.

Das Gespräch versiegte.

Sie sagte: »Schenja hat mir erzählt, eine Ärztin hätte Arkadi gewarnt, die Kugel in seinem Kopf könnte sich um einen Millimeter verschieben, und er würde tot umfallen. Er darf nichts Anstrengendes tun. Sollte er dann nicht zu Hause sein und sich ausruhen? Sie sind sein Freund – ist er selbstmordgefährdet?«

Viktor dachte darüber nach. »Nein, aber er ist auch kein Sonnenschein.«

Tatjana hatte Kleidung zum Umziehen und einen Stapel Papiere in ihrem Rucksack mitgebracht. Im Lampenlicht blätterte Arkadi Papiere zum Handelsregistereintrag für Kurische Investments, die Kurische Bank, Kurische Renaissance, den Kurischen Investmentfonds durch, alles Tochterfirmen von Kurischer Bernstein. Insgesamt ganz schön was los für eine Sandbank, dachte er.

»Alles bezieht sich auf Kurischer Bernstein, aber in dem Bernstein-Tagebau hat sich nicht viel getan, als ich da war.«

»Abbau mit Hochdruckpumpen ist dreckig, jedoch hervorragend geeignet für Geldwäsche.«

»Also ist alles hier in Besitz eines praktisch nicht existierenden Bernstein-Tagebaus. So, wie die ihn nutzen, ist er eine Goldmine.«

»Das war Grischas Erfindung. Ich blicke da immer noch nichts ganz durch. Jeder hat einen großen Traum. Jeder Kriminelle will einen BMW fahren, und jeder Politiker muss in einem Palast wohnen. Nur unsere Matrosen sind bereit, sich mit einem bescheidenen Seemannsgrab zufriedenzugeben.«

»Von dem Moment an, als Sie begonnen haben, diese Papiere zu sammeln, haben Sie sich zur Zielscheibe gemacht.«

»Nur habe ich weder verlässliche Fakten noch Namen, was mich verrückt macht.«

Der Strahl eines Scheinwerfers strich über das Fliegengitter der Veranda.

»Runter«, sagte Arkadi.

Ein Schnellboot kam näher, versuchte, nicht mit der Breitseite in die Brandung zu geraten.

»Ist das Maxim?«, fragte Tatjana. »Er sollte es doch besser wissen.«

»Das ist nicht Maxim.«

Arkadi machte Alexi am Ruder eines schlanken, hölzernen Rennboots aus, ein klassisches Wahrzeichen von Motorbootprahlerei und die schlechteste Wahl, um an einem Strand zu landen. Er kam zentimeterweise näher, ohne seitlich abzudriften und zu kentern, hätte jedoch ein flaches Schlauchboot wählen sollen, das zum Landen bei rauer See geeignet war.

»Tatjana Petrowna! Ich will mit Ihnen reden! Kommen Sie raus, und zeigen Sie sich!«, brüllte Alexi.

»Er hängt fest. Er kann nicht näher herankommen«, sagte Arkadi.

Der Suchscheinwerfer strich über das Fliegengitter und die Ecken der Veranda.

»Wenn Sie rauskommen, erzähle ich Ihnen, was mit Ihrer Schwester passiert ist. Sie sind Journalistin, wollen Sie die Einzelheiten nicht hören?«

Der Wind riss seine Worte fort. Er bugsierte das Boot vor und zurück, ließ den Innenbordmotor husten und rumpeln.

»Renko, wollen Sie nicht wissen, was mit Ihrem Jungen passiert ist? Mit Schenja? Kümmert Sie das nicht?«

»Welcher Junge?«, flüsterte Tatjana. »Sie haben einen Sohn?«

»In gewisser Weise.«

Alexi rief: »Ist euch beiden denn alles egal?«

Der Suchscheinwerfer fand Tatjana, als sie die Verandatür öffnete und die Stufen zum Strand hinunterging. Alexi bedeutete ihr, näher zu kommen. Der Himmel riss auf, und im blendenden Licht des Blitzes hob Alexi eine Waffe und schoss.

Der Schuss verfehlte sein Ziel. Alexi war ein guter Seemann, aber was er da tat, erforderte Hände am Ruder und an der Waffe, während das Deck unter seinen Füßen in alle Richtungen schlingerte. Ein Schuss ging ins Wasser, der nächste in die Luft.

Tatjana duckte sich nicht. Für sie schienen die Schüsse irrelevant zu sein, verachtenswert, nicht schlimmer als Regen. Arkadi erreichte sie und spürte ein heißes Zupfen am Ohr. Wellen rauschten heran, breiteten sich aus und glitten zurück. Alexi schoss weiter, bis der Hahn auf ein leeres Patronenlager klickte, wie das letzte Aufbäumen einer Schlange.

Dann setzte das Boot zurück, wippte und schaukelte durch die Wellen und verschwand in der Dunkelheit.

»Halten Sie still.« Tatjana tupfte Arkadis Ohrläppchen ab. »Wir haben Glück. Mein Vater hat von allem riesige Vorräte angelegt. Wir haben Mullbinden und Antiseptikum bis ins nächste Jahrtausend. Halten Sie bitte still. Für einen Ermittlungsbeamten sind Sie ganz schön zimperlich.«

»Woher wusste Alexi, dass wir hier sind?«

»Keine Ahnung, aber es wird eine Weile dauern, bis er zurückkommt. An der Nehrung gibt es keine Möglichkeit, ein so großes Motorboot wie seines festzumachen. Dann muss er erst ein Auto holen und hierherfahren. Wird vermutlich Stunden dauern.«

»Das ergibt doch keinen Sinn. Warum ist er überhaupt in so einem Boot gekommen?«

»Er war in Eile. Menschen, die in Eile sind, treffen falsche Entscheidungen.«

»Wir können nicht mehr warten. Wir müssen sofort aufbrechen.«

»Sofort«, wiederholte sie.

Tatjana strich ihm das Haar vom Ohr. Ein Pflaster würde reichen. Er spürte ihren Atem an seinem Hals. Das und der Schmerz ergaben eine seltsame Kombination. Ihre Hand verharrte länger, als notwendig war. Er spürte ihren Körper an seinem lehnen. Dann war ihr Mund auf seinem, und seine Hände glitten in ihr Hemd, über die Wölbung ihres Rückens, über die Wärme und Kühle ihres Körpers. Als er mit ihr am Strand gestanden hatte, war er unverwundbar gewesen, trotz des Streifschusses. Wie konnte sie so viel Kraft ausstrahlen und sich gleichzeitig an ihn klammern, als würde sie ohne ihn ertrinken?

Ihre Tiefe war erstaunlich. Endlos. Und in ihren Augen sah er einen besseren Mann, als er es zuvor gewesen war.

»Danach« war ein überstrapaziertes Wort, fand Arkadi. Es bedeutete so viel. Die Verschiebung der Planeten, eine Million Jahre. Ein neues Meer.

»Alexi wird wiederkommen«, sagte Tatjana, doch ohne Dringlichkeit. »Erzähl mir von Schenja.«

»Da gibt's nicht viel zu sagen.«

»Erzähl mir alles.«

»Er ist siebzehn, still, dürr, sehr intelligent, unschlagbar im Schach, mutig, ehrlich, hinterlistig, ein hervorragender Schütze und will momentan in die Armee eintreten. Seine Eltern sind tot.«

»Hast du sie gekannt?«

»Seiner Mutter bin ich nie begegnet. Sein Vater hat auf mich geschossen.«

»Der Vater war ein Verbrecher?«

»Ja.«

»Hat Schenja deswegen Schuldgefühle?«

»Nicht dass ich sie bemerkt hätte. Außerdem sollte er keine haben. Wir haben, könnte man sagen, eine komplizierte Beziehung.«

»Liebst du ihn?«

»Ja, doch ich fürchte, das hat ihm nicht viel gebracht. Jedes Mal, wenn wir zusammen sind, geraten wir aneinander. Wir treten uns ständig auf die Füße. Andererseits, wenn ich einen Sohn hätte, würde ich mir wünschen, dass er wie Schenja wäre. Wie gesagt, es ist kompliziert.«

»Ich glaube, du bist zu hart gegen dich. Lass uns den Augenblick genießen.«

»Ist das erlaubt?«

Tatjana fand eine Matratze, der reinste Luxus. Sie rollte sich zu ihm und erwiderte: »Eindeutig nicht erlaubt.«

»Du glaubst, wir werden dafür zahlen müssen?«

»Tausendmal.«

»Warum?«, fragte Arkadi.

»Weil Gott so ein Mistkerl ist und dich mir fortnehmen wird.«

29

Arkadi und Tatjana zogen sich im Dunkeln an und trugen ihre Fahrräder zur Straße.

Ihnen stand nur eine Richtung offen. Alexi würde vermutlich drei Stunden benötigen, um das Motorboot loszuwerden und mit einem Auto von Süden her zurückzukehren. Die nördliche Hälfte der Nehrung gehört zu Litauen, und nach dem, was Arkadi von seiner Fahrt mit Maxim in Erinnerung hatte, lagen die Wachen vom Grenzübergang wahrscheinlich längst in ihren Betten. Man konnte praktisch durchmarschieren.

Was reine Fantasie war, wie er wusste. Alexi hatte sie aus der Hütte gejagt. Sie waren Mäuse auf der Flucht. Die Batterien ihrer Frontleuchten waren fast leer, und der Lichtstrahl wurde schwächer. Auf der einen Seite rauschte das Meer, auf der anderen knarrten die Bäume. Arkadi hatte keine Ahnung, wie weit sie gekommen waren. Er dachte, wenn sie einfach so weiterführen, würden sie von der Dunkelheit verschluckt wie Jona vom Wal und nie wieder gesehen werden.

Tatjanas Frontleuchte erlosch zuerst, und sie schloss fast bis zu Arkadi auf, um in Kontakt zu bleiben.

Wie maß das Herz Entfernungen? Wie viele Umdrehungen der Pedale? Wie viele Umdrehungen der Räder? Die auflaufenden Wellen am Strand und die über den Dünen schwankenden Bäume ahnte er mehr, als dass er sie sah.

Als Arkadis Frontleuchte aufgab, hielt er Tatjana an,

und sie blieben in der Dunkelheit stehen, bewegten sich nicht, während Sand um ihre Füße wirbelte. Direkt vor ihnen hörte er Atmen. Zögernd. Wartend.

Ein blendendes Licht erfüllte die Straße. Der Strahl war bläulich-weiß und ging von dem uralten Suchscheinwerfer an der Grenzstation aus, suchte diesmal jedoch nicht nach hoch fliegenden Bombern, sondern Zielen, die sich zu Fuß näherten. Selbst als Arkadi seine Augen beschattete, konnte er nicht mehr erkennen als das Mündungsfeuer automatischer Waffen, und er konnte nicht unterscheiden, ob es Grenzwachen oder Alexis Männer waren. Zwischen Arkadi und der Grenzstation strömten Elche über die Straße, ein Wirbel aus Schatten in mittlerer Höhe, Umrisse mit schmückenden Geweihen. Die Elche liefen verwirrt durcheinander, gingen unter Bäumen in Deckung und trabten weiter, während über ihnen und um sie herum Äste zersplitterten und Kugeln durch die Luft pfiffen.

Arkadi und Tatjana trugen ihre Räder und zogen sich am Rand des Suchscheinwerferstrahls durch ein Birkengehölz zurück. Das Licht schien sich ewig weit zu erstrecken, bis es schwächer wurde und dann wieder stärker, als die Scheinwerfer eines Autos auftauchten.

Arkadi zog Tatjana auf den Boden. »Bleib unten.«

Das Auto fuhr an ihnen vorbei und hielt an. Der Suchscheinwerfer der Grenzstation wurde ausgeschaltet und durch Strahlen hin und her geschwenkter Taschenlampen ersetzt.

Arkadi hörte das Öffnen von Autotüren und erkannte Alexis Stimme.

»Habt ihr sie?«

»Noch nicht, aber wir wissen, dass sie da sind.«

»Dann lasst die Hunde raus.«

»Haben wir schon, nur sind da all diese verdammten Hirsche.«

»Elche, du Idiot.«

»Was auch immer. Die Hunde drehen völlig durch.«

»Habt ihr sie wenigstens gesehen?«

»Glaube schon.«

»Dann findet sie.«

»Und was ist mit den Vogelbeobachtern?«

»Wir werden rechtzeitig gewarnt. Die Straße wird die ganze Zeit überwacht.«

Nachdem Alexi weggefahren war, kämpften sich Arkadi und Tatjana durch das Geäst. Gelegentlich ertönten Schüsse. Schließlich verließen andere Autoscheinwerfer den Grenzposten, pflügten sich durch die Dunkelheit, und die Nacht wurde still.

Die Morgendämmerung brach nur allmählich an, enthüllte Dünen auf der einen Seite der Straße und das Meer auf der anderen. Arkadi und Tatjana fuhren langsam, sprachen nicht. Vor ihnen tauchte eine Gestalt aus dem Nebel auf, im Schlepptau ein Schlitten voller Abfall. Der Strandgutsammler. Genauso gut hätte er ein Pilger, ein Bettelmönch oder ein Wolgaschiffer mit seinem Treidelseil sein können. Jedenfalls war er Teil des Hintergrunds, jemand, den man sah, ohne ihn wahrzunehmen. Er zögerte, wie ein Mann es tut, wenn ihm Geister begegnen. Arkadi glitt im Leerlauf vorbei, bevor er abrupt die Richtung änderte. Tatjana tat auf der anderen Seite das Gleiche. Der Strandgutsammler brauchte einen Moment, um in Bewegung zu kommen, doch dann war er wie verwandelt. Er ließ sein Seil los, kippte den Schlitten um, und alles purzelte herunter. Von der Last befreit, raste er an Tatjana vorbei, die Knie hoch, stolperte und fand das Gleichgewicht wieder, verlor dabei jedoch Tuch und Sack. Während Arkadi sich durch rollende Dosen und Flaschen pflügte, hoppelte der Strandgutsammler hakenschlagend wie ein Hase eine Düne hinauf. Arkadi ließ sein Rad fallen und kletterte ihm nach, rutschend wie auf einem Laufband aus Sand. Am Scheitelpunkt der Düne erwischte Arkadi ihn an den Knöcheln und zog ihn hinunter. Der Mann war klein, wirkte halb verhungert, und die Augen quollen ihm aus dem Kopf.

»Sie haben uns beobachtet«, sagte Arkadi.

»Nur beobachtet. Das ist doch nichts Schlimmes.«

»Und Alexi Bericht erstattet.«

»Ich habe gar nichts getan. Bin nur die Straßen entlanggegangen, und Sie haben mich angegriffen. Ich kenne meine Rechte.«

»Vergessen Sie Alexi. Wo ist der Metzger? Der Mann mit dem Kastenwagen und dem Schwein auf dem Dach. Wie heißt er, und wo kann ich ihn finden?«

»Nein. Kommt nicht infrage.«

Angst verlieh ihm Kraft. Der Strandgutsammler zerrte seine eine Hand so weit frei, dass er Arkadi Sand ins Gesicht werfen konnte. Bis Arkadi sich die Augen ausgewischt hatte, war der Mann zwischen den Kiefern verschwunden.

Als Arkadi zu Tatjana zurückkehrte, war sie dabei, den Abfall aus Getränkedosen und Flaschen, Treibholzstücken, Muscheln, Tuch und Sack zu durchsuchen. Im Sack fand sie ein Butterbrot und ein Handy.

»Er ist weg«, sagte Arkadi.

»Macht nichts, der wird nicht so bald mit jemandem sprechen.« Tatjana reichte ihm das Handy.

Er klickte die Anrufliste an. Der letzte war ein Anruf bei einer Kaliningrader Nummer, nur wenige Minuten zuvor. Arkadi drückte auf Kontakte. Die Nummer gehörte Alexi.

»Alles in Ordnung?«, fragte sie.

»Klar, tut mir nur leid, dass er mir entkommen ist.«

»Hat er irgendwas gesagt?«

»Nein, nichts.«

Wenn man auf der Flucht ist, gibt es verschiedene Möglichkeiten. Man kann entweder flüchten oder sich unters Volk mischen. Im Touristenort Selenogradsk kauften sie sich Umhänge mit Kapuze und Ferngläser, um sich den Vogelbeobachtern anzuschließen, die der Route der Zugvögel folgten. Wie war das wohl, ganz normale Menschen zu sein? Mit einem Kind und einer Großmutter, die zu Hause warteten, einem Topf Wasser auf der Heizung, einer Katze mit einem wunderlichen Namen, ohne Furcht davor, dass ein Nachbar einem die Pistole an den Kopf hielt. Als ein schwarzes Auto vorbeifuhr, spielten sie die frisch Verheirateten und schlüpften in ein Andenkengeschäft, um sich nach den Preisen für Bernstein zu erkundigen. Überall gab es Bernstein zu kaufen, als Anhänger, Armbänder und Ketten, honigfarben oder dunkel wie Sirup, mit Apfelkernen oder den Flügeln einer Urzeitfliege, die zum letzten Mal gesummt hatte, als das Harz sie zu umschließen begann.

»Du genießt das«, sagte Arkadi. »Du magst die Jagd, selbst wenn du die Gejagte bist.«

»Als ich Kind war, habe ich nie verstanden, warum sich die Mädchen, wenn die Spiele begannen, immer hinsetzten, während die Jungs den ganzen Spaß hatten.«

»Du hast dich nicht verändert.«

»Ich bin eine Frau, die nicht gern zurückgelassen wird, wenn es das ist, was du meinst.«

Sie war diejenige, die das Internetcafé fand, ein in das Flimmern der Bildschirme getauchtes Kellerlokal. Fluoreszierende Aufkleber schmückten die Wände. An einem Tresen gab es Espresso und Kräutertee. In Lavalampen hoben und senkten sich Blasen. Nur zwei andere Nutzer waren da. In getrennten Nischen, mit Kopfhörern, umweht von Zigarettenqualm und den fruchtigen Schwaden aus Wasserpfeifen, nahmen die Stammgäste des Cafés einander nicht wahr.

Arkadi rief zunächst in seiner Wohnung an. Er brachte nur ein »Hallo, Schenja« heraus.

Die Stille am anderen Ende dehnte sich so lange, dass Arkadi schon befürchtete, sich verwählt zu haben, bis Schenja flüsterte: »Bist du das, Arkadi? Du lebst?«

»Ich fürchte, ja.«

»Ich auch.«

Auf einem Schild an der Wand stand »Kein Bloggen, kein Flamen, kein Skypen«. Doch die Kellnerin, ein Mädchen mit kahl geschorenem Kopf und blau tätowierten Armen, erklärte, das sei nur für Touristen gedacht, nicht für Königs, die gebürtigen Kaliningrader.

Sobald die visuelle Verbindung hergestellt war, tauchten Schenja, Viktor und ein hübsches, rothaariges Mädchen auf dem Schirm auf.

»Das ist Lotte, nehme ich an«, sagte Arkadi. »Sie muss eine gute Freundin sein.«

Während der gegenseitigen Vorstellung wurde Arkadi von Lotte mit unverhohlener Neugier gemustert. Was für einen Anblick er abgeben musste, dachte Arkadi. Ein abgehalfterter Gaul neben der schönen Tatjana. Sie musterte Schenja auf fast die gleiche Weise. Viktors Miene blieb unbewegt, und er behielt die Treppe des Cafés im Auge.

Von Alexis Männern war nichts zu sehen. Das hier ist nicht ihre Szene, dachte Arkadi. Alexi war nicht Grischa. Er war berechnend, aber ihm wurde nicht dieselbe Loyalität oder derselbe Respekt entgegengebracht. Er war pervers, und selbst in der Unterwelt nutzte sich das ab. Männer, die ungeachtet des schlechten Wetters unermüdlich die

Straßen hätten absuchen sollen, verzogen sich in eine Hotelbar auf einen Drink, um die Kälte aus ihren Knochen zu treiben.

Schenja hielt das Notizbuch so, dass Tatjana es erkennen konnte. Sie hatte es früher schon gesehen. Trotzdem war es erstaunlich, in welcher Schnelligkeit sie die Seiten überflog.

»Lotte hat rausgekriegt, dass die Symbole mit Doppelpunkt für die Leute stehen, die bei dem Treffen gesprochen haben. Das waren die Partner«, erklärte Schenja.

»Der Erste unter den Partnern muss Grischa Grigorenko gewesen sein.«

»Der Mann mit dem Zylinder und dem Strich drunter.«

»Als Nächstes der Mann ohne Strich drunter«, sagte Tatjana. »Ape Beledon. Alt und tödlich. Der Halbmond könnte Abdul sein. Abdul verdient ein Vermögen mit Videos und noch mehr damit, Gasleitungen zu schützen, die durch Tschetschenien verlaufen.«

»Ich habe keine Ahnung, für wen die Steine stehen«, gab Schenja zu.

»Bausteine. Die Schagelmanns, Isaak und Valentina, haben ein Bauunternehmen. Sie bauen Straßen, Hochhäuser, Einkaufszentren. Sie wollten sogar mein Wohnhaus abreißen. Bei den letzten beiden Partnern bin ich mir nicht so sicher. Der Stern steht für die Staatsmacht, jemand auf einem hohen Posten im Verteidigungsministerium oder ein führender Kopf im Kreml. Einer von denen, die überall ihre Finger drin haben. Und China. Joseph Bonnafos sprach Chinesisch, aber auch Russisch, Französisch, Deutsch, Englisch und Thai.«

»Und die Wespe?«, fragte Viktor.

»Bernstein«, sagte Lotte.

Schenja verkündete stolz: »Wir glauben, es ging um eine

Vereinbarung zwischen der chinesischen Regierung und einem Geschäftsunternehmen, das dem Kreml nahe steht.«

»Könnte es die Kurische Renaissance sein?«, fragte Arkadi. »Die Kurische Bank? Kurische Investments?«

»Nein.«

»Kurischer Bernstein«, warf Tatjana ein.

Am anderen Ende entstand eine lange Pause. Dann rief Lotte: »Das ist es.«

»Ich habe dieses seltsame Unternehmen seit Jahren im Auge gehabt«, sagte Tatjana. »Nach außen hin ist Kurischer Bernstein ein praktisch zum Erliegen gekommener Tagebau auf der Nehrung. Gräbt man ein bisschen tiefer, kommt zum Vorschein, dass er auch die Dachgesellschaft für die Kurische Bank, Kurische Investments, Kurische Renaissance und den Rest ist. Das Ganze war Grischas Erfindung, eine Möglichkeit, Geld in alle Richtungen zu verschieben. Wer sollte ihn aufhalten? Er war ein Milliardär mit Verbündeten auf allen Ebenen. So weit bemerkenswert, aber nicht einzigartig. Moskau hat Dutzende Grischas. Das, worauf Joseph Bonnafos anspielte, hätte ein Coup sein sollen, der Grischa von allen anderen abhob. Es hätte aber auch zu einer ähnlichen Katastrophe führen können wie auf der *Kursk*.«

»Ich glaube, Kurischer Bernstein plant, ein chinesisches Atom-U-Boot hier zu reparieren«, sagte Schenja. »Da wird ein Preis von zwei Milliarden Dollar erwähnt. Wäre Grischa damit nicht eine Klasse für sich?«

Das ist nicht die einzig mögliche Interpretation, dachte Arkadi. Tatjana dachte es auch, wie er ihrem Gesicht ansah. Doch es war eine Summe, die Respekt hervorrief. Selbst Arkadi spürte es kurz.

»Was nichts an der Tatsache ändert, dass Grischa trotzdem nur ein Dieb war. Sie sind alle Diebe«, knurrte Viktor.

»Irgendwie war die Reparatur nur ein Plan, Geld zu stehlen. Viel Geld.«

»Wird Alexi irgendwo im Notizbuch erwähnt?«, fragte Arkadi. »Hat er nicht das Gefühl, der rechtmäßige Erbe zu sein und dass alles, was Grischa besaß, jetzt ihm gehört? Alexi hat von Anfang an versucht, sich einzumischen. Schenja, als er dich und Lotte dazu gebracht hat, das Notizbuch zu übersetzen, gab es da etwas, hinter dem er besonders her war?«

»Hinter allem.«

»Was hat er dich als Letztes gefragt?«

»Wo das Treffen stattfindet. Auf Grischas Jacht, der *Natalja Gontscharowa*, habe ich ihm gesagt.«

»Abdul ist in Kaliningrad«, warf Viktor ein. »Sein Konzert hat er schon gegeben. Er bleibt noch wegen irgendwas da.«

»Ich arbeite weiter daran«, versprach Schenja. »Atom-U-Boot, das ist ziemlich krass. Vielleicht habe ich alles falsch verstanden. Vielleicht sind's nur Gummientchen in einer Badewanne.«

»Komm nach Hause«, sagte Viktor zu Arkadi.

»Gute Nacht«, sagte Tatjana.

Der Monitor füllte sich wieder mit einem Bildschirmschoner der Milchstraße. Arkadi fiel auf, dass Tatjana das U-Boot *Kaliningrad* und dessen fehlgeschlagene Testläufe für sich behalten hatte, statt Schenjas Vermutungen weitere Nahrung zu geben. Sie sah das große Bild; alles andere war Ablenkung. Tatjana dachte in Größenordnungen von Nationen und Geschichte, während Arkadi sich auf das kleine Bild von drei Kindern und einem Mann in einem Metzgerwagen konzentrierte.

30

Alle Autos in Selenogradsk waren schlafen gegangen, bis auf schwarze Limousinen, die ständig durch die Straßen fuhren. Arkadi und Tatjana hatten seit Tagen nicht geschlafen und gingen das Risiko eines Motels ein, das mit Plastikschwänen geschmückt war und sich »Das Vogelhaus« nannte. Der Empfangstresen war mit Broschüren über die heimische Tierwelt bestückt und bot Weckrufe für früh aufstehende Vogelbeobachter an.

Sie ließen ihre Schuhe und Tatjanas Waffe neben dem Bett, Tatjana legte den Kopf an Arkadis Schulter und war fast augenblicklich eingeschlafen, noch bevor er die Nachttischlampe ausknipsen konnte.

Arkadi ging auf, dass Tatjana und er zu zynisch waren. Als erwachsene Russen war ihre Skala, wenn man es so nennen wollte, durch Erfahrung auf »das Schlimmste« eingestellt, auf Katastrophen statt Erfolg. Schenja zum Beispiel zäumte das Pferd von hinten auf. Dass Kurischer Bernstein ein Atom-U-Boot für China reparieren wollte, war schlimm genug. Das Schlimmste war jedoch die Möglichkeit, dass Kurischer Bernstein die Reparatur eines russischen Atom-U-Boots nach China auslagern würde. Arkadi erinnerte sich an den Namen des defekten U-Boots. Die *Kaliningrad*. Das klang überhaupt nicht chinesisch.

Beim Einschlafen hörte er, wie der Rumpf eines U-Boots zerquetscht und verbogen wurde, das Geräusch der Eismaschine im Flur.

Der morgendliche Verkehr nach Kaliningrad staute sich, da Polizisten in gelben Westen Autos, Lastwagen und Fahrräder kontrollierten.

»Wir müssen uns trennen«, sagte Arkadi. »Sie werden nach Paaren auf Fahrrädern suchen. Ich fahre als Erster. Wenn es kein Problem gibt, warte zehn Minuten und schau, ob du eine Mitfahrgelegenheit findest.«

»Ich weiß, wie man das macht.«

»Sei vorsichtig.« Wobei er merkte, dass er auf taube Ohren stieß.

Für den Lastwagenfahrer war es ein weiterer Tag mit schlechtem Wetter, rutschigen Pflastersteinen, Bony Maronie im Radio und einem Frühstück, das aus einem klebrigen Pfirsichkuchen bestand. Er nahm die Frau mit, weil sie von hinten gut aussah und von vorne auch nicht so schlecht, wie sie da mit erhobenem Daumen per Anhalter mitgenommen werden wollte. Die Polizisten winkten den gesamten Verkehr an den Straßenrand wie eine Herde Elefanten. Sie warf ihr Fahrrad hinten in den Laderaum, stieg vorne zu ihm ein und sagte: »Wenn jemand fragt, ich bin deine Schwester.« Die hatte Nerven! Papiere wurden überprüft, aber er fuhr diese Strecke regelmäßig und wurde durchgewinkt. Donnerte weiter.

Er erwartete eine Entschädigung und bog nach einem Kilometer zu einem unbenutzten Obststand ab. Sie sagte, sie brauche Ungestörtheit. Sie würde es hinten im Laderaum machen. Aber da war kein Platz wegen ihres Fahrrads. Höflich kletterte er hinein und reichte ihr das Rad hinunter. Sie sprang hoch, zog das Rolltor herunter und schloss ihn ein. Wie sich herausstellte, konnte sie einen Laster fahren. Und sie sammelte unterwegs auch noch ihren Freund ein.

Sie hielten nicht an, bis sie eine Gegend erreichten, in

der es unheimlich still war, und als Leute ihn endlich gegen die Wände des Laderaums hämmern hörten, fand er sich in dem vom Wind verwehten Müll neben dem leeren Koloss der Parteizentrale wieder.

»Wo bist du jetzt?«, fragte Viktor.

»Wir trinken Kaffee am Siegesplatz in Kaliningrad«, antwortete Arkadi. »Tatjana ist bei mir.«

»Habt ihr Kontakt zu Maxim aufgenommen?«

»Noch nicht.« Warum nicht?, fragte sich Arkadi. Tatjana und er waren seit zwei Stunden in Kaliningrad und hatten nicht versucht, mit irgendjemandem Kontakt aufzunehmen. Sie behielt ihren Rucksack. Ihre Fahrräder waren sie los und reisten mit leichtem Gepäck. Tourist zu sein, war berauschend, die Treppe in einer Konditorei hinaufzusteigen und hinunterzuschauen auf den zentralen Platz der Stadt mit dem sprudelnden Brunnen, der üblichen Siegessäule, Skateboardern, die über die Platten ratterten, und einer neuen Kirche, die wie aus Plastikteilen zusammengesetzt wirkte.

In der Konditorei boten Vitrinen aus Glas und Chrom Erdbeertörtchen, Sachertorten, Windbeutel und Marzipanfiguren von Ernie und Bert aus der Sesamstraße an. Der Laden war auch ein Schaukasten für Frauen in Prada und Dior. Oben befanden sich Arkadi und Tatjana auf einer Ebene mit einem großen Transparent, das in scharf umrissenen Schwarz-Weiß-Buchstaben ein Hip-Hop-Konzert von Abdul ankündigte, überlebensgroß, mit finsterem Blick und der Blässe eines gesunden Vampirs. Das Konzert hatte am Abend zuvor stattgefunden. Arkadi stellte sich vor, dass Abdul mit dem Kopf nach unten in einem Schrank schlief.

Ein Audi rollte in den Schatten der Kirche. Der Fahrer stieg aus, steckte sein Hemd in die Hose und fuhr sich glättend mit den Fingern durchs Haar. Kriminalleutnant Stasow, der sein Reich kontrollierte.

»Ich komme dorthin«, sagte Viktor.

»Nein«, wehrte Arkadi ab. »Du wirst in Moskau gebraucht. Wenn du herkommst, wird Schenja dir folgen, und dann Lotte.«

»Was ist mit Maxim?«, fragte Viktor.

»Wir werden uns mit ihm in Verbindung setzen«, versicherte ihm Arkadi.

Leutnant Stasow kam über den Platz. Ob er Arkadi und Tatjana entdeckt oder eine Schwäche für Kuchen hatte, spielte keine Rolle. In einer Minute würde er mit dem schiefen Gang eines Mannes, der eine Waffe trug, durch die Tür treten, und wenn er die Treppe heraufkam, würden Arkadi und Tatjana in voller Sichtweite sein.

Der Leutnant änderte seine Meinung und kehrte zum Auto zurück, um einen Mops mit einem Affengesicht herauszulassen. Der kleine Hund zerrte Stasow an der Leine mit, die Augen rollend wie Murmeln, die Zunge hin und her schlenkernd.

Die Glastür der Konditorei öffnete sich direkt unter dem Tisch, an dem Tatjana und Arkadi saßen. Für den Hund war der Laden eine Mischung aus unwiderstehlichen Gerüchen, und er balancierte auf den Hinterpfoten, um in eine Vitrine nach der anderen zu schauen.

Stasow gab den gutmütigen Hundebesitzer. »Immer wenn wir in die Nähe von Süßem kommen, ist er nicht zu bändigen.«

Eine Frau fragte: »Wie heißt er denn?«

»Polo. Das steht zumindest auf seiner Hundemarke. Ich habe ihn vor einem Verbrecher gerettet. Können Sie sich das vorstellen?«

Arkadi überlegte, ob der Leutnant den Hund wohl als

gesellschaftlichen Eisbrecher an Treffpunkten einsamer Frauen benutzte.

»Wie alt ist er?«, fragte eine andere Frau.

Die Leute stellen immer dieselben Fragen, dachte Arkadi. Wie alt ist Ihr Hund? Ihr Kind? Ihre Großmutter? Eine weitere Konstante war: Ist Ihre Waffe geladen? Tatjanas Pistole lag auf ihrem Schoß.

»Ich versichere Ihnen, er ist so neugierig wie eine Katze. Komm schon, Polo. Belästige diese netten Damen nicht, Polo. Guter Junge. Oh, jetzt läuft er die Treppe hinauf.«

Arkadi hörte den Hund herauftrappeln. Er war schon halb auf dem Balkon, bevor Stasow die Leine packte. Arkadi erhaschte einen Blick auf die Glatze des Leutnants, als er den Hund hochhob.

»Entschuldigen Sie«, sagte er zu den Damen. »Entschuldigen Sie vielmals. So ein Racker. Ah, hier kommt sein Leckerli.«

»Eine Praline!«

»Das verschlingt er in zwei Bissen. Sehen Sie?«

»Was für ein komisches Kerlchen.«

»Tja, meine Damen, die Pflicht ruft. Mein Freund und ich müssen Verbrechen bekämpfen.«

Polo machte einen letzten Ausreißversuch zur Treppe hin, aber Stasow trat auf die Leine und holte ihn ein wie einen Fisch.

»Au revoir.«

»Au revoir.«

Stasow kehrte zu seinem Auto zurück und hielt eine weitere Praline hoch. Polo war verzückt.

»Ich hab dir doch gesagt, dass der Hund keine Loyalität kennt«, meinte Arkadi.

31

Maxim wusste Bescheid. Er wusste es, sobald Arkadi und Tatjana seine Wohnung betraten. Die Situation hatte sich geändert. Er war vom Verehrer zum Verlierer geworden. All die Risiken, die er auf sich genommen hatte, waren wertlose Jetons. Er war ein Dichter ohne Worte.

»Tut mir leid«, sagte Tatjana, obwohl sie es nicht so meinte. Nicht aufrichtig, dachte Maxim.

»Sie waren bereits hier, Alexis Männer und die Polizei.«

»Gut, dann werden sie vielleicht nicht so bald wiederkommen«, sagte Arkadi.

»Wie geht es Ihrem Schenja?«, fragte Maxim. »Hat er inzwischen das Notizbuch entziffert?«

»Das meiste. Das ›was‹ und das ›wo‹. Aber nicht genau ›wann‹. Wir glauben, es wird ein weiteres Treffen geben.«

»All dieses Theater um ein Notizbuch mit unverständlichen Symbolen. Das verlangt nach einem Drink, nur habe ich keine Flasche mehr im Haus.« Maxim klapperte in einem leeren Getränkeschrank herum. »Und sie werden das Treffen ohne Grischa abhalten?«

»Ist immer noch ein guter Plan«, sagte Tatjana. »Das Verteidigungsministerium stellt zwei Milliarden Dollar für die Instandsetzung eines U-Boots zur Verfügung. Die Hälfte wird tatsächlich an die Werft gehen, in der die Arbeiten ausgeführt werden. Kurischer Bernstein wird die andere Hälfte einsacken und wie eine Hochzeitstorte aufteilen. Jeder bekommt ein Stück. Freunde im Kreml, das

Verteidigungsministerium, die Banken und die Mafia. Das war Grischas Genialität. Er war ebenso großzügig wie erfindungsreich.«

»Also nur eine weitere Abzocke. Was ist daran so ungewöhnlich?«, fragte Maxim.

»Dass es dabei um die chinesische Instandsetzung eines praktisch neuen russischen U-Boots geht, der *Kaliningrad*«, antwortete Tatjana. »Es ist neu, aber in so schlechtem Zustand, dass es nie richtig in Dienst gestellt werden konnte. Und jetzt wollen sie es auf die billige Tour in China reparieren lassen.«

Maxim zuckte mit den Schultern. »Made in China. Was ist das heutzutage nicht?«

»Das hier ist anders. Wenn so viel Geld zurückbehalten wird, könnte die *Kaliningrad* zu einer Katastrophe vom Ausmaß der *Kursk* werden. Sollte das geschehen, wird die Öffentlichkeit das nicht hinnehmen. Wenn diese Gauner überhaupt zu Fall gebracht werden können, dann durch diese Sache.«

»Setzt euch doch«, sagte Maxim. »Entschuldigt die Kleiderhaufen. Kreative Menschen sind unordentlich. Ich muss hier doch noch etwas zu trinken haben. Ich sollte ein besserer Gastgeber sein. Tee? Kaffee?« Auf der Suche nach sauberen Tassen lief Maxim zwischen Wohnzimmer und Küche hin und her. Im Wohnzimmer waren manche Regale leer, nicht sorgfältig ausgeräumt, sondern leer gefegt. Shakespeare, Neruda, Mandelstam lagen kreuz und quer durcheinander auf dem Boden, und Arkadi kam der Gedanke, dass Maxim seine Wohnung vermutlich seit Tagen nicht verlassen hatte.

Tatjana merkte, dass sie nicht durchdrang. »Geht's dir gut?«

»Eher nicht.« Maxim schlug die Hände zusammen und

betrachtete die beiden. »Ihr beide wart also auf der Flucht. Das ist immer romantisch.«

»Sollen wir gehen?«

»Nein, nein. Ihr seid meine Gäste. Ich habe mir vorgenommen, nicht bitter oder sarkastisch zu sein. Ich hätte es besser wissen müssen, als dich mit jemand so Leidvollem wie Ermittler Renko zusammenzubringen. Sagen Sie mir, Renko, ist Ihnen aufgefallen, dass unserer Tatjana das Pfeifen von Kugeln gefällt? Hat sie irgendwas getan, das Sie als ein wenig gewagt einstufen würden, wie sich einem fahrenden Zug in den Weg zu stellen? Impft sie sich regelmäßig mit Furcht? Ich sehe, Sie haben eine Schramme am Ohr. Ist Ihnen je der Gedanke gekommen, dass es gefährlich sein könnte, neben einer Märtyrerin zu stehen? Im Gegensatz zu Anja. Hatten Sie in letzter Zeit Kontakt mit ihr?«

»Wir haben miteinander geredet«, erwiderte Arkadi. Vor Tagen, wurde ihm klar.

»Sie ist auch so eine Verliererin wie ich«, sagte Maxim.

»Ich glaube, es war ihr sowieso egal.«

»Sie wären überrascht.«

Arkadi ging auf, dass Anja ihn vielleicht doch nicht betrogen hatte. Sie hatte ihm das Notizbuch gegeben, nicht Alexi, und hatte Alexi nicht erzählt, wo Arkadi war. Was konnte er sonst noch missverstanden haben?

»Wo ist sie?«

»In Moskau, nehme ich an. Moskau erscheint einem plötzlich als vernünftige Wahl. Ah, hier ist sie ja.« Maxim zog eine halb leere Flasche Wodka unter der Couch hervor. »Und wo soll dieses Treffen stattfinden?«

»Auf der *Natalja Gontscharowa*, Grischas Jacht.«

»Puschkins Hure«, meinte Maxim. »Als Literat weiß ich das zu schätzen. Wann?«

»Heute Abend, nehmen wir an.«

»Woher wissen Sie das?«

»Gestern Abend hat Abdul hier in Kaliningrad ein Konzert voll Rassenhass gegeben. Morgen Abend muss er in Riga sein, doch heute Abend ist er noch hier, genau wie Ape Beledon und die Schagelmanns.«

»Dagegen werden Sie nicht viel unternehmen können, nicht wahr?«

»Ich glaube doch, aber wir brauchen Ihre Hilfe.«

Maxim richtete den Blick von Arkadi auf Tatjana. »Das ist ja wohl die Höhe! Ich soll dir zum Märtyrertod verhelfen? Erstens wird dein Freund dabei draufgehen. Zweitens bin ich kein verdammter Sancho Pansa. Nicht mal ein Puschkin. Jetzt brauche ich wirklich einen Drink.«

»Die Sache ist ganz einfach«, sagte Tatjana. »Arkadi wird mit einem Handy zu dem Treffen gehen. Du wirst hier am anderen Ende warten und mit einem Kassettenrekorder zuhören.«

»Und wo wirst du sein?«

»Wir brauchen einen Zeugen.«

»Was soll das bedeuten?«

»Ich werde bei Arkadi sein.«

Ein wölfisches Grinsen breitete sich über Maxims Gesicht. »Ihr zwei. Ihr beide seid wirklich zu viel. Jedes Mal, wenn ich glaube, ich hätte dich getoppt, kommst du mit einer absurderen Idee. Ein Zeuge? Du meinst eine schwimmende Leiche. Zwei schwimmende Leichen, und ich soll derjenige am anderen Ende sein, mit einem Telefon im Arsch. Das ist verdammte moralische Erpressung.«

»Sie wären in Sicherheit«, sagte Arkadi.

»Genau, und dafür werden mich die Menschen in Erinnerung behalten als denjenigen, der in Sicherheit geblieben ist, während euch die Kehlen aufgeschlitzt wurden.«

»Sie brauchen es nicht zu tun.«

»Klar doch.« Maxim nahm einen großen Schluck aus der Flasche und stieß eine kalte Wodkawolke aus. »Wieso sind Sie so sicher, dass die Partner vom Kurischen Bernstein dort sein werden?«

»Weil sie die Art von Partnern sind, die einander im Auge behalten. Wir sind nicht auf eine gewalttätige Konfrontation aus. Wir wollen ihnen nur androhen, ihre Pläne an die Öffentlichkeit zu bringen.«

»Wird Alexi dabei sein?«

»Anscheinend hat Grischa ihm nichts von dem ersten Treffen erzählt, aber er weiß, wo dieses stattfindet.«

»Nein, nein, nein, nein. Ich werde es nicht machen.«

»Ich verstehe«, sagte Arkadi.

»Nein, tun Sie nicht. Ich werde mit Ihnen gehen.« Er deutete auf Tatjana. »Sie kann mit dem Kassettenrekorder hierbleiben.«

»Das ist nicht das, worum wir gebeten haben«, protestierte Tatjana.

»Entweder das oder gar nichts. Ich gedenke nicht, für den Rest meines Lebens zur Zielscheibe der Verachtung und des Gespötts zu werden. Außerdem kennt ihr euch im Hafen nicht aus. Die *Natalja Gontscharowa* mischt sich nicht unter unbedeutendere Schiffe. Sie ankert im tiefen Wasser, und man braucht ein Boot, um zu ihr zu kommen. Zufällig weiß ich, wo eins zu finden ist.«

»Wir werden ein anderes finden«, sagte Tatjana.

»Das bezweifle ich. Der Hafen von Kaliningrad ist für Privatboote gesperrt. Bald wird es Abend, und ihr würdet im Dunkeln in einem geschäftigen Hafen suchen, in dem Schiffe ein und aus fahren. Ganz zu schweigen davon, dass es der Heimathafen der Baltischen Flotte ist. Die erschießen uns, und unsere Leichen werden ins Meer hinausgeschwemmt.«

»Dann komme ich auch mit«, sagte Tatjana.

»Du bleibst hier«, widersprach Maxim. »Sonst läuft gar nichts.«

»Wissen Sie, wonach Sie suchen müssen?«, fragte Arkadi.

Maxim zeigte das Lächeln eines Dichters, dessen Worte endlich Gestalt angenommen haben. »Natürlich: nach dem schönsten Schiff im Hafen. Einer wahren Natalja Gontscharowa.«

Am Kai des Fischerdorfs lagen zwei Boote, nur eins davon mit einem Außenbordmotor. Während Maxim es an den Kai zog, drückte Tatjana ihr Gesicht an das von Arkadi und flüsterte: »Sobald ich alles auf Kassette habe, komme ich euch nach.«

»Bleib da. Es wird auch so verwirrend genug sein.«

»Maxim verhält sich sehr seltsam.«

»Was soll er schon machen? Er ist kein Killer, selbst wenn er das denkt.«

»Bist du dir sicher?«

»Absolut.«

Maxim zog an einer Schnur, und der Motor erwachte zum Leben. »Kommen Sie jetzt, oder was?«

»Bin schon da.« Arkadi küsste Tatjana flüchtig auf die Wange, als bräche er zu einer abendlichen Spazierfahrt auf.

Die Jolle war eine Blechwanne mit einem Außenbordmotor, der ratterte und Benzindämpfe ausspuckte. Bevor sie ablegten, beugte Maxim sich in das andere Boot und warf die Ruder ins Wasser. Arkadi sah ihre Umrisse davontreiben.

»Warum haben Sie das getan?«, fragte er.

»Damit niemand auf dumme Gedanken kommt. Ich bin jetzt der Kapitän.«

Arkadi konnte nichts dagegen tun. Es war zu spät. Er hielt den Blick auf Tatjana gerichtet, bis sie im Abenddunst verschwamm.

Der Hafen war eine andere Welt. Ein Spiegel seiner selbst. Eine dunkle Allee, die von der Durchfahrt größerer Schiffe widerhallte. In der Ferne die Lichter der Hafenkräne. Plan A sah vor, dass Arkadi und Maxim nicht länger als zwei Stunden suchen und sich dem Flottenstützpunkt nicht nähern würden. Eine Feder im Wind, die Art von Versprechen, die jeden der Verantwortung enthob.

Maxim brauste dahin wie ein Mann, der das Kommando führt, eine Hand an der Ruderpinne. Die Luft war frostig. Arkadi schöpfte den angesammelten Regen einer ganzen Woche aus dem Boot, und das restliche Wasser schwappte von den Vibrationen des Motors hin und her.

Sie fuhren ohne Beleuchtung, kein grünes Licht für Steuerbord, kein rotes für Backbord. Kein Gespräch, denn Stimmen wurden über offenes Wasser getragen. Motorengeräusch war zumindest etwas Mechanisches, obwohl es wenig Schiffsverkehr auf dem Fluss gab, nur die anschwellenden Geräusche der umgebenden Stadt, deren Lichter sich auf dem Wasser spiegelten.

Arkadi dachte an Puschkin, der aufbrach, um die Ehre seiner koketten Frau zu verteidigen. Wie müde der Dichter gewesen sein musste. Mit ihrer Schwäche für pompöse Kostümbälle und das Leben bei Hof hatte Natalja Gontscharowa ihn fast in die Armut getrieben. Ihn gezwungen zu borgen. Sich minderwertige Gedichte für dubiose Ereignisse auszudenken. Zuzulassen, dass der Zar selbst den Dichter zum Hahnrei machte und vorgab, sein Mäzen zu sein. Und sich schließlich auf ein demütigendes Duell mit einem Glücksritter einzulassen. Als Puschkin die Silberknöpfe an der Weste seines Gegners sah, warum hatte er da nicht protestiert? War das unter seiner Würde, oder war er der Schönheit und deren Anforderungen nur einfach überdrüssig?

Maxim hatte gesagt, am Hafen seien keine Wachleute nötig, und die Polizei ziehe es vor, in feuchten Nächten drinnen zu bleiben, doch Arkadi war sich nicht sicher, ob seine Pläne und die von Maxim die gleichen waren.

Die *Natalja Gontscharowa* war ein Stück den Fluss hinunter in Richtung der Flotte verlegt worden. Ihre Umrisse durch Positionslaternen gekennzeichnet, lag sie wie eine Erscheinung im schwarzen Wasser. Während Maxim sie mit Viertelkraft umrundete, erwartete Arkadi, dass Alexi jeden Moment an Deck auftauchen würde.

Doch im Inneren der Jacht blieb alles dunkel. Niemand zeigte sich auf der Brücke. Nichts war von einer Mannschaft zu hören, die auf ihre Positionen eilten. Maxim fuhr viermal um die *Natalja Gontscharowa* herum, bevor er aufgab. Niemand war an Bord.

Maxim gab Vollgas und schwenkte das Boot aufs tiefere Wasser zu. Von Osten nach Westen wich die Stadt vor dem Fluss zurück, und die roten Warnlichter riesiger Kräne hoben sich vor dem Himmel ab. Als die Ufer weit genug entfernt waren, stellte Maxim den Motor ab und ließ die Jolle treiben. Ein friedlicher Augenblick, während das Wasser an die Bordwände schwappte und die Jolle im Kielwasser eines Schiffes schaukelte, das sie nicht einmal sehen konnten.

»Genau, wie ich es mir gedacht habe«, sagte Maxim.

»Was haben Sie sich gedacht?«, fragte Arkadi.

»Es gibt kein Treffen.«

»Ich bin selbst ein bisschen enttäuscht.«

»Das ist nicht der Grund, warum wir gekommen sind.«

»War da noch ein anderer Grund?«

»Mich umzubringen.«

Arkadi meinte, nicht richtig gehört zu haben. »Sie umzubringen?«

»Mich mit einer fantastischen Geschichte hier rauszulocken, mich zu erschießen und ins Wasser zu werfen.«

An manchen Stellen lag Öl auf dem Wasser wie marmoriertes Papier. Arkadi schmeckte es auf den Lippen.

»Sie haben darauf bestanden mitzukommen«, sagte Arkadi.

»Ich wurde manipuliert. Tatjana hat uns beide manipuliert. So was machen Märtyrer.«

»Warum sollte sie?«

»Märtyrer teilen den Ruhm nicht gerne.«

»Selbst wenn sie sterben?«

»Für sie ist es eine Win-win-Situation.«

»Ich habe keine Waffe.«

»Zum Glück habe ich eine dabei. Schauen Sie mich an.«

Als Arkadi sich umdrehte, sah er, dass Maxim eine zu klein geratene Pistole gezogen hatte, vermutlich spanisch oder brasilianisch, so gewöhnlich wie Kleingeld. Er brauchte Arkadi nur zu erschießen, ihm sämtliche Papiere abzunehmen und ihn ins Wasser zu stoßen. Gut, Maxim hätte ein paar Ziegelsteine mitbringen sollen, um ihn zu beschweren, aber ein Mann konnte ja nicht an alles denken.

»Haben Sie Wodka mitgebracht?«, fragte Arkadi.

»Ist mir ausgegangen.«

»Zu dumm. Für solche Taten ist Wodka normalerweise unentbehrlich.«

Maxim sah bedrückt aus, jedoch entschlossen. »Ich habe vor Jahren ein Gedicht für Tatjana geschrieben«, sagte er. »Mein bestes Gedicht, behaupten die Leute. Ich war ein Professor und sie die Studentin. Der Altersunterschied war nicht so groß, aber jeder beschrieb mich als den Verführer und sie als die Unschuldige. In letzter Zeit beschleicht mich eher das Gefühl, dass es andersrum war.«

»Wie lautet das Gedicht?«, fragte Arkadi.

»Welches Gedicht?«

»Das Gedicht über Tatjana.«

»Sie verdienen es nicht, es zu hören.«

»*Vergleiche ich dich mit einem Sommertag?*«

»Ich warne Sie.«

»Das ist jetzt das dritte Mal, dass Sie versucht haben, mich zu töten. Eine Warnung erscheint mir überflüssig.«

»Ich könnte Ihren Kopf schütteln, bis ich eine Kugel rasseln höre.«

»Erzählen Sie mir von Ihrem Gedicht.«

»Sie wollen nur Zeit schinden.«

»Ich habe die ganze Nacht Zeit. Stört es Sie?« Arkadi zog eine Zigarette heraus und zündete sie an. »Sie? Nein? Tja, man hat nur eine begrenzte Anzahl von Händen. Haben Sie Ihr Gedicht vergessen? Rezitieren Sie irgendwas. *Du bist mein Lied, mein trunkner Traum von Winterwindes Rauschen und schlingernden Schlitten, die mit glitzerndem Glanz durch blaue Schatten glitten.*«

»Das ist nicht von mir.«

»Ich weiß, aber es ist wunderschön, nicht wahr?«

»Stehen Sie auf.«

»Sie sind kein Mörder.«

»Ich kann Sie trotzdem töten.«

Arkadi stand auf. Er schnippte die Zigarette ins Wasser und machte sich darauf gefasst zu tauchen, als er ein Summen in seiner Jackentasche hörte. Während Maxim noch zögerte, zog Arkadi das Handy heraus und stellte es auf laut.

Schenja klang triumphierend. »Du suchst nach dem falschen Schiff. Es gibt noch eine *Natalja Gontscharowa*.«

32

Grischas *Natalja Gontscharowa* war eine Jacht, die auf den Cayman-Inseln registriert war. Die *Natalja Gontscharowa*, die sie finden mussten, war ein Öltanker aus Kaliningrad.

Im Hafen wurde Getreide und Kohle umgeschlagen, doch der Schwerpunkt lag auf Öl, ein dickflüssiger Schlamm für den inländischen Verbrauch und Diesel für den Export. Jedes Schiff war riesig im Vergleich zu der Jolle, jedes Geräusch erzeugte ein Echo, jedes Tau, das schlaff in der Strömung hing, hatte Grund zu knarren.

Im Schein der Taschenlampe las Arkadi den Namen jedes Schiffs, an dem sie vorbeikamen. Manche waren fast schrottreif, andere bereit zum Ablegen. Er begriff, dass es für Maxim nur eine Pause war, und falls sie das Treffen von Ape Beledon und seinen Partnern nicht fanden, würde Maxim da weitermachen, wo er aufgehört hatte.

Schließlich war auf einem Schiff vor ihnen Licht zu sehen, und die *Natalja Gontscharowa* tauchte aus dem Nebel auf. Ihr Namensgeber musste einen Sinn für Humor besessen haben. Im Gegensatz zu Grischas eleganter Jacht war diese *Natalja* ein Trampschiff, ein gedrungener Küstentanker, behängt mit Fendern aus alten Reifen. Eine Stimmung gegenseitiger Gratulation hing in der Luft. Obwohl Arkadi nicht hören konnte, was gesprochen wurde, war Alexis Lachen unmissverständlich. Arkadi blickte zu Maxim zurück, der ihm eine rostige Leiter hinauf und über die Reling folgte.

Das Deck des Tankers war ein verschachteltes Labyrinth aus Rohrleitungen, Anschlüssen für Löschschläuche und kleinen Kränen zum Hochhieven der Schläuche. Dicht vor dem Deckshaus stand ein Tisch und darauf Eiskübel mit Champagner.

Arkadi erkannte Abdul, die Schagelmanns, Ape und seine zwei Söhne. Abdul trug modisch schwarzen Tschetschenenchic, als lenkte er während der Woche einen Porsche und am Wochenende einen Panzer. Die Schagelmanns sahen wie alte Leute aus, deren Schlafenszeit längst überschritten war. Der Clique des Verteidigungsministeriums und der Marineoffiziere, die um den Tisch versammelt war, konnte Arkadi keine Namen zuordnen, aber er kannte diesen Typus. Zwei chinesische Geschäftsmänner in Anzügen mit Röhrenhosen versuchten sich unsichtbar zu machen. Alle erstarrten, als Arkadi und Maxim an Deck traten.

Alexi fasste sich rasch, gelassen wie ein Croupier. »Schätze, das bedeutet, Ihre Freunde haben das Notizbuch entziffert. Spielt aber keine Rolle. Wie Sie sehen, läuft alles wie geplant.«

Leibwächter, die in respektvollem Abstand auf dem Kai gestanden hatten, kamen angerannt. Ape bedeutete ihnen, ruhig zu bleiben. Im Notizbuch war Grischa der Erste unter Gleichen gewesen, der Mann mit Hut und Strich drunter. Dieser Titel dürfte jetzt dank Seniorität an Ape übergegangen sein.

Arkadi war klar, dass sich Alexi nichts sehnlicher wünschte, als ihn und Maxim auf der Stelle zu erschießen. Doch das könnte, zumindest für den Moment, als Verstoß gegen die guten Manieren verstanden werden. Ein wenig aufdringlich. Voreilig. Mit seinen haarigen Handgelenken und der durchgehenden Augenbraue mochte Ape zwar primitiv wirken und vom Alter gebeugt, doch mit Manieren nahm er es äußerst genau. Die Marineoberen warteten ab, hielten ihre Champagnergläser auf Halbmast, bereit, sie zu erheben, sobald dieser kleine Schluckauf behoben war. Die Zeremonie war einfach gehalten. Kein Kaviar. Eher wie ein erster Spatenstich für ein neues Unternehmen.

»Willkommen«, sagte Ape. Die Vorstellung ersparte er sich, fügte nur hinzu: »Und das muss der berühmte Dichter Maxim Dal sein.« Maxim fühlte sich geschmeichelt. Welche Anerkennung konnte größer sein als das Nicken eines legendären Kriminellen? »Glauben Sie, Sie könnten ein Gedicht hierüber schreiben? Natürlich geht das nicht mit einer Waffe in der Hand. Sehen Sie, das ist ein freundschaftliches Treffen mit Freunden von nah und fern. Geben Sie mir die. Ist doch sowieso nur ein Kinderspielzeug. Bitte.« Ape nahm die Pistole.

»Lassen Sie mich die beiden erledigen«, drängte Alexi.

»Warum? Wir machen doch nichts Illegales«, entgegnete Ape.

»Die wissen über Kurischen Bernstein Bescheid«, flüsterte Alexi hörbar, um dem alten Mann auf die Sprünge zu helfen.

»Sollen sie doch.«

Arkadi mischte sich ein. »Das Notizbuch Ihres Dolmetschers war nicht so schwer zu entziffern, wie alle dachten. Wir wissen, dass ein russisches Atom-U-Boot, das sich bei Probefahrten als untauglich erwiesen hat, in China instand gesetzt werden soll.«

»Ja. Das nennt man Outsourcing«, meinte Ape.

»Und wir wissen, dass die Hälfte des Geldes für die Instandsetzung von Ihnen und Ihren Kumpanen im Verteidigungsministerium und dem Kreml abgeschöpft wird. Das ist kriminell.«

»Geschäftskosten. Vollkommen normal. Für die Abwicklung eines Auftrags dieser Größenordnung gehen oft fünfzig Prozent des Budgets drauf. Sonst noch was?«

»Mord.«

Unter den Gästen tauchten erste Anzeichen von Unbehagen auf. Vorstellungen waren nicht erfolgt, doch Arkadi hatte sie und ihresgleichen strammstehend oder geschmückt mit Militärkappen auf Zeitungsfotos gesehen. Die beiden chinesischen Herren wechselten bedeutsame Blicke.

»Das ist eine Lüge«, rief Alexi.

Arkadi schüttelte den Kopf. »Die korrekte Antwort lautet ›wer‹?«

»Das stimmt«, sagte Ape. »Aber Sie spielen ein gefährliches Spiel, Ermittler Renko. Meine Partner vom Kurischen Bernstein haben bereits Zeit und Geld investiert.«

»Sie haben große Erwartungen?«

»Kann man wohl so sagen.«

Das reicht alles nicht, dachte Arkadi. Er brauchte das klare Eingeständnis eines Verbrechens auf Band.

»Und wenn die *Kaliningrad* zu einer weiteren *Kursk* wird? Das wäre eine Katastrophe für Sie und den Kreml.«

»Unfälle passieren.«

»Aber Sie erhöhen die Chancen, wenn ein Atom-U-Boot von Dieben zu Billigpreisen gebaut wird. Der Verlustfaktor, wie man so sagt, wäre enorm.«

»Ein Risiko ist immer dabei.«

»Wäre Grischa es eingegangen?«

»Grischa war ein Hasardeur«, warf Abdul ein.

»Und nun ist er tot.« Arkadi wandte sich wieder an Ape. »Haben Sie mir nicht mal geraten, danach zu fragen, wessen Ochse gestoßen wurde?«

»Die Umstände sind anders. In Moskau waren Sie ein Mann mit Autorität. Jetzt sind Sie fern von zu Hause.«

Wieder war es gut, das auf Band zu haben, aber es reichte nicht.

»Ich habe keine Lust, mir diesen Scheiß weiter anzuhören. Worauf warten wir noch?«, fragte Alexi.

»Wir möchten mehr hören«, sagte einer der Chinesen.

Zweifel hatten sich breitgemacht. In den Augen der Besucher von der Werft Rote Dämmerung sah Arkadi förmlich, wie die Kugeln eines Abakus hin und her schossen, um die Risiken zu kalkulieren. Isaak Schagelmann blickte zu seiner Frau Valentina und wartete auf ihre Entscheidung, als ginge es darum, einen Hund einzuschläfern. Sie schaute zur Schiffsleiter und japste erschrocken.

Tatjana tauchte wie aus dem Nichts auf, schimmernd vom Wasser, das von ihr herabtropfte. Sie kletterte an Deck, hätte aber genauso gut wie eine Walküre landen können. Sie war mit der zweiten Jolle gekommen und musste den halben Weg geschwommen sein, um die Ruder einzusammeln. Arkadi fand, er hätte es voraussehen sollen. Sie hatte ihn gewarnt, dass sie nicht die Frau sei, die sich den Spaß entgehen ließe.

»So einfach ist das nicht«, sagte sie.

Ape wandte sich an Alexi. »Du hast uns glauben lassen, Tatjana Petrowna sei tot.«

»Stattdessen hat Alexi meine Schwester umgebracht«, erklärte Tatjana.

»Und Ihre Söhne haben Maxims Zil gekillt«, fügte Arkadi hinzu. »Maxim und ich saßen zufällig drin. Sie spielen gerne *Scarface*. Haben sie das auf Ihren Befehl getan, oder nehmen sie Befehle von jemand anderem an?«

Ape schüttelte den Kopf. »Ein Oldtimer. Das würde ich nie tun.«

»Spielt keine Rolle, wer es befohlen hat«, warf Alexi ein. »Unser Plan ist immer noch gut.«

»Sie gehörten nicht mal zu dem Plan, als Ihr Vater noch lebte«, hielt Arkadi ihm vor.

»Ich beobachte Sie seit Jahren«, sagte Tatjana an Ape gewandt. »Ich habe verfolgt, wie Sie den Staat korrumpiert haben.«

»Und ich habe Ihre Artikel gelesen«, antwortete Ape. »Die sind sehr gut, betreffen aber alle die Vergangenheit.«

»Nicht Kurischer Bernstein. Nicht der Bau eines Atom-U-Boots, das zur Todesfalle wird. Wir drucken es, und wenn Sie versuchen, uns daran zu hindern, sehen wir uns vor Gericht wieder.«

»Na und?«, rief Alexi. »Dann kaufen wir das Gericht. Wir kaufen den Kreml, wenn's sein muss.«

»Vergessen Sie da nicht etwas?«, fragte Arkadi. »Wer hat Grischa ermordet?«

Das Deck ist wie ein Schachbrett, dachte Arkadi, nur dass sich alle Figuren gleichzeitig bewegen. Die Partner vom Ministerium stellten ihre Gläser ab und erhoben sich auf Zehenspitzen. Die Chinesen spielten nicht mehr die Unsichtbaren. Sie waren gegangen.

Ape wandte sich an Maxim. »Mir gefiel Ihr Gedicht.«

»Wie bitte?«

»Das Gedicht. Ist Jahre her. ›N steht für Narr‹.«

»Stimmt.« Maxim musste lachen.

»Ich erinnere mich nicht an alles. So was wie ›N steht für Narr, für den Mann, der früh nach Hause kommt und sich ersetzt findet. Ein anderer Mann liegt in seinem Bett, wie ein Klappmesser um seine Frau geklappt.‹ Kommt das hin?«

»In etwa.«

»Dieses Bild des Klappmessers ging mir nicht aus dem Kopf. Würden Sie sagen, das Gedicht handelt von Betrug?«

»Ich wurde inspiriert.«

»Kann ich mir vorstellen. Wir werden alle von Zeit zu Zeit betrogen, und wir vergessen es nie.« An Arkadi gewandt, fragte er: »*Scarface*, was?«

»Leider ja.«

Der alte Mann fuhr fort: »Erinnern Sie sich an unser Gespräch über Grischa, Renko? Wir konnten nicht begreifen, wieso er seinen Mörder so nahe an sich herangelassen hat. Dafür gibt es ein Wort. Ein gewaltiges.«

»Vatermord.«

Ape flüsterte und deutete mit dem Kopf auf seine Söhne. »Lässt man einen Jungen damit durchkommen, ist das Ermutigung für die anderen.«

Tatjana blieb bei ihrem eigenen Thema. Sie richtete eine Pistole auf Alexi und fragte: »Erinnern Sie sich an meine Schwester?«

Das war ihr Moment, aber der Abzug einer billig hergestellten Pistole kann sehr steif und schwer zu handhaben sein. Daher schoss Alexi als Erster. Maxim, der abwesend gewirkt hatte, trat dazwischen und wurde an der Schulter getroffen. Ape schoss. Alexis Kopf dröhnte wie eine zersprungene Glocke. Er fiel mit dem Gesicht zu Boden. Ape stellte sich über ihn und schoss ihm noch zweimal in den Hinterkopf.

»Ihr verrückten Russen«, kreischte Abdul. Der Wolf des Kaukasus rannte zur Gangway, und die Schagelmanns eilten hinter ihm her.

Ape richtete die Waffe auf Arkadi. »Warum sollte ich Sie nicht auch erschießen?«

»Weil wir immer noch aufnehmen.« Mit umständlicher Vorsicht zog Arkadi sein Handy heraus.

»Ach ja? Tja, vielleicht tun Sie das und vielleicht auch nicht.« Nach einigem Nachdenken ließ Ape die Waffe sinken. »Wie die Dinge stehen, können Sie uns nur dafür belangen, Ihr jämmerliches Leben gerettet zu haben. Verschwinden Sie von hier. Beim nächsten Mal haben Sie vielleicht nicht so viel Glück. Manchmal ist es wichtiger, meinen Jungs eine Lektion zu erteilen, als weitere hundert Millionen Dollar zu verdienen. Wir werden den Champagner für eine andere Gelegenheit aufheben.«

Als Maxim sich mühsam auf den Ellbogen hochstemmte, drückte ihm Ape seine Waffe in die Hand. »Herzlichen Glückwunsch. Nach der Beweislage haben Sie Ihren ersten Mann erschossen. Das sollte doch etwas sein, was Sie zu einem Gedicht inspiriert.«

33

Sand.
Arkadi ließ ihn aus seiner Faust auf das Tal ihres Rückens rinnen, und als sie sich umdrehte, ließ Arkadi ihn von ihrem Bauch zur Höhlung ihrer Hüften rinnen, verstreut über ihre Haut wie Salzkristalle. Der Sand rann in jede Spalte, in ihr Haar und in ihre Mundwinkel.

Wind.

Ständige Windstöße umspielten die Stufen zur Hütte wie Geister. Laut Tatjana gab es tote Dünen und lebende Dünen.

Zeit.

Eine lebende Düne erneuerte sich selbst und wandelte sich von Tag zu Tag. Die gesamte Nehrung bewegte sich wie der Sekundenzeiger einer Uhr.

»Hast du Sand jemals durch ein Vergrößerungsglas betrachtet?«, fragte Tatjana. »Er besteht aus den unterschiedlichsten Dingen. Quarz, Muscheln, winzigen Skeletten, Wurmröhren, Stacheln, rund und scharf, alt und neu.«

Die Hütte hatte ihre kleinen Unbequemlichkeiten – die dünne Matratze und der raue Holzboden –, doch die verliehen den Sinnen eine gewisse Schärfe. Tatjanas innere Hitze war Entschädigung für einen kalten Ofen. Die Hütte knarrte so angenehm wie ein uraltes Schiff.

Ein paar Vogelbeobachter kamen vorbei. Alles in allem gehörte der Strand jedoch Arkadi und Tatjana. Ihre Sandburg.

Schlaflosigkeit traf mitten in der Nacht ein wie ein verspäteter Gast. Arkadi sah, wie sich eine Laterne durch die Bäume bewegte. Er jagte dem Licht bis zur Straße nach, wo es sich zu schnell bewegte, um ihm folgen zu können. Am Morgen fand er Fußabdrücke rund um die Hütte. Bis Tatjana wach wurde, hatte der Wind die Abdrücke verweht.

Arkadi sah Tatjana die Straße hinuntergehen, um Funkkontakt für ihr Handy zu bekommen. Das ist wie Eisfischen, dachte er, kein Sport für die Ungeduldigen, aber nach hundert Metern wedelte sie mit dem Arm, und als sie zurückkam, hatte sich ihr Gesicht vor Aufregung gerötet.

»Ich habe mit Obolenski gesprochen. Er kommt nach Kaliningrad, um eine Sonderausgabe über Russlands korrupteste Stadt zu machen.«

»Tja, was für eine Ehre.« Arkadi hielt beim Festhämmern eines Verandabretts inne. »Verfasst von dir?«

»Der Hauptartikel, ja.«

»Dachte ich mir. Schließlich geschieht es nicht alle Tage, dass seine Lieblingsjournalistin von den Toten aufersteht. Wann?«

»Das wird ein Schnellschuss. Ich werde einen Tag fort sein, vielleicht zwei. Was meinst du?«

Zum ersten Mal hörte er einen Anflug von Ängstlichkeit in ihrer Stimme.

»Ich finde, du solltest es machen.«

»Ich habe Obolenski gesagt, ich würde es tun.«

»Du hast das Richtige getan.«

»Kannst du mitkommen?«

»Ich werde hier in der Hütte genug zu tun finden.« Arkadi bemühte sich, wie ein Heimwerker zu klingen.

Er fragte sich, wie es wohl aus der Ferne aussah: ein Mann und eine Frau, die sich über etwas so Unschuldiges wie eine kurzfristige Trennung zu einigen versuchten. Tatsächlich hatte Obolenski ihm sogar einen großen Gefallen getan. Seit Arkadi die Anwesenheit von Piggy spürte, wollte er Tatjana möglichst außer Reichweite haben.

»Dir macht es also nichts aus«, sagte sie.

»Ich werde mich schon beschäftigen.«

Die Nehrung war berühmt für ihre Vogelwelt. Sie war die Heimat von Gänsesingern und Schwänen und gehörte zur Zugstrecke von Adlern und Milanen. Kormorane mit gebogenen Hälsen hockten auf Treibholz, Graureiher staksten im Haff, und Vogelliebhaber mit Kameras saßen stundenlang voller Inbrunst da, um das Bild einer durchweichten Ente festzuhalten.

Arkadi kleidete sich dem Wetter gemäß in einen Regenumhang mit wetterfester Kappe. Er ging am Strand entlang und kletterte über Dünen, stets bemüht, eine bewegliche Zielscheibe zu sein. Seine einzige Waffe war Tatjanas spanische Pistole, so nützlich wie ein Blasrohr im Wind.

Das Problem war die Geselligkeit der Vogelbeobachter, die einander verfolgten, um sich bestätigen zu lassen, ob ihre Sichtung ein Haubentaucher, eine Eiderente oder eine Gans war, oder um ihre lebenslang geführten Listen der Vögel zu vergleichen, die sie entdeckt hatten.

Er wusste nicht, was er zu sehen hoffte. Er wusste nicht, wie er den Mörder identifizieren sollte. Sie hatten sich am selben Strand getroffen, aber es war abends gewesen. Arkadi hatte in die Scheinwerfer eines Kastenwagens gestarrt, und der Fahrer hatte kein Wort gesprochen.

Als der Wind auffrischte, trotteten die Vogelbeobachter nach Hause. Unter dem Dachsims von Tatjanas Hütte stieß Arkadi auf eine Gruppe, in der eine Flasche Weinbrand herumgereicht wurde. Iwan, Nikita, Wanda, Boris, Lena. Alle gaben an, über tausend Vogelarten auf ihren Lebenslisten zu haben, fünfzig allein von der Nehrung.

»Aber diese Bedingungen sind unmöglich«, sagte Nikita. »Bei dem Gegenwind und dem Sand.«

Lena stimmte zu. »Da klappern dir ja die Zähne. Wenn es keinen Spaß macht, was soll's dann?«

Arkadi fiel ein Notizbuch aus der Hand. Als Iwan es auffing, fuhr der Wind durch die Seiten. »Ihre Liste ist ja leer.«

»Ich fange gerade erst an. Ihr seid alle Freunde oder Kollegen? Seid ihr zusammen zur Nehrung gekommen?«

»Die meisten von uns«, antwortete Lena.

»Geteiltes Leid ist halbes Leid.« Boris rieb sich die Hände. Dicke Hände, wie Fleischscheiben.

»Suchen Sie nach einem bestimmten Vogel?«, fragte Nikita.

»Weiß ich nicht genau«, erwiderte Arkadi.

Boris meinte: »Aus Erfahrung kann ich Ihnen sagen, dass Sie, wenn Sie sich auf einen Vogel konzentrieren, leicht einen besseren verpassen. Ich erinnere mich, dass ich in Mexiko nach einem bestimmten Vogel gesucht habe und dabei fast einen Quetzal verpasste, der, wie man weiß, ein seltener Vogel mit spektakulärem Gefieder ist und den Azteken heilig war. Die Azteken, wissen Sie? Bei denen Menschenopfer ihren größten Höhepunkt erreichten? Sie haben Menschen bei lebendigem Leibe das Herz herausgeschnitten oder sie gehäutet. Gleichzeitig hatten sie eine Kultur von großer Schönheit.«

Arkadi fand, dass sie ein bisschen weit von der Vogelbeobachtung abschweiften.

»Ich weiß, was ich suche, wenn ich es sehe«, verkündete er.

»Dann muss es ja ein ganz besonderer Vogel sein.«

»Oder ein fliegendes Schwein«, sagte Arkadi.

Boris' Augen wurden ausdruckslos, sein Lächeln hätte mit einem Messer eingeritzt sein können.

Den Rest des Tages beobachtete Arkadi, wie Seeschwalben gegen den Wind ankämpften, sich drehten und kopfüber ins Wasser stürzten. Das war er, nur nicht ins Wasser, sondern in Zement.

Nachts schwankten die Kiefern, das Seegras wurde vom Wind flach gedrückt. Schließlich brach der Sturm los, der sich die ganze Woche über erwartungsvoll aufgetürmt hatte. Wellen schlugen bis zu den Hüttenstufen hoch, klangen wie die fallenden Säulen eines Tempels. Gleichzeitig überflutete das Haff die Straße hinter der Hütte. Wasser pflügte sich durch den Strand und legte Klumpen goldenen Bernsteins frei.

Arkadi erwachte und setzte sich auf, und obwohl ihm die Zähne vor Kälte klapperten, wankte er zur Eingangstür und öffnete sie, nur um zu entdecken, dass der Wind sich tatsächlich gelegt hatte und die Wellen ins Meer zurückgekehrt waren.

Er fragte sich, wie überhaupt jemand zu schlafen wagte. Tatjana war nicht zurückgekommen. Ist auch besser so, dachte er.

Das Meer wurde ruhig. Wolken teilten sich und enthüllten einen Mond, der auf dem Wasser balancierte. Der Herbst war fast vorbei, und die Vogelbeobachter würden bald verschwinden.

Arkadi goss sich Pulverkaffee auf und nahm den Schlüsselring und eine Lampe mit in den Schuppen. Was hatte sich Tatjanas Vater doch gewünscht? Ein normales Land? Dieser kleine Schuppen mit den einfachen Werkzeugen musste für den Mann ein Refugium gewesen sein.

Die Sicherungskabel für die Fahrräder bestanden aus

vinylbeschichtetem Stahl mit schweren, durch Vorhängeschlösser verbundenen Ösen, jedes Kabel etwa fünf Meter lang. Nicht lang genug. Arkadi schob die Klappstühle in der Ecke auseinander und befreite sie von zwei weiteren Kabeln. Er wühlte die voll bepackten Borde durch und fand Kabel, die noch in ihren Plastikhüllen steckten. Vielleicht nicht so viele, wie er sich gewünscht hätte, aber sie mussten reichen.

Denn er würde nahe herankommen müssen. Seine einzige Waffe war Tatjanas Pistole. Alles, was Piggy mitbrachte, würde von größerem Kaliber sein. Gut, dass Piggy gerne redete, denn das würde ihn näher heranbringen. Und der Mann sehnte sich nach Anerkennung, etwas für seine eigene Lebensliste.

Als Arkadi fertig war, zog er den Regenumhang an, blies die Lampe aus, schlüpfte aus der Hintertür, ging außen herum zu einem Büschel Seegras und wartete. Im Sommer würde Musik von Hütte zu Hütte schallen. Menschen würden über Sternschnuppen jubeln. Jetzt war die Welt so schwarz wie ein Tunnel, und das einzige Geräusch kam vom trägen Schwappen der Wellen.

Aus der Ferne sah er ein Funkeln, das zu einem hüpfenden Ball wurde und als leuchtendes Schwein über den Strand tanzte. Mit ausgeschalteten Scheinwerfern rollte der Kastenwagen direkt vor die Hütte. Piggy stieg aus und öffnete die hintere Tür des Wagens. Nacheinander warf er Wowa und seine Schwestern hinaus, wie frisch gefangenen Fisch. Sie waren an Händen und Füßen gefesselt und weinten hysterisch, bettelten darum, gerettet zu werden.

Piggy hatte etwas von einem Schmierenkomödianten. Sein Haar war lang und mit einem Bowler bedeckt, sein Fuchteln mit der Waffe war übertrieben, als er über Wowa gebeugt stand und in den Sand schoss. Das Geräusch vermischte sich mit der Brandung.

Er brüllte: »Habe ich damit Ihre Aufmerksamkeit geweckt?«

Die Kinder waren stumm vor Schreck. Arkadi umschloss die spanische Pistole unter seinem Umhang.

»Nicht so schüchtern«, rief Piggy. »Kommen Sie raus, oder ich jage dem Jungen tatsächlich eine Kugel ins Hirn. Das ist schon besser«, sagte er, als Arkadi aufstand.

»Lassen Sie die Kinder gehen. Sie wollen mich, nicht sie.«

»Was für ein Egoismus. Woher wissen Sie, was ich will?«

»Ich weiß es nicht. Was wollen Sie?«

»Horror.«

Darauf wusste Arkadi keine Antwort, aber das war auch egal. Von hier an ging es um Logistik. Er stand etwa zwanzig Schritte von Piggy entfernt und hoffte, den Abstand auf fünf verringern zu können.

»Was war mit dem Radfahrer? Stand der auf Ihrer Liste?«

»Ich würde sagen, er stand auf Alexis Liste.«

»Woher wussten Sie, wie Sie ihn erwischen können?«

»Ich beobachte Menschen in den Hotels. Metzger gehen dort ein und aus. Niemand sieht uns.«

»Sehr clever. Ihr Name ist nicht Boris, nicht wahr? Und Sie waren auch nicht in Mexiko, oder?« Arkadi begann sich ihm zu nähern. »Ich würde sogar behaupten, Sie sind kein Vogelbeobachter.«

»Das sind Idioten. Um fünf Uhr morgens aufstehen, nur um einen verdammten Wasserläufer zu sehen?«

»Menschen machen verrückte Dinge.«

»Tja, und Sie sind der Verrückteste.«

»Wussten Sie, dass ich eine Kugel im Kopf habe? Wissen Sie, was einem so was antut? Können Sie es sich vorstellen? Wie ein zweiter Zeiger auf einer Uhr, der nur darauf wartet, ein letztes Mal zu ticken. Ein Ticken, und alles wird schwarz. Auf diese Weise führe ich mein Leben. Von Augenblick zu Augenblick.«

Arkadi ging weiter auf ihn zu. Es war nervenaufreibend; ein Mann, der kurz vor dem Sterben stand, sollte sich zurückziehen, nicht näher kommen.

»Am seltsamsten ist, dass mir diese Kugel im Kopf das Gefühl gibt, unverwundbar zu sein«, sagte Arkadi.

»Bleiben Sie, wo Sie sind.« Piggy hob seine Waffe.

Arkadi machte noch zwei schnelle Schritte, zwang Piggy sogar zurückzuweichen.

»Versuchen Sie es.«

Piggy schoss. Der Schuss warf Arkadi zu Boden. Es fühlte sich an, als hätte ihn eine Eisenspitze getroffen, aber er stand auf, und Piggy gab einen zweiten Schuss ab, der Arkadi erneut umwarf. Zum zweiten Mal kam Arkadi wieder auf die Füße. Zögern zeigte sich in Piggys Augen, und in dem Moment zog Arkadi den Umhang zur Seite, legte einen Schutzpanzer aus Stahlkabeln bloß, die in doppelten Lagen um seine Brust gewickelt waren. An zwei Stellen waren die Kabel zerfetzt. In der freien Hand hielt er die spanische Pistole, und im Abstand von vier Schritten konnte er Piggy nicht verfehlen.

34

Meerwasser und Sand sind die schlimmsten Feinde eines Fahrrads. Arkadi und Schenja hatten das Pantera auseinandergenommen und die Teile wie ein Puzzle auf einer Plastikplane in Arkadis Wohnzimmer ausgebreitet. Der Stahlrahmen und die Alukettenräder waren nicht beschädigt, aber die Kette hatte darunter gelitten, herumgeworfen und im Sand begraben zu sein.

Man konnte nur schwer beurteilen, ob das Rad zu retten oder was es wert war. Lorenzo von der Bicicletta Ercolo stöhnte am Telefon, als er hörte, dass sie versuchen wollten, das Fahrrad selbst instand zu setzen. Er schickte Anweisungen und überließ sie ihrem Schicksal. Arkadi machte sich an die Arbeit. Die Sache verlangte nur Geduld und einen stetigen Strom an Flüchen. Und Lappen. Schenja und Arkadi und alles, was sie berührten, war mit Schmierfett bedeckt.

Schenja hatte nur eine Frage gestellt: »Hast du so was schon mal gemacht?«

»Nein.«

Schenja war beeindruckt.

Sie wuschen den Sand von der Kurbel und der Kettenschaltung, justierten die Spannung der Bowdenzüge und wischten alle Oberflächen mit Lösungsmittel und Öl ab. Arkadi stellte die Schaltung ein, bis die Gänge reibungslos funktionierten. Wenn sie fertig waren, würde das Resultat wohl eher wie ein Dreirad aussehen, dachte er, aber alles

Geld, das er dafür bekommen konnte, wollte er Wowa und dessen Schwestern geben. Die Herkunft und der berühmte Name waren von Bedeutung – wer hatte je von einem Pantera in Kaliningrad gehört? Wie dem auch sei, wenn er das Fahrrad dort gelassen hätte, wäre es höchstwahrscheinlich von der Polizei beschlagnahmt worden.

Tatjana war in Belgien, um einen weiteren Journalistenpreis in Empfang zu nehmen. Dann ging es nach Rom für noch mehr Ehrungen, während Arkadi auf ihren Hund aufpasste. Er erwog, sich aus dem Büro des Staatsanwalts zurückzuziehen und sich dem Golfspiel zu widmen. Golf wirkte ziemlich einfach.

Schenja stellte die Bremsen ein und zog eine der Bremsbacken nach, damit die Belege vollen Kontakt mit der Felge hatten, überprüfte die Backe, um sicherzugehen, dass sie nicht abrutschte oder brach.

Lotte war bei einem Damen-Schachturnier in Kairo. Sie rief Schenja zweimal am Tag an. Von der Armee war keine Rede mehr.

Anja berichtete über Mode.

Maxim hatte es geschafft, ein Gedicht zu veröffentlichen.

Swetlana und Schneeflocke waren verschwunden.

Schenja richtete verbogene Speichen, drückte sie auseinander wie Harfensaiten. Zusammen mit Arkadi säuberte er die Schalthebel und Bremsbügel. Pumpte die Reifen auf, polierte den Rahmen, bis er wie schwarzer Satin schimmerte und das Logo des roten Panthers vom Rahmen zu springen schien, und als Arkadi die Räder drehte, sangen sie.

DANK

Romane, wie ich sie schreibe, sind von echten Menschen bevölkert, die meiner schlanken Geschichte ihre Fachkenntnis und Persönlichkeit zur Verfügung stellen. Immer wieder staune ich über ihre Großzügigkeit. Der Dolmetscher Paolo Maria Noseda führte mich in die Mysterien seines Handwerks ein. In Moskau hätte niemand großzügiger sein können als Dimitri Muratow und seine Redakteure von der *Nowaja Gaseta*. Die Moskauer Korrespondenten Ellen Barry und Sergei Loiko ließen mich an ihren wertvollen Einsichten teilhaben. Die Autorin Julia Latynina wies mich in die richtige Richtung, und Jegor Tolstjakow war erneut mein aufmerksamer Führer. In Amerika führten mich Nelson Branco und Neil Benowitz zu schnellen Fahrrädern, die Ärzte Kenneth Sack und Michael Weiner zu einer wandernden Patrone und Jim und Martha Robinson zu einem ausgebrannten Hausboot. Ellen Irish Branco und Luisa Cruz Smith leisteten wertvolle kritische Lesearbeit. Don Sanders und Sam Smith boten bedeutsame moralische Unterstürzung, und mein Lektor Jofie Ferrari-Adler gab nur hervorragende Ratschläge.

Dann ist da noch Andrew Nurnberg, der mir von Buch zu Buch Agent, Zauberer und engster Gefährte war.

»Martin Cruz Smith gelang mit Gorki Park ein Bestseller – zu Recht.« *Der Spiegel*

Der berühmteste Fall des legendären Ermittlers Arkadi Renko

Moskau, 1980: Im verschneiten Gorki Park werden zwei Männer und eine Frau erschossen aufgefunden. Die Identifizierung der Toten ist schwierig. Chefinspektor Arkadi Renko, ranghöchster Ermittler in der Sowjetmetropole, übernimmt den Fall – und ahnt noch nicht, in welche Lage ihn seine Ermittlungen zwingen werden. Denn je näher er der Wahrheit hinter den grausigen Morden rückt, desto heikler wird seine eigene Position. Was hat die geheimnisvolle Irina mit den Toten im Gorki Park zu tun? Obwohl Arkadi weiß, dass er seine Objektivität wahren muss, gibt er seinen Gefühlen nach und lässt sich auf eine Affäre mit Irina ein. Als er ihr schließlich zur Flucht außer Landes verhilft, riskiert er sogar seine eigene Karriere – und gelangt dabei selbst ins Ausland: Im Dschungel der New Yorker Großstadt wird der Jäger zum Gejagten.

Martin Cruz Smith
Gorki Park
Thriller
Aus dem Amerikanischen von Wulf Bergner
Mit einem neuen Nachwort von Tobias Gohlis

ISBN 978-3-570-10190-2

C. Bertelsmann

Angélique Mundt

Nacht ohne Angst

Kriminalroman, 320 Seiten
btb 74626

Tatort Psychotherapie

Es ist ein schmaler Grat zwischen Gut und Böse, zwischen Normalität und Wahnsinn …

In der Hamburger Universitätspsychiatrie wird eine Patientin erhängt aufgefunden. Die zuständige Therapeutin Tessa Ravens kann nicht glauben, dass es sich um Selbstmord handelt. Als eine weitere Patientin brutal ermordet wird, scheint sich ihre Befürchtung zu bestätigen. Und auch Hauptkommissar Torben Koster merkt schnell, dass er hier mit gewöhnlichen Ermittlungsmethoden nicht weit kommt. An Verdächtigen mangelt es nicht, doch welchen Aussagen kann man wirklich trauen und was davon ist paranoide Wahnvorstellung? Er ist auf Tessas Unterstützung angewiesen, doch die Suche nach dem Mörder wird für beide zur Zerreißprobe …

Der erste Fall für die Hamburger Psychotherapeutin Tessa Ravens